지금
행복해

지금
행복해

성석제 소설집

창비

지금 행복해

초판 1쇄 발행/2008년 10월 1일
초판 11쇄 발행/2014년 12월 1일

지은이/성석제
펴낸이/강일우
책임편집/박신규
펴낸곳/(주)창비
등록/1986년 8월 5일 제85호
주소/413-120 경기도 파주시 회동길 184
전화/031-955-3333
팩시밀리/영업 031-955-3399 · 편집 031-955-3400
홈페이지/www.changbi.com
전자우편/lit@changbi.com

ⓒ 성석제 2008
ISBN 978-89-364-3707-7 03810

차례

여행

오라고 팔 벌려 기다리는 사람 없고 언제든 가도 좋을 여행, 그것도 돈 없이 가는 무전여행인데 남들 다 가는 휴가철 초입에 출발하기로 한 것은 삼자가 합의한 것이니 그렇다 치더라도 일껏 만나자마자 비부터 부슬부슬 뿌려대니 아무래도 날 잘 잡았다고 표창장 주고받기는 틀렸다. 만재, 봉수, 영덕 세 사람은 금천역 역사 입구에서 광장에 떨어지는 비를 바라보며 삼각형을 이룬 채 서 있었다.

　만재는 서울에서 특별히 빨리 운행하는 기차(特急)를 타고 왔으므로 '무전(無錢)여행'의 취지를 시작부터 위배한 것처럼 보일 수 있었지만 표 사는 데 돈을 들이지는 않았다. 고등학교 일학년 때 그들이 졸업한 초등학교에서 열린 동창회에서 철도고등학교에 다니는 기정을 만난 이래 만재는 기차표를 사서 기차를 탄 적이 없었다. 기정의 학생증만 있으면 개찰구를 그냥 통과할 수 있었고 학교를 졸업한 뒤에는 철도공무원증이 나온 까닭에 조금 더 확실하게 공짜로 기차를 탈 수 있게 되었다.

봉수는 애초에 여행을 제안했을 뿐 무전여행은 염두에 두지 않았다. 기왕 여행을 할 바에는 돈 안 드는 무전여행을 하면 좋지 않겠느냐는 영덕의 말을 만재가 전했을 때 어차피 생돈 들여서 갈 생각은 없었노라고 했을 뿐이었다. 봉수는 늘 하던 대로 삼촌의 고물 오토바이를 얻어타고 기차역으로 가려고 했는데 삼촌이 전날 오토바이를 타고 나가서 돌아오지 않았다. 전화를 받은 할머니의 말로는 오토바이가 완전히 뻗어서 낙동강 오리 곁에 놔두고 걸어가는 중이라고 했다. 그래서 영덕이 자전거를 타고 와서 봉수를 뒤에 태우고 함께 역까지 가기로 했다.

영덕이 배낭을 가슴 앞으로 돌려 메고 봉수는 보통의 거북 모양으로 배낭을 뒤로 멘 채, 한 사람은 자전거 안장에 한 사람은 짐을 싣는 자리에 앉았다. 그런데 명색이 무전여행이니 앞으로 얼마나 굶을지 모르겠다고 생각하고 동면을 앞둔 곰처럼 소화기관에 음식을 최대한 집어넣은 스무살의 두 청년에, 역시 먹을 것이 대부분인 배낭 두 개의 무게를, 교사인 영덕의 아버지를 집에서 학교까지 삼십여년간 태우고 다니다 함께 퇴임한 낡은 자전거가 감당할 수는 없었다. 두 사람이 타자마자 뒷바퀴 타이어에서 퇴임식을 하러 학교에 가던 날 아침상 앞에서 내쉬던 영덕 아버지의 한숨 같은, 바람 빠지는 소리가 피슈우우욱, 하고 났다.

그를 무시하고 페달을 내리밟자 덩달아 앞바퀴도 퓩, 하며 납작해지는 것이었다. 결국 두 사람은 배낭만 자전거에 싣고 걸어서 기차역으로 갈 수밖에 없었다. 그래도 자전거 덕분에 약속시간보다 몇분 빨리 금천역에 도착할 수 있었고 제시간에 기차에서 내린 만재를 만날 수 있었다.

봉수는 일단 만재의 배낭을 벗겨내리고 약속한 대로 장비를 모두 갖춰왔는지를 확인하기 시작했다. 별도의 가방에 든 텐트는 기정이 첫월급을 받아 장만한 것으로 그게 없으면 무전여행 자체가 불가능할 만큼 중요했다. 우산을 접었다 펴듯 쉽게 치고 걷을 수 있는 삼사인용이었으나 손질을 전혀 하지 않아 찌든 라면국물 냄새와 녹냄새가 났다. 기타는 만재가 칠팔개월 전 겨울에 봉수가 만재의 방에서 기식할 때 보았던 바로 그 기타였다. 이어 만재는 봉수가 점호를 하듯 "코펠, 버너, 알코올, 석유, 랜턴, 석유램프, 물통, 노래책, 비누, 치약"이라고 호명할 때마다 배낭을 탁탁 두드리며 있다고 답해주었다. 빠뜨린 것은 지금 오고 있는 비를 가릴 우산이었다.

우산은 물론 우의가 없기도 마찬가지인 봉수와 영덕의 배낭에는 옷가지 같은 개인물품 외에 된장과 고추장, 쌀이 담겨 있었다. 서울에 사는 만재가 공동생활에 필요한 물품과 장비를 가져오는 대신 두 사람은 삼인분의 식량을 책임지기로 했던 것이다. 두 사람이 가지고 온 고추장, 된장의 양을 합치면 영덕의 큰누이가 일년에 한번 친정에 다니러 와서 가지고 가는 된장, 고추장의 절반쯤 되었다. 쌀은 두 사람의 것을 합치면 한 말이 훨씬 넘었다. 큰누이를 본받아 영덕은 사이다병 하나에 장독대에 있던 간장을 퍼담고 비닐로 마개를 한 뒤 검은 고무줄로 친친 동여매어 가져왔다. 그외 먹을 음식이며 반찬은 모두 '무전'이라는 일관된 원칙을 고수하며 현장, 현지에서 조달하게 될 것이었다. 물품확인이 끝난 뒤 각자 주머니에서 담배를 꺼냈고 동시에 불을 붙여 연기를 길게 내뿜는 것으로 그들의 여정은 시작되었다.

비는 양이 많지는 않았지만 일차 목적지로 역에서 오십 킬로미터쯤 떨어진 만폭동까지 갈 작정을 한 세 사람의 발걸음을 부지불식간에 버스 쪽으로 향하게 만들기에는 충분했다. 만폭동은 제법 유명한 휴가지였으므로 한여름 휴가철에는 금천읍에서 만폭동까지 직행하는 임시버스가 운행되고 있었다. 평상시 일반버스 같으면 장에 나왔다 돌아가는 사람들이나 여남은 명 태우고 가다 버스정류장이 있든 없든 상관없이 내려달라는 데 아무데나 설 것이지만, 그러니까 말만 잘하면 공짜로 얻어타는 게 어려운 일이 아닐 것이지만, 임시운행 버스는 일반버스와 달리 외양부터 다부져 보이는 것이 무전여행을 하는 사람들이 타기에는 힘들어 보였다.

"쫌 말랑하기 생긴 운전사들은 다 예비군훈련 갔나."

앞에 선 봉수가 운전석을 기웃거리며 지나쳤고 그 뒤를 만재, 영덕이 따라갔다. 버스는 이미 승객으로 꽉차 있었다. 통로에는 짐과 사람이 뒤엉켜 서 있기도 힘든 형편이었다. 사람과 짐의 차이는 땀을 흘리느냐 아니냐 정도였고 모두 벌써 지친 모습이었다. 오히려 선택받은 사람은 자신들인 듯 세 사람의 목에 힘이 들어갔다.

"야, 이거라도 있으이 다행이다. 비가 훨씬 덜 들어오네."

봉수가 이불가게 앞에서 구한 비닐을 도롱이처럼 덮어쓰고 소리쳤다. 도로변의 이불가게는 불이 켜져 있지 않았다. 실내의 어두움과 혈족이라도 되는 듯 어두운 표정의 여주인이 그들이 비닐을 주워 배낭과 모자 위에 덮고 목 주위를 끈으로 묶는 것을 말없이 지켜보았다. 그런대로 비를 가릴 만해지자 세 사람은 걷기 시작했다. 그들이 고개를 숙이고 걸어가는 앞쪽 만암산의 정상부가 부옇게 개고 있었다.

세 사람이 무전여행에 합의한 건 대학에 입학하기 직전 어느 날이었다. 다니던 고등학교 바로 앞에 있는 대학에 예비고사 점수로만 당락을 결정하는 특차전형을 통과하자마자 서울로 온 봉수가 마찬가지로 합격통지를 받은 친구를 고른 끝에 만재를 찾아왔다. 만재의 방에 두 달가량 머무는 동안 봉수는 자신의 특기를 살려 음악다방의 디스크자키가 되었다. 봉수는 통행금지가 해제되는 크리스마스이브와 제야에는 다방 주인과 협상해서 따로 표를 팔았고 그 이틀 밤의 수입이 한 달치 월급에 해당했다. 만재는 자신이 태어난 도(道)를 한번도 벗어나본 적이 없으면서 서울에 온 지 칠년이 다 되어가는 자신보다 훨씬 더 능란하게 표준말을 구사하는 봉수에 잠깐 놀랐을 뿐, 일관되게 자신의 방식

12

대로 놀았다. 그 방식에는 친구에게 제 방을 비워주고 본고사 시
험준비를 하느라 정신이 없는 다른 친구의 자취방에 가서 기타
치며 노래 부르다 거꾸러져 자는 것도 있었는데 그 자취방은 대
개 영덕의 방이었다. 대학 입학금을 장만하여 만재의 방을 떠나
기 전 봉수는 이렇게 말했다.

"야, 내가 서울에 온 건 말이다. 호텔 나이트 가서 나이트 휘
버를 즐겨보고 마장동 도살장도 가보고 싶어서였는데 너들 집이
그런 데에서 좀 멀다보이까네 돈만 벌고 말았다. 이 돈으로 여행
이라도 가면 좋겠는데 지금은 입학식에 가야 하는 고로 시간이
없구만. 원래 천리 여행을 가는 게 만 권 책을 읽는 것보다 낫다
고 하지 않더냐. 우리 다 같이 올여름에 딱 천리 여행을 가기로
하자. 그래 젊은시절을 멋지게 끝내고 나는 군대에 갈 생각이
다."

만재는 "넌 모르겠지만 네가 영덕이 신세도 많이 졌으니까 개
도 같이" 하고 봉수의 어깨를 밀어 떠나보냈다. 어느날 영덕을
찾아간 만재가 "봉수가 여름방학 때 여행을 가자고 그러던데. 너
도 갈 거지?" 하자 영덕은 고개를 끄덕거렸다. 만재가 "너는 먹
을 양식이나 제대로 싸가지고 와라. 다른 건 내가 준비할게. 봉
수 그놈은 주둥이만 가지고 올 거 같지만" 했을 때 "나 돈 없는
데" 한 게 영덕이 여행에 관해 한 말의 전부였다.

맨앞에서 봉수가 새우처럼 몸을 구부리고 모자 차양이 바람에
날려가지 않도록 손으로 붙든 채 걷고 있었다. 세 사람 중 봉수

가 가장 키가 컸다. 입이 무거운 것까지 몸무게로 친다면 영덕이 가장 무거웠다. 만재는 모든 면에서 중간쯤 되었고 세 사람의 가운데서 걷고 있었다.

출발한 지 한 시간쯤 되었을 때 비가 완전히 그쳤다. 봉수의 걸음이 상당히 빠른 편이어서 대충 육칠 킬로미터는 온 듯했다. 물을 마시는 동안에도 봉수는 걸음을 멈추지 않았다. 빗물이 흐르던 몸에 본격적으로 땀이 흐르기 시작했다. 세 사람은 묵묵히 걷고 또 걸었다. 걷기 시작한 지 세 시간이 가까워오면서 면소재지가 있는 시가지가 나타났다. 만재는 길가의 우체국 마당에 있는 수도꼭지에서 물을 받아 물통을 채웠다. 셋은 나란히 앉아 담배를 입에 물었다.

"해가 안 나서 그렇지 한여름 대낮에 배낭 메고 걸어다닌다는 건 상당히 무리다. 지나가는 차를 타면 몇십분이면 갈 걸 하루종일 걸어도 못 가겠다."

만재가 허벅지를 두 손으로 두드리며 말했다.

"무전여행하는 인간이 정신자세가 글러먹었네. 젊은놈이 한번 칼을 뽑았으면 죽든동 살든동 끝을 봐야지."

봉수의 말에 만재는 오히려 목소리를 높였다.

"밑져봐야 손핸데 우리 영화에서 그러는 것처럼 히치하이킹이나 해볼까. 우리가 세 사람이니까 앞으로 한 가지 안건에 둘이 찬성하면 가결되는 거를 원칙으로 하자. 조영덕, 히치하이킹 찬성? 탕탕탕. 통과. 근데 이게 왜 지금 생각난 거지?"

만재와 영덕이 배낭을 들고 일어서자 봉수가 손을 들어 제지했다. 순간적으로 지도적인 위치를 빼앗긴 게 불만인 듯했다.

"우리가 셋이나 되니까 잘 안 잡힐걸. 두 마리는 숨고 한 사람이 나가서 차를 잡자고. 확률을 높이기 위해서 제일 잘생긴 사람이 고생하기로 하지. 그럼 나네?"

처음에는 만폭동 쪽으로 갈 성싶은 승용차를 세워보려 시도했지만 어떤 차도 멈추지 않았다. 세 사람이 탈 수 있을 정도로 여유가 있는 차는 없었다. 단 한번 운전자 혼자 탄 차가 서려고 하다가 셋이 환호성을 지르며 달려오는 걸 보고는 달아나버렸다.

"같이 놀러 가는데 어떤 놈 타고 가고 어떤 놈 걷고, 사람 등급이 있나. 난 인제 자존심 상해서 저 새끼들 차 태워준다고 절을 해도 안 탄다."

봉수가 선언했다. 그러고는 긴 다리를 쭉쭉 뻗으며 걸음에 속도를 붙이기 시작했다. 앞에서 걷던 만재는 봉수로부터 "갈구친다, 비키라"는 말과 함께 상체가 길고 하체가 짧은 동양인의 전형이라는 걸 지적받았다.

만재는 승용차는 포기하고 트럭이라도 타자고 했으나 휴가철에 농촌지역을 다닐 트럭은 거의 없었다. 아니 농촌에 트럭 자체가 많지 않던 시절, 1979년이었다. 뒤에서 들려오는 소리로 트럭이라고 판별될 때마다 "트럭!"이라고 외치며 손을 들기를 몇번, 우체국 앞을 떠난 지 한 시간이 흘렀다.

"만세, 경운기다!"

오른쪽 허벅다리에 가래톳이 생긴 것 같은 느낌이 들었을 때 만재는 소리를 질렀다. 그러나 경운기라고 아무나 태워주는 것은 아니었고 경운기를 몰고 만폭동까지 가는 농부는 없었다. 세대째 만에 삼 킬로미터 정도밖에 안되는 구간이나마 경운기를 얻어타게 되기까지 만재는 목이 쉬었다. 만재가 타자 영덕이 말 없이 경운기에 올라탐으로써 경운기를 타고 가는 게 전체의 의사가 되었다. 영덕은 그날 만재에게 "왔네?"라는 두 글자의 단어를 발음한 후 말을 한 적이 없었다. 봉수는 마지못해 경운기의 짐칸에 올라앉았다.

타고 가는 동안 만재는 경운기에서 내리지 말고 가는 데까지 가자고 주장했다. 어차피 그날 그들이 만폭동에 도착할 수는 없는 일이니 어디선가 자야 할 것이고 그 어디선가가 경운기가 멈추는 곳이면 안되는 법이라도 있느냐고. 영덕은 여전히 말이 없었고 그게 찬성의 의사에 가깝다는 것을 알자 봉수는 앞에 나타난 저수지로 고개를 돌렸다.

경운기가 멈춘 곳은 국도에서 오백여 미터 떨어진 마을 안에 있는 농부의 집앞이었다. 그들은 버드나무 세 그루가 둑에 서 있는 저수지 쪽으로 걸음을 옮겼다. 저수지 위쪽에 원두막이 있었다. 원두막이 있는 밭에서 자라는 작물은 오이였다.

텐트 치는 수고를 할 필요가 없는 것에 안도하며 그들은 원두막 아래로 기어들었다. 어느새 오이를 따서 와그작거리며 씹던 봉수는 "아, 이왕에 원두막까지 짓고 했으마 수박이나 참외 같은 거, 하다못해 도마도라도 좀 심지. 고구마는 아직 안 익었을 거니까 못 먹어도 감자에 고추, 애호박 뭐 이런 거 좀 심었으마 우리가 맛있게 먹어주고 하면 좋잖아" 했다.

"돈 나가는 거 심었으면 원두막을 지키고 있겠지. 그럼 우리가 잘자리가 어디 나와? 주인이 어디서 보고 있을지도 모르니까 지금은 여기 있다가 나중에 어두워지면 올라가자."

만재의 말에 봉수는 오이꼭지를 버리며 "원두막 짓고 모기장도 좀 쳐놓지. 밤새도록 피 뜯기기 생겼네. 피 되고 살 되는 거 마이 먹어야 되겠다" 하고 중얼거렸다. 그때 영덕이 뭐라고 한마디했다.

"뭐, 뭐?"

"뭐?"

만재와 봉수가 영덕에게 동시에 묻자 영덕은 손가락으로 원두막 아래 놓여 있는 나무궤짝을 가리키며 "소주 됫병" 하고 발음했다.

"아, 조선 천지에 이래 훌륭하고 착한 원두막 주인이 다 있구마이. 내, 모기장은 용서한다."

봉수가 외쳤다. "조용히!" 하면서도 만재 역시 1.8리터 용량의 병에 삼분의 이쯤 들어 있는 액체에서 눈을 떼지 못했다.

밥을 지은 그들은 오이와 된장, 고추장을 놓고 식사를 했다. 오이를 고추장, 된장에 찍어먹는 것만으로도 반찬이 되었다. 식사를 마친 뒤 저수지 수문 쪽으로 가서 몸을 씻었다. 저녁이 되

자 물고기들이 수면으로 뛰어올랐다 떨어지면서 첨벙첨벙 소리
를 냈다.

별이 뜨고 나서 세 사람은 원두막으로 올라가 삼각형으로 자
리를 잡았다. 만재는 기타를 잡고 오래도록 줄을 맞췄다. 줄을
맞춘 뒤에는 봉수의 독촉에도 불구하고 목청을 줄처럼 오래도록
가다듬었다. 그리고 평소보다 가늘고 높은 소리로 노래를 부르
기 시작했다.

"By yon bonnie banks and yon bonnie braes, Where the
sunshines bright on Loch Lomond, Where me and my true
love were ever wont to gae, On the bonny, bonny banks of
Loch Lomond."

"용용, 개코나 로몽이라니 뭔 가사가 그 모양이야. 너 잘못 알
고 있는 거 아냐?"

고등학교에 들어가면서부터 가발을 쓰고 음악다방에 가서 디
스크자키 일을 해왔다는 봉수는 팝송에 관해 언급할 때면 자동
적으로 표준말이 되었다. 그 노래의 가사가 사투리나 고어로 되
어 있을 경우에도 마찬가지였다.

"뭘? 원래 가사가 이런 걸. 스코틀랜드 민요라고."

"왜 그걸 오늘 네가 이 자리에서 불러야 하는데?"

"아, 이건 본인이 졸업한 고등학교 교가다. 권투 세계타이틀전
하기 전에 가수가 부르는 애국가 같은 거니까 경건한 마음으로
들어."

18

만재는 후렴을 마저 부르기 시작했다.

"O, you'll take the high road and I'll take the low road, and I'll be in Scotland afore ye, But me and my true love will never meet again on the bonny, bonny banks of Loch Lomond."

이어서 잠깐 반주를 쉬는 듯하다가 그만 했으면 하는 봉수의 간절한 바람을 짓뭉개며 이절로 들어갔다.

"'Twas then that we parted in yon shady glen, On the steep, steep side of Ben Lomond……"

"스톱. 제발 스톱. 고문이네, 고문. 너 나한테 무슨 감정 있냐?"

"조영덕, 넌 어때?"

만재는 영덕에게 시선을 돌렸다. 영덕은 말없이 원두막을 내려가버렸다. 만재는 그걸 중립으로 해석하고 삼절을 부르기 시작했다.

"The wee birdies sing and the wild flowers spring, And in sunshine the waters are sleeping, But the broken heart it kens nae second spring again, Tho' the woeful may cease from their greetings."*

* 「Loch Lomond」: 스코틀랜드 최대의 호수인 로몬드호 주변의 이야기를 담은 민요. 가사의 대의는 다음과 같다.
   저 아름다운 둑, 저 아름다운 언덕 햇빛 빛나는 로크 로몬드 호수에 나와 내 사랑이 늘 가곤 하던 아름답고 아름다운 로크 로몬드의 둑
   오, 그대는 높은 길로 가고 나는 낮은 길을 선택하거나 나는 앞쪽에 있는 너 스코틀

목에서 쉿소리가 났다. 만재는 그런 김에 눈시울이라도 시큰해지면 구색이 맞을 거라는 생각을 했다. 저수지 너머 들판이 어두워져왔다. 거대한 천막이 쳐진 하늘에 송곳으로 구멍을 낸 듯별이 반짝거렸다. 저수지 둑을 내려다보며 제 나름의 침묵에 빠져 있는 만재를 향해 같잖다는 듯 하, 하, 하는 소리를 내던 봉수가 한껏 저음으로 말했다.

"분위기 싹 다 조지고 있네. 이런 칸추리 휠드의 이브닝에는 이글스의 「호텔 캘리포니아」로 휠링을 살려줄 수도 있고 그거 어려워서 못하겠으면 너 전에 네 방에서 아버지 귀청 떨어지라고 발악하면서 부르던 비지스의 「돈 휘겟 투 리멤버」를 해도 되잖나."

"너 하고 싶은 건 네가 직접 해."

"오 마이 갓, 무식하기는. 디제이가 기타 쳐가면서 노래 부르는 게 아니지."

그때 영덕이 돌아와 한아름 따온 오이를 털퍼덕, 하고 바닥에 내려놓았다.

랜드로 갈 거라네 그러나 나와 내 진실한 사랑은 다시 만나지 못하리니 아름답고 아름다운 로크 로몬드의 둑에서는
  우리가 헤어진 곳은 저 그늘진 계곡 험하고 험한 벤 로몬드 호수 옆 진홍빛 짙은 하일랜드 언덕을 우리는 보네 달은 노을 속에 나타나고
  오, 그대는 높은 길로 가고 나는 낮은 길을 선택하거니 나는 앞쪽에 있는 너 스코틀랜드로 갈 거라네 그러나 나와 내 진실한 사랑은 다시 만나지 못하리니 아름답고 아름다운 로크 로몬드의 둑에서는
  작은 새들은 노래하고 야생화는 피어나니 햇빛 속에서 물은 잠드네 그러나 부서진 마음은 다시는 또다른 봄을 누리지 못할 것을 아네 애처로운 봄은 인사로 그치는데

"교가 좋다. 한번 더 해라."

오이를 반으로 부러뜨려 고추장을 찍은 뒤 입으로 가져가며 영덕이 그날 세번째로 입을 열었다. 코펠 뚜껑에 따른 소주를 마신 뒤 만재는 우리말로 된 고등학교 교가를 삼절까지 불렀다. 그들이 함께 졸업한 초등학교 교가는 물론, 원두막에 어울리지 않는「호텔 캘리포니아」는 봉수의 거듭된 요구에도 불구하고 끝내 부르지 않았다.

각자 열 개 가까이 먹고도 오이는 많이 남았고 고추장도 거의 무한정이었지만, 술이 떨어지면서 파장 분위기가 되었다. 술기운이 가시기 전에 잠들어야 했으므로 세 사람은 서둘러 원두막 한 귀퉁이를 차지하고 누웠다. 만재는 아래에 있는 배낭에서 모포를 가져올까 하는 생각을 잠깐 하다 그냥 잠을 청했다.

새벽녘에 만재는 추워서 잠에서 깼다. 산아래라 그런지 도시와는 온도가 달랐다. 잠결에 추위를 막아보려고, 체표면적을 최소화하려고 온몸을 얼마나 오그렸는지 근육통이 생길 정도였다. 봉수와 영덕도 몸을 한껏 오그리고 자고 있었다. 만재는 일어나 책상다리로 앉았다. 안경을 벗어 주머니에 넣고 긴 허리를 한껏 굽혀 다리를 덮었다. 한결 따뜻했다. 이게 상체가 긴 동양인들이 유리한 점이지. 만재는 중얼거리며 눈을 감았다.

추위 때문에 해뜨기 전 눈을 뜬 세 사람은 전날 먹고 남은 찬밥을 물에 말고 오이를 고추장에 찍어먹는 것으로 아침을 마쳤다. 마을 전체가 잠에서 깨어나고 있는 듯 저수지를 넘어 불어오는 바람결에 잘그락, 삐거덕, 꼬오, 텅, 스르륵, 통통통 하는 소리가 들려왔다. 둑을 따라 내려오며 만재는 다시 이곳을 걸을 수 있을까 하는 생각을 하며 목을 몇번 쓰다듬었다.

전날 지나치게 빨리 걸었던 것 같았다. 자신의 페이스가 아니라 봉수의 페이스에 따른 게 문제라고 만재는 생각했다. 의식적으로 맨앞에서 천천히 걸었다.

"오늘은 셋 중에 둘이 길에서 고꾸라져서 뒈져도 만폭동 가야지."

봉수가 일부러 그러는지 무심결에 그러는지 자극을 해왔지만 대꾸하지 않았다. 삼십분쯤 걸었을 때 만재는 누군가 배에 철삿줄을 넣고 아래를 끌어내리는 것 같은 느낌을 받았다. 도로변에 블록으로 엉성하게 지은 창고가 있었다. 만재는 배낭을 벗어서 두루마리 화장지를 꺼내들고 창고 뒤로 달렸다. 바지를 끌어내리자마자 요란한 원동기 엔진 소음과 그에 걸맞은 수준의 냄새가 피어올랐고 불그죽죽한 액상물질이 흙바닥에 닿았다가 엉덩이에 튀었다. 만재는 신음소리를 냈다. 내지 않을 수 없었다. 그 뒤로 두세 번, 간헐적으로 원동기 엔진 소리가 난 뒤 만재는 일어났다. 개운하지 않았다. 개운할 수가 없었다. 창고 벽에 검은 페인트로 '멸공'이라는 글자가 찍혀 있었다. 발치에 계절이 두 번은 지난 듯한 마른 똥이 산수교과서에서 찢어낸 종이를 물고 놓여 있었다. 거품이 채 가라앉지 않은 자신의 것을 비교한 뒤 만재는 휴지로 덮었다.

점심때까지 열 번 이상 바지를 끌어내렸다 올린 만재는 기진맥진했다. 다 같이 먹은 오이와 고추장인데 왜 자신만 유독 물똥을 싸대는지 억울했다. 일행의 발걸음은 뜨거운 날씨와 만재의 상태 때문에 전날에 비해 형편없이 지체되었다. 그럼에도 그늘이 많아지며 만폭동이 가까워졌다는 표지가 나타나기 시작했고 피서객들이 몰려가는 모습이 보였다. 아스팔트가 벗겨진 길 위를 승용차들이 흙먼지를 일으키며 달려갔다. 관광버스가 줄지어 왔고 금천에서 온 임시운행 버스도 왔다. 걸어가는 사람은 고스란히 먼지를 뒤집어써야 했다. 그럴 때마다 봉수는 욕하는 걸 빠뜨리지 않았다.

만재는 무럭무럭 커지는 미움을 의식했다. 봉수의 목소리 자체가 듣기 싫었다. 함께 먼지를 덮어써도 희고 단정한 옆얼굴이 혐오스러웠다. 자신이 가래톳과 물집, 설사로 미적거리는 것을 아랑곳하지 않고 기계가 작동하듯 착착 나아가는 봉수의 걸음걸이가 미웠다. 그렇다고 가지 말자거나 쉬었다 가자거나 하는 말을 하기도 싫었다. 모든 게 싫었다. 자신의 무능한 몸까지.

"자, 밥 먹고 가세. 먹는 게 남는 거지, 뭐 여행의 낙이 뭐냐."

봉수가 기운차게 말했다. 만재는 가까운 바위에 펄썩 주저앉아 두 손으로 긴 머리를 쓸어올렸다. 머리카락 한올 한올이 땀에 젖어 있었다.

영덕이 코펠에 쌀을 담아 계곡으로 가서 씻어왔다. 봉수는 "딩가당당 돈 휘겟 투 리메엠버 미"를 외치다 고음으로 올라가지 않자 휘파람으로 불었다. 만재는 고개를 떨어뜨린 채 자신의 숨소리를 셌다.

"점심은 뭐여? 된장찌개? 선택의 여지가 없구먼."

어느새 봉수는 그들이 경계를 넘어온 지역의 사투리를 쓰고 있었다. 만재는 그것도 역겨웠다.

"근데 말이다, 찌개에 넣을 게 없네. 된장밖에."

"왜, 근대 있다면서?"

만재가 안간힘을 다해 받았다. 봉수는 주위를 두리번거리며 말했다.

"된장찌개를 할라면은 필수적으로 묵은 된장에 양파, 마늘, 두부, 파 이런 것들이 들어가서 조화를 이뤄야 된다 말이여. 우리한테는 하나도 없구만. 그러니까 무전여행의 수칙에 따라 현지에서 구할 수 있는 걸로 해결해야 한다 이 말이여. 저게 민들레냐 질경이냐, 저거 넣어볼까?"

"독초면 어쩔라고. 네가 그런 거 알아?"

"그러면 여기 밤나무 잎은 워띠여? 열매는 원래 먹는 거이니까 독이 없을 거고 엽록소는 풍부해 보이는데."

그리하여 밤나무 잎이 코펠 바닥에 깔려 된장과 함께 푹 삶겼다. 버너가 하나뿐이었으므로 찌개를 먼저 끓이고 밥을 하기로 했다. 밥을 하는 동안 된장찌개를 맛본 세 사람은 하나같이 이마를 찌푸렸다.

"세상에 이래 씨운 딘장찌개는 처음 먹어보네. 깅기랍(금계랍)

이 이래 씹나, 소태가 이래 씹나?"

쓴맛을 본 봉수의 말투는 금방 사투리를 회복했다. 만재는 고추장은 보는 것도 싫어서 밥을 물에 말아서 된장을 조금씩 떼어서 먹었다. 영덕은 묵묵히 자신이 끓인 된장찌개를 먹었고 봉수는 고추장에 밥을 비벼서 먹었으며 조금 가벼워진 된장통과 고추장통을 제 배낭에 넣었다. 그리고 트림과 함께 한마디 덧붙였다.

"여행은 짐이 줄어가는 맛으로 하는 것이여."

만재를 짓누르는 짐은 줄어들 가망성이 없는 것들이 대부분이었다. 두루마리 화장지, 버너용 알코올과 석유통과 버너 속의 석유 따위야 줄어들 수 있었지만 무게가 그다지 줄지는 않았다. 봉수는 계곡에는 뱀이 많다면서 화려한 빛깔의 등산용 양말을 꺼내 신었다. 그리고 보니 신발도 제대로 된 가죽 등산화여서 평소에 신고 다니던 운동화를 그대로 신고 온 만재와는 여러모로 비교가 되었다. 봉수가 산악인이라면 만재는 피난민의 몰골이었고 영덕은 세상만사에 초연한 나그네였다.

본격적으로 만폭동에 들어서자 계곡은 사람들로 바글바글했다. 휴가온 사람들은 의외로 공간을 잘 나눠서 점유하고 있어 덩치 큰 세 사람이 비집고 들어갈 만한 곳은 조금도 없었다. 물줄기가 계곡이라고 할 수 없을 정도로 가늘어지는 곳까지 올라갔다가 도로 내려오면서 봉수는 밥을 해먹은 장소로 다시 가자고 했다. 계곡 바깥 후진 곳이라도 지금 자리를 잡아야 그나마 하루를 누워서 지낼 수 있을 것이라는 뜻이었다. 만재는 최대한 가까운 곳에 몸을 누이고 싶은 마음뿐이었다.

밥을 해먹었던 자리도 이미 다른 가족이 차지하고 있었다. 요리에 필요한 도구와 고기, 채소가 골고루 갖추어진 식탁에서 나는 지글지글하는 소리, 고기 익는 냄새는 좀 떨어진 곳에서도 느낄 수 있었다. 만재는 다시 뱃속에서 철삿줄로 훑어내리는 듯한 느낌에 얼굴을 찌푸렸다. 설사가 아니었다. 맛있는 것을 먹고 싶다, 아니 사람답게 먹고 싶다는 욕구가 그런 느낌을 가져오고 있었다.

"야, 이제 그만 가자. 난 때려죽여도 더 못 가겠다."

봉수는 돌아보지도 않고 규칙적으로 걸음을 옮겨서 아래로 향했다. 봉수의 날렵한 엉덩이에 만재는 또 적의를 느끼며 주저앉았다. 앞서간 봉수가 손짓하는 걸 보고 영덕이 만재의 기타와 텐트 가방을 들고 따라갔다. 봉수가 자리를 잡은 곳은 전에 있던 사람이 남긴 음식쓰레기 냄새가 났고 이따금 지나는 차들이 피워올리는 먼지가 날아드는 곳이었다. 물은 상류의 피서객들로 흐려지긴 했어도 풍족했고 시원한 편이었다. 더이상 움직일 기력이 없어서 만재는 배낭을 베고 누워버렸다.

저녁이 되자 영덕이 밥을 지은 뒤 만재를 깨웠다. 텐트 입구에 걸터앉은 봉수는 버드나무 가지를 잘라 만든 젓가락을 자랑스럽게 내보였다.

"또 물 말아먹어야 되냐?"

만재가 말하자 영덕이 간장병을 내밀었다. 그리고 비벼먹으라는 시늉을 했다. 만재는 비닐 마개를 빼고 코펠에 담긴 밥에 간장을 부어서 비볐다. 입에 밥을 가져가자 한 숟가락도 다 먹기 힘들 정도로 짰다. 물을 마셔대는 그를 보며 봉수가 웃었다.

"어히이요, 그거 조선간장이다. 짠 줄 몰랐나?"

그 정보가 만재에게는 하나도 고맙지 않았다. 다음날 아침, 만재는 한 끼를 걸렀다.

먼지가 덮인 텐트를 털어서 접어넣고 세 사람은 다시 길을 떠났다. 목적지는 전날 밤 정한 대로 그곳에서 가장 가까운 휴가지이면서 가는 사람이 훨씬 적은 천곡사 계곡이었다. 그곳으로 가려면 만폭동 뒤에 서 있는 정상이 해발 천 미터쯤 되는 만암산을 둘러가야 했다. 출발한 지 한 시간쯤 되었을 때 만재는 발을 절름거리기 시작했다. 운동화 왼쪽은 입을 벌렸고 오른쪽은 옆구리가 터졌다. 만재는 길에서 비닐끈을 주워서 신발을 묶었다.

텐트는 영덕이 들었고 기타는 봉수가 들고 가며 이따금 줄을 훑어대었다. 만재는 체면이고 뭐고 가게가 나오면 안으로 들어가서 라면이라도 끓여달라고 할 작정이었다. 오로지 그 상상만 하며 절룩절룩 걷고 있었지만 산길로 접어든 뒤 인가의 흔적이 끊어져버렸다. 만폭동 입구에 많던 가게 중 한 곳에라도 들어갈 것을, 하는 후회가 밀려왔고 왜 이 여행을 시작했던가, 하는 후회가 덧씌워지며 증폭되었다. 하필 이 인간들하고 알게 되었는가, 왜 비슷한 장소에 비슷한 때에 태어났는가, 어째서 세상에 나와서 이 고생을 하는가 하는 식으로 후회는 이어졌고 결국 눈시울이 시큰해졌다. 그런 정황을 들킬 수는 없는 노릇이라 앞서서 산길을 걷자니 힘은 더 들었고 서러움도 더했다.

산속으로 들어와 걷는 시간보다 쉬는 시간이 훨씬 많기는 했어도 그럭저럭 도정의 반쯤 왔을까 싶었을 때 문득 자그마한 절이 나타났다. 채마밭에 어린 배추와 무가 자라고 있었고 상추와 시금치, 고추도 보였다. 세 사람의 발길은 저절로, 빠르게 밭으로 향했다. 그러나 가까이 갈수록 인분 냄새가 풍기는 것이 밭에 거름을 낸 지 하루이틀밖에 되지 않은 것이 분명해 보였다.

"안되는 놈은 자빠져도 코 깨지고 잘되는 과부는 넘어져도 가지밭이라 카더이마."

만재는 절 앞에서 아무 말이나 지껄이며 담배를 피워무는 봉수에게 뭐라 할 기운도 없었다. 절간 요사채 마루에 수건과 주전자가 놓여 있었다. 만재는 배낭을 내려놓고 털썩 마루에 주저앉았다. 주전자에 물방울이 맺혀 있는 것이 물을 떠온 지 얼마 되지 않은 듯했다. 만재는 주전자 뚜껑을 열고 물을 따라 벌컥대며 마셨다. 무심코 수건을 들어 입 주변을 닦았고 잘 마른 듯한 느낌이 좋아 얼굴과 목의 땀을 닦았다. 흰 수건에 땀과 때가 묻었다. 주전자의 물과 수건이 누구를 위한 것인지 짐작이 가지 않았지만 그 사람이 곧 돌아오면 곤란한 일이 생길지도 몰랐다. 그 생각을 하자마자 승복을 정갈하게 입고 이목구비가 단정한 삼십대 초반의 승려가 법당에서 나왔다. 봉수가 담배를 밟아끄고 박수소리라도 날 듯한 큰 동작으로 합장을 했다.

"시니임, 안녕하십니까."

저음의 윤기있는 목소리가 입에서 튀어나왔다. 초대면을 하는 사람마다 잘난 디스크자키 생활로 갈고닦은 목소리를 강조하며 인사를 하는 것이 만재는 못마땅했다. 만재는 몸을 일으켜 합장했다. 영덕은 그냥 고개를 숙였다 세웠다. 승려는 미소를 띠며 합장을 해 보였다.

"오느라 힘드셨지요? 집이다 생각하고 편하게 있다 가세요."

세 사람은 눈빛을 교환했다. 승려가 절에 오기로 약속한 사람으로 오해한 것은 아닌가 싶어서였다. 승려는 마루로 다가와 주전자를 들어보고는 주전자와 수건을 들고 요사채를 돌아 사라졌다. 만재는 잘못을 저지른 사람처럼 꼼짝 않고 서 있었다. 승려는 돌아오면서 다른 주전자와 깨끗한 수건 세 개를 가지고 왔다. 봉수가 넙죽 그것들을 받아들었고 주전자를 기울여 물을 마시기 시작했다. 많이 마시는 것이 보답이라도 되는 듯이.

승려는 언제 지나갈지 모르는 사람들을 위해 언제나 주전자와 수건을 준비해두는 게 틀림없었다. 마치 불전(佛前)의 공양구인 정병(淨瓶)에 언제나 물을 담아두듯이. 만재에게 가슴 한구석에 작은 떨림이 느껴졌다.

"시님, 저희들이 지금 걸어서 무전여행을 하는 중입니다. 밥 좀 해먹고 가도 되겠죠?"

봉수의 말을 듣는 동안 승려의 얼굴에는 꽃이 피듯 웃음기가 번졌다.

"저는 좀 전에 공양을 해서…… 편한 대로 하십시오. 저기 나무 그늘이 시원하겠군요."

세 사람은 늙은 감나무가 서 있는 마당으로 향했다. 잠깐 모습을 감추었던 승려가 다시 돌아왔다. 손에는 레토르트 짜장이 두 봉지 들려 있었다. 봉수가 벌떡 일어나며 두 팔을 번쩍 들고 "아이고메!" 하고 소리를 질렀다. 승려는 웃음소리도 맑았다.

"며칠 전에 등산하시는 분이 지나가면서 저희 먹으라고 두고 가신 거예요. 마침 잘됐네요."

그러지 않아도 뭔가를, 부끄러움을 무릅쓰고 장아찌라도 얻을 수 있을까 생각하고 있던 만재의 가슴이 다시 떨렸다.

"정말 감사합니다, 스님."

만재는 진심에서 우러난 인사를 했다. 만재가 고개를 들자 승려는 맑은 눈으로 그를 바라보며 말했다.

"육류가 섞여 있어서 제가 먹을 수 없는 음식인데 그렇다고 버릴 수도 없는 노릇이지요. 먹어주신다니 제게 참 고마운 일입니다. 가난한 암자라 드릴 수 있는 게 물밖에 없네요. 공양 맛있게 하세요."

짜장 봉지를 물에 데워서 내용물을 뜨거운 밥에 얹고 한꺼번에 비볐다. 어떤 산해진미보다 더 큰 감동이 혀를 비롯해 이, 목구멍, 식도, 위장까지 퍼져나갔다. 세 사람은 배부르게 밥을 먹은 뒤 숨소리를 식식대며 앉아 있었다.

만재는 장독대에 놓인 독이 다섯 개밖에 없는 것을 보고 절 살림이 어떤 상황인지 짐작했다. 쌀이라도 시주하고 가자 싶었지만 봉수가 대뜸 제 배낭의 쌀을 몽땅 꺼내고 "여행의 재미는 짐 줄이는 것"이라고 떠들어대는 정황이 연상되는 바람에 그만두었다. 그렇다고 석유나 알코올을 시주할 수도 없는 노릇이었다. 생각에 잠겨 있던 만재의 눈에 신발에서 튀어나온 발가락이 들어왔다. 산을 내려가면 신발부터 마련해야 할 것 같았다. 자신의 비상금을 다 털어도 오로지 걸어서 행로를 주파하는 무전여행에 걸맞은 튼튼한 신발을 살 수는 없을 것이지만. "에휴" 하고 한숨을 쉬는 바람에 자연스럽게 만재의 눈길이 요사채 마루 쪽으로 향했다. 마루 밑에 농구화 한 켤레가 놓여 있었다. 그 옆의 기둥에 기대어 있는 지게와 지겟작대기, 통은 거름을 나를 때 썼던 게 분명했다. 낡았지만 모두 깨끗했다.

"저게……"

말을 하다 말고 만재는 일어나서 마루로 다가갔다. 가는 중에 신발이 벗겨졌다. 물론 저절로 벗겨진 것은 아니었다. 농구화에 만재의 발이 들어간 것은 거의 저절로 이루어진 동작이었다. 나머지 발이 한쪽 신발에 들어가는 순간 봉수가 다가와 사방을 살피며 은밀하고 빠르게 속삭였다.

"맞나?"

만재는 고개를 끄덕거렸다. 영덕이 배낭에 코펠과 버너 따위를 한꺼번에 쑤셔넣고 다가왔고 만재가 신발끈을 매는 사이 지겟작대기를 든 봉수가 이미 앞장을 서고 있었다. 들어오면서는 보지 못했던 무진암(無盡庵)이라는 나무현판이 처마 밑에 걸려 있는 것을 보며 세 사람은 구렁이 담 넘듯 산속으로 도망쳤다. 소리를 내도 괜찮을 만한 거리가 된다고 판단하자 봉수는 지겟작대기로 풀을 후려쳐가며 길을 만들었다.

짜장과 함께 배터지게 먹은 밥에서 난 힘으로 만재는 산 위를 향해 뛰었다. 허벅지며 발바닥의 아픔 따위는 온데간데없었다. 가슴이 방망이질칠 뿐이었다. 이십여분 뒤에 햇빛이 환한 헬리콥터 착륙장에 도달한 그들은 누가 먼저라 할 것도 없이 배낭을 던지고 드러누웠다. 만재가 먼저 웃기 시작했다. 봉수가 따라 웃었다. "아아하하하" 하는 소리가 각자의 몸 안팎을 울렸다. 바람이 쏴아쏴아하고 비슷한 소리를 냈다. 봉수를 향한 적의는 웃음과 함께 날아가버렸다.

신발이 편해지자 만재의 걸음은 한결 빨라졌다. 만재는 앞장서서 산을 내려가기 시작했다. 몇차례 더 웃음이 터졌다. 일행에게 농구화와 지겟작대기 말고도 전에 없던 활기와 결속감이 더해지고 있었다.

만암산은 산 이름처럼 바위가 많았고 내려가는 길은 급경사였다. 바위를 서너 개째 타넘고 나자 가파른 흙길이 나타났다. 길 끝은 굽어 있어서 보이지 않았다. 봉수의 제안으로 깨지는 것을 빼고 배낭을 아래로 먼저 굴려보내고 몸이 따라가기로 했다. 봉수가, 다음에 영덕과 만재가 차례로 배낭을 굴렸다. 만재는 유리로 된 간장병을 들었고 영덕은 기타를 들었다. 봉수가 석유통을 들고 맨뒤에 섰다. 만재가 먼저 발을 디뎠다. 몇걸음 못 가 흙길에 떨어져 있던 작은 나무토막을 밟았다. 나무토막이 도르래처럼 돌며 한 발이 미끄러졌고 만재의 몸은 균형을 잃고 경사지에 나가떨어졌다. 몸이 굴러내리기 시작했다.

"간장, 간장!"

봉수의 외침이 들렸다. 만재는 그 와중에도 간장병을 쳐들어서 땅에 부딪히지 않게 하려고 애썼다. 마지막 바퀴를 굴렀을 때 간장병은 만재의 손에서 빠져나갔다. 주변에 훅, 하고 간장 냄새가 퍼졌다. 만재는 눈을 더듬었다. 안경이 달아나고 없었다. 뒤따라 내려온 봉수는 대자로 누워 있는 만재의 몸 위에 헬리콥터 착륙장에서 터뜨렸던 것과 같은 웃음소리를 쏟아부었다.

"야 이 새끼야, 넌 간장이 중요해, 내가 중요해?"

"간장. 그다음이 병."

만재는 적의가 다시 끓어오르는 것을 느꼈다. 봉수 혼자 웃고 있었다. 영덕이 주변을 한참 뒤진 끝에 안경을 찾아왔다. 왼쪽 알에 서너 줄의 금이 갔고 다리가 떨어져나갔다.

만암산을 내려온 뒤에 만재가 맨먼저 한 일은 가게에 들러 실을 얻은 것이었다. 안경다리가 떨어져나간 자리에 실을 걸어 귀에 맨 만재는 농구화가 밑창이 얇아 전날보다 더 큰 물집이 생기고 있다는 것을 의식하며 절뚝절뚝 걸어갔다. 곧 면소재지가 나타났으나 작은 시가지에는 안경점이 없었다. 단층건물 유리에 다방이라는 글자가 씌어 있는 것을 보자마자 만재는 아무런 말도 하지 않고 문을 밀었다. 봉수와 영덕이 따라들어왔다.

세 사람은 커피를 주문하고는 아무 말 없이 앉아 있었다. 만재는 이 여행을 계속할 수 있을지를 생각했다. 안경 없이 여행을 하기는 어려울 것이지만 자신의 입으로 여행을 그만두자고 할 수는 없었다. 지금까지의 고생이 아깝기도 했다.

"먼저 안경부터 고쳐야겠다. 이 동네는 안경점이 없으니까 차를 타고 큰 데로 나가든지 해야겠어."

조금 떨어져 앉아서 껌을 씹으며 세 사람을 관찰하고 있던 여종업원이 읍으로 가는 버스는 세 시간쯤 뒤에 있을 것이고 삼십 분쯤 걸린다고 설명해주었다. 그들이 가려는 계곡으로 향하는 버스 역시 세 시간쯤 뒤에 있었다.

"일단 한 게임 치민서 생각하는 기 어떻노."

봉수가 당구를 치자고 제안했다. 이미 커피 때문에 무전여행의 '무전'의 원칙이 깨진 마당이었다. 당장 다방의 커피값은 영덕이 계산하고 그것까지 내기당구에 포함하기로 했다.

원래 당구 실력은 만재가 250으로 가장 셌다. 그러나 그에게는 오른쪽 안경알밖에 못 쓴다는 문제가 있었다. 문제를 감안하지 않고 평소 실력대로 치다가 150인 봉수는 물론이고 100인 영덕에게도 지고 말았다. 게다가 짜장면까지 시켜먹으며 당구를 치다보니 세 시간이 지나자 당구장에 지불해야 하는 돈에 커피값까지 합하여 내기의 승패에 상관없이 세 사람이 가진 돈이 거의 다 떨어지고 없었다. 안경점에 가봐야 안경을 고칠 수 없으니

갈 필요가 없게 되었다. 천곡사 계곡으로 가는 버스를 타자 세 사람의 남은 돈을 다 합쳐도 담배 한 갑 살 정도밖에 남지 않았다. 그리하여 그들은 잠시의 유전(有錢)상태에서 제대로 된 무전 상태가 되었다.

"아, 이럴 줄 알았으마 꽁치통조림이라도 하나 사놓고 당구를 시작하는 긴데. 이 촌동네가 당구장 게임비는 도청소재지하고 똑같네. 에라이, 도둑놈들아."

만재는 기력도 의욕도 없이 앉아 있었다. 털털거리며 가는 버스 옆으로 붉은색 승용차가 지나갔다. 썬글라스를 낀 세 청년이 타고 있었다. 그 승용차가 먼지를 일으키며 모퉁이를 돌아가자 노랫소리가 높아졌다. 달콤한 사아랑을 속삭여줘요. 불타아는 그 입술 처음으로 느꼈네. 버스기사가 틀어놓은 라디오에서 나는 소리였다.

"이 시골구석에서 외제 스포츠카 타고 가마 누가 알아줄 기라고. 미친놈들."

봉수는 끈덕지게 세상만사에 제 나름의 해석을 붙이고 있었다. 만재가 눈을 감아도 봉수의 말소리는 계속 들려왔다. 다행히 오래가지 않아 버스가 천곡사 입구에 멈췄고 일곱밖에 되지 않는 승객들이 내렸다.

천곡사 계곡은 만폭동에 비하면 사람이 없는 것이나 마찬가지였다. 야영장도 텅 비어 있다시피 했고 몇 안되는 가게들도 파리를 날리고 있었다. 여름 오후 특유의 뜨끈하고 끈질긴 햇빛에 넌 더리를 내며 일행은 야영장 바깥, 포플러나무 아래로 천막 칠 장소를 정했다. 야영장에는 그들이 버스를 타고 오면서 본 붉은색 승용차가 서 있었고 그들 역시 천막을 치고 있었다. 만재가 가지고 온 텐트의 두 배는 될 듯했고 따로 널찍하게 그늘막을 치고 해먹을 매달았다.

"그 새끼들, 팔자 한번 더럽게 좋은 놈들이네."

봉수는 논평을 하면서도 혹시 뭔가 얻어먹을 게 없을까 싶었는지 소리를 낮추더니 새끼손가락을 세웠다 굽히며 말을 이었다.

"그런데 왜 까이들은 안 데리고 댕기지? 우리맨구로 없는 놈들한테 비키니 구경이라도 시켜주면 좋잖아?"

만재는 전날처럼 배낭을 벤 채 누워버렸다. 잠이 들었다 깼다 하며 포플러 잎이 흔들릴 때마다 비쳐드는 햇빛을 성가셔하던 만재의 눈앞에 쌀이 든 코펠이 보였다. 봉수와 영덕은 어디로 갔는지 보이지 않았다. 만재는 지금까지 계속 영덕이 밥을 도맡아 해온 것을 상기했다. 코펠을 들고 일어섰다. 야영장 옆 움푹한 곳에 샘이 있었고 저녁준비를 하는 사람들이 몇 보였다.

"어디서 오셨어요?"

썬글라스를 샘가 돌 위에 걸쳐놓고 상추를 씻던 청년이 안경을 벗던 만재에게 물었다. 장발이긴 했지만 소년처럼 해사한 얼굴이었다. 만재는 서울에서 왔다고 대답했다.

"그쪽은요? 저 빨간 차 타고들 오신 거죠?"

청년은 그렇다고, 다소 쑥스러운 듯 대답했다. 그러면서 자신들은 T시에서 왔으며 시끄러운 곳, 해수욕장이나 만폭동 계곡 같은 데가 싫고 천곡사 계곡이 한적하다는 이야기를 듣고 왔는데 너무 사람이 없으니까 좀 이상하다고 했다. 만재는 자신은 두 친구와 걸어서 무전여행중이라 가고 싶은 데를 이곳저곳 갈 수 있는 처지가 아니다, 정말 부럽다라고 말했다. 그리고 언제 떠날 계획이냐고 물었다.

"너무 심심해서요. 오늘 같이 온 친구들하고 이야기 좀 해보고요. 내일 바로 갈지도 모르죠."

그럼 가는 길에 안경점이 있는 곳에 좀 데려다줄 수 있느냐고 만재는 물었다. 가게 되면 그렇게 하겠노라고 청년은 선선히 대답했다. 만재는 안경점에 가서 외상을 하든, 협박을 하든 일단 안경알을 해넣고 나서 그다음 일을 생각해볼 참이었다.

"그런데 반찬은 뭘 드세요?"

청년이 물었다. 무전여행이라는 단어며 만재의 행색이 흥미로운 모양이었다.

"된장요. 아니면 고추장. 특별한 일이 없으면 보통 물에 말아먹죠. 간장에 비벼먹기도 했는데요. 오이는 줘도 싫고."

이어서 들려준 오이와 설사의 상관관계에 관한 이야기에 청년은 소리내어 웃었다. 그리고 잠깐 기다려달라고 하면서 상추가 든 그릇을 들고 제 일행이 있는 곳으로 갔다. 안경을 쓰고 왼쪽 눈을 감자 그들이 캔맥주를 마시는 것을 식별할 수 있었다. 흐이구, 소리가 절로 만재의 입에서 나왔다.

청년이 타박타박 정확한 걸음으로 걸어왔다. 그러고 보니 청년의 옷에 새겨진 마크는 만재의 누나가 첫월급을 타서 큰마음 먹고 만재에게 사준 유명 의류회사의 것이었다. 만재는 그 옷이 닳을까봐 집에 놔두고 왔다.

"저기요, 괜찮으시면요, 저희랑 같이 저녁 드실래요? 음식을 좀 넉넉하게 준비해왔거든요. 어차피 남기고 갈 것도 아니고 하니까요. 다른 분들도 괜찮다고 하시면요."

만재는 무조건 괜찮다, 지금 가도 된다고 하면서 그 대신 밥은 우리 쌀로 하자고 제안했다. 청년은 좋다고 하면서 고개를 끄덕였다.

만재가 청년의 천막에 합류하고 나서 십여분 뒤에 영덕과 봉수가 감자를 몇개씩 주머니에 넣고 머리에는 거미줄, 손은 흙투성이로 돌아왔다. 두 사람이 천막으로 다가왔을 때 청년들은 위스키를 꺼낸 참이었다. 담배는 말보로였다.

"아, 이거 걸리면 개박살나는 거 아냐? 양담배 한 대 피우면 벌금이 얼마냐? 대마초하고 같나?"

봉수는 말은 그렇게 하면서도 좋아서 어쩔 줄 몰라했다. 청년들은 아이스박스도 가지고 왔다. 드라이아이스가 김을 뿜어올렸고 그 안에 양념을 해서 재어온 불고기가 잔뜩 들어 있었다. 캔맥주도 있었고 병맥주도 청량음료도 있었다. 봉수가 대뜸 사이다부터 집어들었다. 병뚜껑을 이로 물어서 따더니 숨도 쉬지 않고 들이마시기 시작했다.

"아, 이거 정말 죽인다. 이런 사이다 맛은 평생 처음이네."

청년들이 불을 피우고 팬을 올려놓았다. 불고기 익는 냄새가 나자 만재는 현기증을 느꼈다. 냄새만으로 황홀할 수가 있구나. 만재는 말을 하지는 않았다. 청년들은 코펠을 각자 한 벌씩 가져왔다. 알루미늄 그릇에 위스키를 받아서 단숨에 들이켠 만재는 속이 찌르르하는 느낌에 공명하듯 어깨를 떨었다. 상추에 불고기를 올려서 입이 미어터져라 밀어넣고 씹기 시작했다. 입아귀가 맹렬하게 반응했다. 빨리 씹어서 다음 차례의 소화기관에도 그 미칠 듯한 맛을 보게 해주겠다는 듯, 입 근육이 모두 전력으로 가동했다. 봉수도 눈이 가운데로 몰린 채로 넋을 잃고 고기를 씹고 있었다. 영덕도 예외는 아니었다.

청년들은 약간 놀란 듯 그런 그들을 지켜보았다. 만재가 슬쩍 청년을 보자 청년은 미소를 지으며 고개를 돌려 맥주를 마셨다. 상추로 싼 불고기를 열 번쯤 맛보고 나서야 위에서 이젠 천천히 보내도 된다는 신호를 보냈다. 그때부터는 술을 마시기 시작해서 다시 위에서 신호를 보낼 때까지 위스키 한 병을 비웠다.

"아, 이거 미안해서 어쩌죠? 우리가 술을 다 먹어버렸네."

만재가 말보로를 입술에 문 채 인사를 차렸다. 세 청년은 생김새는 달랐지만 옷차림이며 태도, 말투는 닮아 있었고 한결같이 귀한 집안에서 자란 자제들의 태가 났다.

"아뇨, 더 있어요. 종류가 좀 다른데, 아까는 스카치고 이건 버번이거든요."

어차피 세 사람은 잔에 따라놓으면 뭐가 뭔지 구별할 수가 없었다. 그냥 비싼 술이다, 바다 건너왔다, 남보다 한잔이라도 더 마시자가 대응방법이었다. 청년들은 캔맥주를 다 마시고 나서는 영국산 진을 꺼내 토닉워터와 섞어서 칵테일을 만들어 마셨다.

청년들은 T시에 있는 국립대학에 다니고 있었다. 전공은 영문학, 수학, 기계공학으로 다 달랐지만 두 사람은 중학교 동창, 세 사람 공히 고등학교 시절 가입한 T시의 남녀 혼성 써클 동기였다.

"그게 뭐 국민학교 동창회하고 마이 다른 건가요? 우린 고등학교 때 여자들 있는 써클에 못 들어가봐가이고."

처음에 그 써클은 공통된 종교를 가진 고등학생들로 만들어졌지만 세월이 지나면서 소그룹으로 분화되었다. 그들이 소속된 그룹은 스무 명 남짓 된다고 했다. 모임에서 종교의식은 더이상 중요하지 않았다. 자유로운 대화를 하며 주변의 명소에도 함께 가고 스케이트도 같이 탄다고 했다. 겨울에는 얼음판에서, 다른 계절에는 롤러스케이트장에서. 집안의 경제수준이 비슷하고 아버지들의 직업 역시 비슷하다는 말이 나왔을 때 봉수의 혀가 꼬이기 시작했다.

"의사? 변호사? 아버지가 군수, 아니면 시장이시라고? 끼리끼리 결혼도 하겠네. 아도 낳고. 그래마 가들이 또 뭐 육사 가고 고시 합격해가이고 또 우리 겉은 민중을 다스리시고? 좋네, 좋아."

만재가 샘터에서 만났던 청년이 해명했다. 자신들이 일부러 그렇게 만나려고 한 게 아니고 비슷한 사람들끼리 만나다보니 그 사람의 친구가 오게 되고 비슷하니까 친구가 된 것이다, 우리는 차별해서 사람을 받아들이거나 하지는 않았다⋯⋯

"그래마 디제이 하는 나 같은 사람도 끼워줄 수 있어요? 안되지? 절대로 그래서는 안되지요?"

내내 말없이 앉아 있던 눈매가 날카로운 청년이 지금은 새로운 멤버를 받지 않는다고 했다. 그 써클은 고등학교 때 있었을 뿐 지금은 존재의미가 없어졌다고 말했다.

"그런데 왜 당신들은 이래 외제 스포츠카 타고 몰리댕기는데요? 말해보소, 응?"

"이 차는 외제 아니고 스포츠카도 아니에요. 마침 타고 올 수 있는 차가 이것뿐이어서 타고 온 거예요."

"왜 해필 빨간색으로 타는데? 기집아들 꼬실라고?"

"형씨, 말씀이 좀 지나치네요. 우리가 무슨 색 차를 타든 그쪽에 결례를 한 것도 아니고 피해를 입힌 게 아니잖습니까?"

"아이지, 당신네 차 때문에 길가에 사는 사람들이 먼지를 뒤집어쓰잖아요. 우리도 어제 밤새도록 길가에서 먼지를 먹었다고. 우리가 원래 이래 더럽고 거지 꼬라지였는 줄 알아요?"

"나 원 참, 그거야 도로가 포장이 안돼서 그런 거지, 우리 때문입니까?"

"지금 정부가 나쁘다고 말하는 거지? 대한민국 정부를 비방하는 거 아냐? 우리나라가 도로포장도 못할 정도로 후진국이다, 이거지? 기름 한방울 안 나는 나라에서 차나 끌고 댕기고, 한심하기는."

"한심하다니요. 초면에 심하군요. 이것 봐요, 더이상 쓸데없는 말씨름을 하기 싫으니까 그만 합시다. 다 드셨으면 나가주세요. 우리는 우리끼리 쉬고 싶으니까."

보다 못한 만재가 나섰다. 자신의 한몸을 제단에 던지는 기분으로. 무슨 제단인지는 모르지만.

"죄송합니다. 우리가 요 며칠 힘든 일이 많아가지고 그러는 거니까 이해를 좀 해주시고요. 저녁 잘 얻어먹고 이게 무슨 꼴인지, 미안합니다. 미안합니다. 야, 변봉수, 가자."

그러나 청년 쪽은 분이 풀리지 않은 듯했다.

"그쪽 분이 사과할 일은 아니지요. 사과할 사람은 자기 잘못을 인정하지 않는데 엉뚱한 사람이 말로 하는 사과는 받아들일 수 없습니다. 안 받을 거고 안 받아도 좋으니까 가세요."

만재가 말했다.

"그럼 어쩌면 좋겠습니까. 우리가 얘를 두들겨팰까요? 패서라도 사과를 하면 받으시겠습니까?"

"그거야 그쪽 사정이니 알아서 하실 일이지요."

이번에는 청년이 끼여들어 친구를 제지했다.

"영훈아, 너 좀 가만히 있어. 저기요, 지금 이 분위기에서는 대화를 더할 수 없을 것 같으니까 그냥 가주시죠. 제가 아까 사람을 잘못 봤네요."

마지막 말이 만재의 뱃속에 들어 있는 철삿줄을 끌어내리는 듯했다.

"지금 저녁 같이하자고 초대하신 분 말씀이, 자신이 초대한 사람은 하나뿐인데, 그 사람을 잘못 봤다고 하신 거죠? 그럼 하나 물어보죠. 제가 무슨 결례를 했습니까? 이 친구가 잘못한 게 제 잘못인가요? 그럼 그쪽 친구분은 뭘 잘하신 겁니까? 여러분들은 양주 마시고 양담배 피우니까 우리와 수준이 다른 훌륭하신 분이라 같은 자리에 앉아 있는 것만으로도 우리가 잘못했다는 건가요?"

"그런 말이 아닌데. 우린 지금 나름대로 굉장히 힘들다구요. 힘들어서 우리끼리 조용한 데 놀러 온 거예요. 더이상 방해받고 싶지 않다는 거죠."

"빨간 외제 스포츠카 타고 땡까땡까 놀러나 댕기면서 뭐가 힘들다 카노? 노는 기 힘들겠어, 먼지 처먹는 기 힘들겠어?"

봉수가 놓치지 않고 틈을 파고들었다. 영훈이라는 청년 역시 재빨리 가세했다.

"그런 콤플렉스 가지고 남한테 피해 주면서 살지 마라. 근데 아까부터 왜 반말을 하고 그러냐?"

"뭐, 콤플렉스? 이 새끼가 뒈질라고 지랄떠네."

술잔이 날았다. 캔이 날고 병이 날았다. 청년 역시 곁에 있는 코펠, 날아온 병과 캔에 프라이팬을 집어던졌다. 프라이팬에 있던 식은 불고기가 영덕에게 들씌워졌다. 야영장의 가로등이 비치는 가운데 난투극이 시작되었다. 청년들은 주먹이 세지 않았고 싸움에 도움이 되지는 않더라도 심신을 단련하는, 이를테면 펜싱이나 승마 같은 귀족 스포츠조차 익히지 않은 듯했다. 싸움을 할 때도 묵묵히 싸우는 영덕은 합기도 유단자였다. 그런 까닭에 안경 때문에 앞을 잘 보지 못하는 만재가 있었음에도 불구하고 승패는 쉽게 결정되었다.

청년들은 몸 곳곳에 멍이 들고 옷에 피가 묻은 채 무릎을 꿇고 나란히 앉혀졌다. 영덕이 앞뒤로 어슬렁거리다 이따금 침을 뱉은 손바닥에 몽둥이를 탁탁 쳤고 질문은 봉수가 했다.

"야, 뭐가 힘들어? 뭐가? 너희 새끼들 여기 왜 온 거야? 솔직히 말 안하면 진짜 초상난다. 너 아까부터 징징 짜는 놈, 대답해 봐."

소년 같은 청년이 훌쩍거리며 말했다.

"우리 써클 여자애가 중앙정보부에 잡혀들어갔다 한 달 전에 나왔어요. 안에서 고문을 받고 멍석말이를 당했다고 그러더라구요. 걔가 얼마 전에 이 친구 아버지 병원에서 죽었어요."

"이런 미친놈의 새끼들, 차만 빨간 게 아이네. 니들 진짜 빨갱이 아니야?"

"아녜요. 우린 빨갱이 아니에요. 솔직히 요새 내학생이면 민주주의 안 바라는 사람 없잖아요. 그냥 민주화에 관해 토론 좀 하고 책을 읽은 것뿐이에요. 그런다고 잡아갔어요."

"야, 너만 대학생이야? 지금 정권이 어때서 그래? 지금 철없이 데모하고 그러면 북쪽 애들이 가만히 보고 있을 것 같애? 이

44

것들이 호의호식하고 살아서 전쟁 무서운 줄 모르지. 니네들 말이 맞다고 쳐. 그러면 조용히 죽은 사람을 위해서 절에 가서 제나 지낼 것이지, 아이스박스에 불고기 재가지고 양주 처먹어가면서 놀러 댕겨?"

"그러니까요. 우린 그런 인간이에요. 개인주의자라고요. 그런데 이 정권이 그런 개인주의인 친구를 죽였다고요. 고문하고 때리고 뼈를 다 부수고 장파열을 시켜서 죽였다니까요. 우리 눈으로 직접 봤어요."

"그런데 너희들 그 정도 맞았다고 찔찔 우는 거야? 한심한 새끼들, 너 몇살이야, 도대체?"

만재는 그 질문은 제지하려고 했으나 이미 늦었다. 대답을 막는 데도 실패했다.

"스물두살인데요."

봉수는 전혀 안색이 변하지 않았다. 디스크자키 경력이 사년이었으니까.

"몇학번이냐고 물었다. 나이가 아이고."

"칠육학번요."

"그럼 스물세살이잖아, 인마."

"만으로 스물둘인데요. 지난달이 생일이거든요."

만재가 다시 몸을 던졌다.

"야, 그만 됐으니까 가서 자자. 우리 내일 일찍 가야지."

말은 그렇게 했지만 다음날이 시작되기 두 시간 전, 승용차가 사라지고 나서 세 사람은 최대한 빨리 텐트를 걷어 천곡사 입구를 빠져나왔다. 무슨 일이 있을지 몰라, 가령 만에 하나 경찰이 신고를 받고 들이닥친다든지 하는 것을 감안해서 랜턴 불도 켜지 않았다. 다행히도 길은 널찍하게 쭉 뻗어 있어서 걸어갈 만했다. 삼십여분을 걸어서 위험에서 완전히 벗어났다 싶은 곳에 마을이, 마을 한가운데 공사장이 있었다. 외벽과 지붕이 만들어져 있는 양옥집이었다. 그들은 텐트를 칠 겨를도 없이 각자 모포를 꺼내 돌돌 말고 잠이 들었다.

여름철이라 공사장의 일은 새벽부터 시작되었다. 쫓겨난 세 사람은 공사장 앞에 있는 샘으로 비틀비틀 걸어가 물을 마시고 배낭을 멨다. 마을 공동으로 사용하는 샘에서는 맑고 깨끗한 물이 풍성하게 솟아나왔고 그 물을 잠시 가둬놓은 씨멘트 저수통 안에는 물고기들이 헤엄을 치고 있었다.

새마을구판장 앞에서 봉수가 각자 남은 돈을 다 걷어서 담배를 샀다. '태양'이었다. 봉수는 발을 놀리는 한편 입으로 쎌로판지를 뜯으며 말했다.

"야, 이거 우리 나중에 어데 가든동 어제 같은 쪽팔리는 일이 있었다고 절대로 이야기하지 말자."

만재가 물었다.

"너 지금 어쩌려고 그러는데? 지금 담배를 삼등분하려고? 담배 한 갑에 스무 개비 들었는데 어떻게 나눠져?"

세 사람은 처음 만났을 때보다 공통점이 많아졌다. 얼굴이 햇볕에 그을리고 더럽고 눈이 커 보인다는 점에서.

"여섯, 여섯, 여섯, 이래 놓구고. 그래마 두 개가 남는다. 둘 나누기 셋은 영 쩜 육육육쩜쩜쩜, 하고 무한대다. 가위바위보나 홀짝으로 해서 맞히는 사람이 한 개비씩 가지는 거 어떠냐."

샘에서 발원한 물은 이끼와 자갈, 물풀 위를 흐르면서 개천으로 들어가 언덕과 논에서 나오는 물과 합쳐졌다.

"가위바위보나 홀짝이나 난 그렇게 우연에 맡기는 게 싫다."

물 따라 둑이 흘러가고 있었다.

"그래마 이래자. 두 개를 한꺼번에 불을 붙이가이고 돌아가민서 삼분의 이씩 피우마 되잖아."

왜가리가 논에 앉아 고개를 갸웃거리고 있었다.

"무슨 수로 삼분의 이를 피웠는지 아느냐고. 난 남의 침 묻은 담배 피우기 싫어."

떴다, 담배와 같은 이름, 태양이.

"갑을 담배 하나로 보고 두 사람은 담배 하나씩, 한 사람은 갑을 가지기로 하자고. 갑 있으마 담배 간수하기 좋지."

어디선가 물이 솟아나고 어디론가 물은 흐른다.

"갑하고 담배가 같다는 논리에 반대한다."

개가 짖었다.

"에이, 씨부랄. 그 새끼 더럽게 따지쌓네."

봉수가 담배를 두 손으로 잡아 비틀고는 개천에 던져버렸다. 만재가 소리를 질렀다.

"야, 이 개새끼야. 왜 네 맘대로 담배를 집어던져! 너한테 그럴 권리가 어디 있냐고!"

반은 붉고 반은 흰 담뱃갑이 떠내려가고 있었다.

"담배가 있어서 우리 사이가 깨지잖아, 새꺄. 담배 한 갑이 뭐 그렇게 대단해?"

밑변이 짧고 양쪽 변이 긴 이등변삼각형을 이룬 채로 세 사람은 한동안 서 있었다.

"우리 사이에 뭐가 있기는 했어? 담배는 확실히 있었다."

침묵이 세 사람을 감싸고돌았다. 길가 배롱나무에 꽃이 피어 있었다. 물은 낮은 곳으로 아래로 앞쪽으로 흘렀다. 만재는 진홍빛 꽃을 보며 침을 꾹꾹 삼켰다. 봉수는 담배가 흘러간 쪽으로 시선을 던진 채 꼼짝하지 않았다. 영덕이 천천히 물었다.

"이제, 우리, 어디로, 가나?"

만재가 말했다.

"너희가 위면 나는 아래, 너희가 아래면 나는 위로."

세 그림자가 움직이기 시작해서 점점 삼각형의 변이 길어지더니 마침내 삼각형이 깨졌다.

그리고 그들이 만들었던 삼각형은 다시는 생겨나지 않았다. 그들이 걸어가는 길 위, 아름다운 둑, 아름다운 언덕 어디에서도.

지금 행복해

──널 믿는다, My boy!

　　아버지가 수능시험 전날 휴대전화 문자를 보냈다. 이런 걸 보면 아버지는 언어영역에 재능이 있다. 같은 말이라도 영어를 섞어 쓰니까 느낌이 퍽 달라진다. 거기다 대문자까지 구사하다니.

　　내가 아버지가 보낸 문자를 학원 친구들한테 보여주자 한놈이 "야, 영감. 네 아빠 알코올중독자라더니 멀쩡하네" 하고 놀라는 시늉을 했다. 사실 내 친구들보다 아버지가 더 친구 같다.

　　아버지는 나에게 "우리 친구 하자"고 했다. 엄마가 완전히 떠나간 걸 확인한 뒤 처음 한 말이 그거였다. 나는 그때 아버지가 좀 무서웠다. 교도소에서 나온 지 얼마 되지 않아서 머리가 짧고 얼굴이 까만데 눈이 반짝반짝하는 게 범죄자의 전형 같았고 나하고는 비슷한 데가 하나도 없었다. 엄마 말로는 내가 태어나 아버지의 얼굴을 본 시간이 다른 애들 사분의 일도 안될 거라고 했다. 친구고 부자고 간에 서로 알 시간이 별로 없었다.

"사실 내가 네 엄마한테 인간으로 못할 짓 많이 했다. 한마디로 한 여자 인생 확실하게 조져놨지. 네가 나이 들어서 늙고 귀찮은 나를 보면 얼마나 밉겠냐. 그때 뭐 아버지라고 패주고 싶으면 봐주지 말고 패. 그러고 지금부터는 평등하게 친구처럼 지내자니까."

그런 말을 할 때 아버지는 정말 멀쩡해 보였다. 하기는 그때만 해도 새로 뭔가에 중독되기 전이었으니까. 아버지는 중독이라는 개념 자체를 몰랐던 어린시절과 군대와 교도소처럼 중독될 품목을 선택할 수 없는, 어쩔 수 없는 때 빼고는 거의 언제나 무엇인가에 중독되어 있었다.

언젠가 알코올중독자가 나오는 영화를 본 적이 있다. 주인공은 단주자들의 모임에 가서 자신과 비슷한 처지인 사람들 앞에서 자신의 이름을 말하고 나서 알코올중독자라고 고백한다. "내 이름은 최상열, 알코올중독자입니다" 하는 식으로.

인터넷에서 알코올중독에 관해 알게 된 사실 가운데 하나가 알코올중독을 포함한 알코올의존증은 유전이 되는 경우가 많다는 것이다. 부모가 알코올의존증 환자이면 아들은 오십 퍼센트 이상이, 딸은 이십오 퍼센트가량이 알코올의존증에 걸릴 가능성이 있단다. 어떻게 보면 알코올중독자가 된 게 아버지의 선택이거나 책임은 아니다. 할아버지, 할머니가 알코올의존증일 수 있는데 표시를 내지 않고, 소질을 나타낼 계기가 없어서 그냥 살았을지도 모른다.

아버지는 할아버지가 죽을 때 "너 때문에 내 명이 줄었다"고 할 정도로 골치를 썩였다. 우리 집안 남자들은 대대로 예순을 채우지 못하고 죽는다는 전통을 지켜왔다. 할아버지는 쉰여덟살에 죽었다. 할아버지의 아버지, 그 위의 할아버지는 모두 쉰아홉살에 죽었다고 하니까 하늘이 우리 집안의 남자들에게 준 수명에서 한 살을 못산 셈이다. 자식, 곧 하나밖에 없는 아들인 내 아버지 때문에. 또 하나의 전통은 아들을 딱 하나씩밖에 못 낳는다는 것이다. '부모가 알코올의존증이면 아들이 알코올의존증이 될 확률이 오십 퍼쎈트'라는 법칙이 실제로 맞는지 맞지 않는지 알려면 아들이 둘 이상이어야 할 텐데 우리 집안에서는 통계자료를 만들기가 어렵다. 사실 확률 오십 퍼쎈트는 그럴 수도 있고 아닐 수도 있는 수치다. 이런 통계가 무슨 소용이 있는지 모르겠다. 안다고 해서 달라지지도 않을 것을.

알코올중독에 관해 또 알게 된 사실이 있다. 사람의 뇌에는 '보상씨스템'이라는 게 있어서 특정행위를 하거나 특정물질이 몸속으로 들어오면 '행복호르몬'이라 불리는 도파민이나 인체 내부의 모르핀이라고 불리는 엔도르핀이 분비된다. 뇌가 이 과정을 기억하기 때문에 사람들이 이런 물질이 분비되는 행위를 되풀이하게 되는 거다. 보통 사람은 먹고 자고 사랑하고 하는 일상적인 행위로 보상씨스템을 경험한다. 그런데 알코올이나 마약 같은 특정물질에 의해 인위적으로 보상씨스템을 경험하게 되면 자연이 준 씨스템은 동작하지 않는단다. 그래서 알코올중독, 마약중독자가 되는 것이다.

그런데 아버지는 보상씨스템이 남달리 일찍 계발된 사람 같다. 나이가 한 자리 숫자, 곧 여덟살 때부터 담배 피우고 술을 마시기 시작했다니까. 어린놈이 입에 담배를 물고 다니고 병나발을 부니 싸울 일은 저절로 생겼을 거다. 치고 차고 안되면 문방구용 칼을 휘둘러대서 경찰서도 여러번 갔다. 이런 건 잘한다고 종목별 대회 하고 메달 걸어주는 게 아니라서 그렇지 그랬다면 천재 소리도 들었을 거다. 하여간 할아버지는 아들이 딱 하나라서 모른 척할 수도 없는데다 할아버지가 고향 면내에서 땅이 가장 많은 부자여서 돈을 물어줄 때도 화끈하게 물어줘야 했다.

아이큐가 유전될 확률이 얼마인지는 찾아보지 않았지만 아버지의 머리가 나쁘지는 않은 것 같다. 형사범죄를 저지르면 소년원에 가게 되는 나이인 만 십사세가 되자 소년원에 갈 만한 사고는 치지 않았으니까. 쉽게 말해 중학교 이학년 때부터 한 두어해 조용했다.

그때 아버지에게 남다른 보상씨스템을 물려준 할아버지도 나름의 보상씨스템이 작동했나보다. 땅 팔아서 돈 물어주던 걸 한번에 만회하고 싶었는지 국회의원에 출마하겠다고 결심했다. 수능 사회탐구의 근현대사에서 배운 대로라면 그때는 민주정의당인지 하는 당이 중앙에 있었고 지역에는 지구당 사무실이 있었다. 읍내에서 가장 높은 빌딩——재일교포 출신 지역 국회의원이 자신의 생일인 6월 6일에 맞춰 세운 엘리베이터 없는 육층건물——에 있는 그 사무실에서 몇십년 동안 사무장만 해온 사람이 중앙당에 다리를 놔주겠다고 했다. 일단 다리를 놔주는 값이 현금으로 가방 하나였고 중앙당 몫이 바퀴 달린 이민자용 가방으로 하나였다. 이건 외할아버지의 말인데 외할아버지가 그때 가방 두 개를 다 운반했으니까 맞는 말일 거다. 외할아버지가 지게꾼이거나 화물트럭 운전기사라서 가방을 들고 밀고 다닌 건 아니다. 외할아버지의 형이 사무장이었고 그 사무실이 있는 건물에서 소사 노릇을 하고 있어서 가방을 날랐던 것이다. 외할아버지 식구는 그 건물 지하실에서 찌개냄비처럼 바글바글 소리를 내며 모여살았다. 엄마의 작은아버지 식구들은 옥상에서 살았는데 엘리베이터가 없는 건물 옥상까지 오르내리느라 그 집안 딸들은 다리에 울퉁불퉁 근육이 튀어나왔다고 한다.

돈을 넘겨준 바로 그날, 집으로 돌아온 할아버지는 부푼 가슴으로 사랑방에 앉아서 할아버지의 논밭으로 이어진 들판 너머 읍내 쪽에서 좋은 소식을 가지고 올 사람을 기다리고 있었다. 당장 공천을 해줄 것은 아니지만 연습 삼아. 그런데 할아버지가 바라보던 들판 건너편 석양이 물드는 언덕을 배경으로 나타난 사람은 교복을 입은 남학생과 여학생이었다. 두 학생이 향하고 있는 집은 바로 할아버지의 집이었다. 거기에 집이라고는 하나밖에 없었고 학생 중 하나는 아버지였으니까 틀림없었다. 그런데 아버지의 뒤에서 따라오는 여학생은 배가 남산만했다.

"너 그게 뭐냐?"

아기옷과 기저귀 등등으로 꽉채운 책가방을 양손에 든 아버지에게 할아버지는 그렇게 말했다고 한다. '그게'가 임신 팔개월째인 엄마 뱃속에 든 나였을까. 실실 웃으면서 아버지가 흔들고 있는 남학생 책가방과 여학생 책가방이 '그게'였을까. 엄마는 할아버지 임종할 때까지도 물어보고 싶어 입이 근질거렸다고 한다. 어떻든 그날 할아버지의 집에는 돈가방 두 개가 나가고 책가방 두 개가 들어온 셈이다.

"아부지, 내가 병원 가서 사진 찍어보니까 애 뱃속에 든 애가 아들이래. 아부지는 맏손자를 이렇게 일찍 얻을 줄 몰랐지? 이름 좀 지어줘라, 응?"

아버지가 말하고 나서도 할아버지는 가방 계산에 정신이 없었는데 아들이라는 소리에 안방에 삼년 동안이나 앓아누워 있던 할머니가 벌떡 일어나 밖으로 나왔다. 할머니는 엄마를 일단 마루에 앉히고는 꼬치꼬치 캐묻기 시작했다. 내가 태어나기 전 아득한 옛날 일이어서 그때에는 홍길동이 길거리에 나다녔을 것 같다.

—도대체 어떻게 된 연고인지 사실대로 고하여라.

—한 일년 전부터 학교에서 집으로 가는 길에 저 꼬마가 석달 열흘을 주야장천 쫓아와서 싫다고 했는데 백일 되는 날 비 오고 해서 다리 밑에서 비 그치기를 기다리다 어떻게 이렇게 되었소.

—성명은 무엇이며 어느 학교 몇학년이냐.

—이름은 안 아무개고 아무개 여고 이학년인데 교복으로는 배가 불러오는 걸 도저히 가릴 수 없게 되어서 학교는 안 나간 지 몇달 되었소.

—식구는 몇이고 몇남 몇녀의 몇째이냐.

—식구는 총 열한 명이고 아들 없이 딸 아홉 가운데 첫째이오.

—딸은 많으나 아들이 없어 불안하구나. 원래 집안에 남자가 귀한가.

—아니오. 큰아버지 식구들은 아들만 열한 명이고 작은아버지는 오남 오녀를 낳았소. 우리집이 가장 숫자가 적소.

—그 많은 식구들이 살려면 집이 커야 하겠다. 집은 어디에 있느냐.

—아버지의 직장인 읍내에서 가장 높은 육층건물에 우리집과 작은아버지네 집이 옥상과 지하에 있소.

—중간은 비워두고 형제가 아래위로 사는 이유가 무엇이냐.

—큰아버지가 공화당 때부터 지구당 사무실에서 사무장으로 근무하면서 얼마 전에 일본으로 돌아가 돌아가신 신복택 의원이 국회의원에 네 번이나 당선되도록 공을 세우셨다 하셨다 하오……

이 대목에서 할아버지가 슬그머니 일어서서 밖으로 나갔다고 한다.

—그동안 상열이는 어디서 어떻게 만났느냐.

──일요일이면 온종일 토요일은 한나절 평일은 아침저녁으로 하루 두 번 학교 가기 전 갔다오고 나서 만났는데 딸기밭 포도밭 콩밭 보리밭 뽕나무밭 모래밭 솔밭 바로 어제는 저수지 아래 풀밭에서……

몇분 뒤 할아버지가 나타났을 때 할아버지의 손에는 할머니가 앓아눕기 전 칼국수 밀 때 썼던 홍두깨가 들려 있었다. 할아버지는 미래 고부간의 고담준론을 들으며 간간이 하품을 섞어 손가락으로 모자를 돌리고 있던 아버지의 어깨와 등짝에 그 홍두깨를 사정없이 내리쳤다.

"이 개놈의 새끼, 나가 뒈져라! 나가 뒈져! 너 안 뒈지면 내가 내 명에 못살고 뒈지겠다!"

아버지는 손 귀한 집안에서 일찍 아들을 낳게 한 것을 잘못이라고 생각하지는 않았지만 엄마를 봐서 두어 대를 맞아줬고 그 다음부터는 피해서 도망다녔다. 면에서 가장 큰, 웬만한 초등학교만한 집이라서 숨을 데도 많았다. 내가 태어난 뒤 할아버지는 나를 보러 온 외할아버지에게 형님에게 드린 돈을 조금이라도 돌려받을 수 있을지 물어보았다가 멀쩡한 남의 딸자식 버려놓았다는 말에 입맛만 다셨다고 한다.

나를 낳고 나서 삼칠일이 지나자 나는 할머니가 있는 안방에 넘겨졌고 내 부모는 떨어져서는 못사는 애인 사이로 돌아갔다. 화장실 가는 것도 귀찮아서 요강까지 들여놓고 밤이나 낮이나 방에서 뒹굴었다. 내가 막 걷기 시작할 무렵, 일년을 그렇게 살았다니 대단한 부모다. 마침내 인내가 바닥이 난 할아버지는 읍내에 작은 집을 하나 사서 아들 부부와 손자를 내보냈다.

교도소에 갔다온 뒤에 아버지는 한동안 새벽에 눈을 뜨면 베개를 들고 내 곁으로 와서 옛날이야기를 주절주절 늘어놓았다. 주로 할아버지한테 잘못했다는 이야기였다.

"내가 네 할아부지 그 많은 산, 논, 밭, 과수원, 양어장 다 팔아서 노름에 뽕으로 다 털어먹고 아부지가 사준 집, 또 아부지 누워 계신 산까지 팔아먹었으니 나는 정말 개 같은 놈이다. 아니 개들도 친구 안할 거다. 난 개만도 못한 놈이다. 넌 나한테 잘못하고 싶어도 잘못할 게 없지? 내가 불알 두 쪽밖에 가진 게 없는데 네가 이거 가지고 뭐 하겠냐."

그건 아버지의 진심이었다. 아버지는 나를 속인 적은 없다. 할아버지하고 어머니를 하도 많이 속여서 한 사람이 일생 동안 가족을 속일 수 있는 횟수를 초과해서 그렇다고 했다. 그런 말을 만들어내는 걸 보면 웃기는 사람이다, 아버지는.

엄마한테 아버지가 가석방된다는 말과 함께 자신은 죽어도 아버지 얼굴을 못 보겠다는 말을 듣고 왠지 나라도 가봐야 할 것 같아서 버스를 세 번 갈아타며 교도소 앞으로 갔다. 나오기로 정해진 시간이 지나버렸는지 같이 나온 사람들은 아무도 없고 아버지 혼자 나를 기다리고 있었다. 아버지는 나를 발견하자마자 올림픽 백 미터 달리기에서 금메달 따고 돌아온 사람처럼 전속력으로 달려와 나를 끌어안았다. 그러고는 내 귀에 대고 속삭였다.

"와줬구나, 내 아들."

전혀 예상치 않은 말이었다. 아들이라니. 그 단어가 누군가 잘못 뱉어서 내 옷에 붙은 가래침처럼 싫었다. 손을 떼내려고 하는데 어깨가 축축해져왔다. 아버지는 울고 있었다. 아주 제대로 흑흑 소리까지 내가면서 울었다. 한쪽 어깨가 다 젖자 어깨를 바꿔서 흠뻑 적셔주었다. 보기 쉬운 광경은 아닌지 구멍가게의 여자까지 나와서 구경을 했다. 창피했다. 휴지를 달라고 해서 주자 코를 풀고는 교도소 쪽으로 던지면서 "야 이 개새끼들아, 내가 더러워서 다시는 안 온다" 하고 소리지른 건 아버지다웠다. 왼손 엄지손가락을 두번째와 세번째 손가락 사이로 끼워넣더니 낑낑 소리를 내면서 가랑이 사이로 주먹을 꺼내 흔든 것도 아버지니까 하는 짓이었다.

집에 와서는 한동안 내가 어딜 가면 어디 가느냐, 들어가면 어딜 갔다왔느냐 시시콜콜 묻고 따라다니려고 했다. 좁은 집에서 눈에 보이지 않으면 뭐가 불안한지 화장실에서 샤워할 때도 불쑥 문을 열고 들여다보았다.

"아 씨, 징그러워. 절로 가. 안 가?"

"야, 내 아들 내가 좋아서 좀 보자는데 뭐가 어때서?"

뭔가 엉큼한 생각을 하고 있다는 생각이 들었다. 자기 좋아서 정액 몇방울 뿌려놓고, 아니면 엄마가 소싯적 다리 밑에서 비 피하다가 실수하는 바람에 생긴 자식을 자기의 분신으로 생각하는 것 같은.

"아들이라고? 웃기지 마. 친구 하재매?"

"뭐 친구끼리니까 볼 수 있는 거지."

"자꾸 그러면 친구도 싫어. 나 집 나간다."

최후의 통첩을 하고서야 아버지는 시무룩하게 돌아섰다. 전혀 미안하지 않았다.

집 나가는 데는 아버지가 진정한 프로페셔널이다. 그러면서 다른 가족이 집을 나간다면 겁을 내는 게 정말 신기하다. 아버지 나이 열아홉살에 엄마와 나 셋이 남들처럼 가정을 이루고 살게 되자 아버지는 즉시 밖으로 나가기 시작했다. 처자식 있는 다른 집의 가장들은 돈을 벌러 집밖으로 나가지만 아버지는 돈을 쓰러 갔다. 그때 배운 게 당구다. 집에서 백걸음도 떨어지지 않은 곳에 파출소가 있었고 파출소 맞은편에 당구장이 있었는데 아버지는 파출소의 배모식 순경에게 당구를 배웠다. 배운 지 여섯 달 만에 오백점을 치는 고수가 되자 하기 싫어도 내기를 하게 되었다. 내기를 싫어할 아버지는 아니다. 할아버지 돈 갖다쓰는 게 취미였으니까. 그런데 아버지는 내기하는 족족 이겼다. 가장 대표적인 희생자는 아버지의 스승 배순경이었다.

당구장 주인은 한밤중에 카드도박을 하는 사람들에게 당구장을 빌려주고 있었다. 그 수입이 당구에서 나오는 것보다 더 컸다. 아버지는 여기서 제대로 돈 쓰는 법을 알게 됐다. 당구는 속임수가 없지만 도박은 속임수를 모르고는 딸 수가 없는 게임이다. 낮에는 당구로 돈 따서 밤에는 카드로 돈을 잃는 일이 주야

장천 계속됐다. 따는 돈보다 잃는 돈이 훨씬 많았다. 비율로 치면 한 십 대 일? 할아버지 집으로 가서 인감도장만 가져오면 할아버지 명의의 부동산을 담보로 잡고 돈을 빌려주겠다는 사람들이 있었다. 나중에는 담보를 잡는 게 아니라 아예 땅을 매매하는 식으로 문서를 조작해서 헐값에 할아버지의 땅이 넘어갔다. 아버지가 당구장에 출입한 지 삼년 만에 절반 이상의 땅이 남의 손에 넘어갔다. 처음에 담보로 잡힌 땅들만 빚을 풍선처럼 단 채 남았으나 할아버지가 충격으로 몸져눕는 바람에 그 또한 경매로 넘어가고 말았다. 아버지는 일이 터지기 전 잽싸게 집을 나갔다. 전국의 당구장을 떠돌아다니다가 입대하고 나서 이년인가 지나자 모든 게 깨끗이 끝났다. 할아버지는 사망했고 할아버지의 땅은 남의 소유가 되었던 것이다. 참, 그 크다는 할아버지의 집만은 남아 있어서 엄마가 나를 앞세우고 그 집으로 들어갔다. 여전히 앓아누워 있는 할머니를 모시고 살면서 남편이 돌아올 날을 기다렸다. 사실은 갈 데가 없었다. 외갓집 식구들은 여전히 엘리베이터 없는 육층건물 지하에 살고 있었으며 이모들은 더 자라 있었다. 엄마는 아버지의 수법을 본받아 집을 담보로 잡히고 빚을 얻어서 생활비로 썼다.

"내가 그때는 왜 그렇게 꿩마냥 고지식했는지. 꿩은 사냥개가 바로 뒤에서 쫓아오면 날지를 못하고 계속 달려서 달아나다가 덤불 같은 것에 막히면 눈을 감고 대가리를 콱 처박는단다. 제 눈에 보이는 게 없으면 저를 사냥하는 놈들도 제가 안 보일 거라고 생각하고."

엄마는 내가 말을 알아들을 나이가 되자 같은 이야기를 수백 번 반복했다. 나는 사냥꾼이 누구였느냐고 묻지 않았다. 내가 사냥개일 수도 있으니까.

아버지가 제대하고 집으로 돌아왔을 때는 내가 초등학교에 들어간 뒤였고 할머니의 병은 가망없이 깊어졌다. 속은 빚으로 차 있어 껍질만 남은 큰 집은 곳곳이 무너지기 직전이었다. 이럴 때 보통의 가장 같으면 집을 나가서 돈을 벌어와 처자식을 입히고 먹이고 환자를 병원에 데려가 고칠 생각을 한다. 그런데 아버지는 오히려 집에 들어앉았다. 오랜만에 엄마와의 관계에 불이 붙었다. 내가 학교에 갔다오면 엄마와 아버지는 넓은 집 곳곳을 돌아다니며 산삼 캐먹다 들킨 사람처럼 벌건 얼굴로 나왔다. 하긴 내가 있어도 별로 개의치 않았다.

"아, 애가 보잖아. 최상열, 그만 해라."

그때 엄마는 집안일을 제대로 했다. 음식준비, 빨래, 청소 등등. 엄마가 잠시라도 멈춰 있으면 아버지의 손이 엄마의 치마 밑을 들락거렸다.

"저도 제가 누구 덕에 어떻게 나왔는지 배워야지. 이렇게 생생한 성교육을 하면 애가 몇년 있다 우리 손자 낳아가지고 올지도 모르잖아."

그러는 사이에 할머니의 죽음을 계기로 집이 완전히 넘어갔다. 그래서 전설적인 엘리베이터 없는 육층건물 하고도 옥상으로 옮기게 되었다. 엄마의 작은아버지가 이사를 가서 비어 있었기 때문이다. 외갓집은 여전히 지하에 있었다. 여차하면 굶어죽게 된 판에 아버지는 대마초라는 걸 피우기 시작했다.

"군부대 근처 산에 야생 대마가 있었걸랑. 사회에서 대마초 피워본 경험이 있는 고참이 가르쳐주더라고. 힘들 때 한대씩 피우면 마음이 편해진다고. 인생 뭐 있나 싶고. 밥도 덜 먹어도 되고 하니까 얼마나 경제적이야. 대마야 산에 깔려 있으니까 갖다 피우면 되는 거 아냐."

아버지는 엄마에게도 권했지만 엄마는 기침이 너무 나고 연기가 싫어서 대마초를 피우지 못했다. 그것 때문에 아버지와 엄마는 결정적으로 길이 갈라졌다.

별로 알고 싶지 않지만 아버지는 무엇에든 중독되지 않으면 안되는 체질인데 저렴하고 손쉽게 중독생활을 유지하게 하는 게 대마초뿐이라서 피운 것이다. 아버지 말로는 대마초가 중독성이 없으니까 중독되지 않으면서 중독생활을 유지한다는 이점도 있다. 이렇게 아버지한테는 간단한 이야기가 다른 사람들이 보기에는 대단해 보일 수도 있는가보다. 다른 사람이란 대마초를 피워본 경험이 있고 피우고 싶은데 여러 사정상 대마초를 구하지 못해 환장한 인간을 말한다. 그놈들은 일 킬로미터 밖에서도 대마초 연기 냄새를 맡고 표정만으로 대마초를 가지고 있는 사람을 귀신같이 구별해낸다. 그렇게 해서 아버지가 만난 사람이 오태산 사장이다. 아버지가 그 인간 만난 게 일생 최대의 실수라고 후회하는 당사자.

수도권부터 불어닥친 아파트 신축 광풍이 우리 읍내에까지 불어오는가 싶더니 집에서 이백 미터쯤 떨어진 양파밭 자리에 아파트 공사장이 들어섰다. 아침 일곱시부터 땅을 파대는 소리에 잠을 자지 못하겠다고 싸우러 갔던 아버지가 갑자기 아파트 공사장에 나가기 시작했다. 엄마가 싸주는 도시락을 들고 집을 나선 지 사흘째 되는 날 아버지는 잡역부에서 조적공으로 승진했다. 평생 벽돌을 쌓아본 적이 없는, 쌓는 거라고는 그 무엇도 해본 적이 없는 아버지가 벽돌조적공이 된 건 인력을 공급하는 용역회사의 오사장 결정이 결정적이었다. 오사장이 아버지가 쉬는 시간에 내 시험지에 말아피우는 대마초 냄새를 맡았던 것이다. 엄마는 그것도 모르고 울고 또 웃으면서 지하실의 친정까지 달려가 이 사실을 알렸다. 엄마의 동생들은 하나밖에 없는 형부 덕에 한 달 몇번 삼겹살이라도 구워먹게 되리라는 기대에 부풀었다.

오십대의 오사장은 정력에 좋은 것이라고 코브라의 생간을 빼먹었다는 쎅스중독자였다. 대마초가 쎅스를 할 때의 쾌감을 높여준다는 이야기에 피우기 시작했지만 구하기가 어려웠다. 대마초가 흔하다는 동남아로 여자들을 데리고 가다보니 비용도 만만치 않았는데 다른 조적공이 벽돌 쌓을 시간에 벽돌 쌓을 줄 모르는 조적공으로 하여금 산에 가서 야생 대마를 찾아오게 하는 건 괜찮은 장사였다.

오사장을 만나고 나서 아버지는 자신이 능력을 인정받아 전국에 있는 오사장의 공사현장으로 가서 일해야 한다면서 집에 들어오지 않았다. 월급은 꼬박꼬박 통장으로 들어왔기 때문에 엄마는 살림하는 재미에 푹 빠져 있었다. 그 몇해 사이 아버지는 비디오 카메라에 찍혔다. 상대는 오사장의 여자들이었다. 찍은 사람은 마약에 빠져 완전히 변태가 돼버린 오사장 같다. 동영상이 인터넷에 올려진 건 찍은 지 이년쯤 뒤였다. 누가 올렸는지는 모른다. P2P싸이트에서 '퐁당퐁당 모텔'이라는 제목의 동영상으로 제법 유명했다. 옛날에 찍은 것이라 화질은 나쁘지만 아버지의 얼굴은 보였다. 문제가 된 건 여자들이 목욕탕에 간 사이 아버지가 술잔을 들고 부르는 노래 때문이었다.

"퐁당퐁당 돌을 던지자, 누나 몰래 돌을 던지자. 냇물아 퍼져라 멀리멀리…… 오매, 이거 한잔에 둘 다 뿅뿅 가겠네."

'퐁당'은 필로폰을 음료수나 술에 타서 상대 몰래 마시게 하는 수법을 말하는데 남녀가 여관에 들어갔을 때는 대개 성관계를 하기 전에 먹는다. 그렇게 하면 효과는…… 별로 알고 싶지 않다. 전문용어인 그 '퐁당'을 두 손에 들고 노래까지 불러대는 걸 본 경찰의 마약단속반이 수사에 착수해서 아버지와 오사장, 오사장의 친구들이 포함된 마약조직을 검거했다. 마약단속반에서 아버지를 쉽게 찾아낸 건 아버지에게 당구를 가르친 스승 배모식 순경, 아니 배경사가 마약반에 근무했기 때문이다. 뉴스에 나온 사건 제목은 '상열이파 사건'이었다. 아버지가 마약조직의 두목이라도 되는 것처럼. 오사장에게 붙은 변호사들이 어차피 감옥에 갈 아버지에게 다 덮어쓰고 들어가는 대신 감옥에 가 있을 동안 가족들의 생활비를 대주겠다고 했기 때문이다.

엄마는 아버지가 다른 여자들과 마약을 하면서 놀아났다는 것 때문에 아버지로부터 영원히 돌아서버렸다. 변호사가 아버지에게 전화를 걸게 해주었지만 엄마는 통화를 거절했다. 면회를 가지도 않았고 백번 넘게 온 편지에 한번도 답장을 하지 않았다.

엄마는 오사장이 생활비를 대준 육개월 동안 미용기술을 배웠고 미장원에 취직했다. 처음에는 월급을 받았지만 차츰 엄마를 보고 찾아오는 단골이 생기면서 일년 반쯤 지나 미장원 주인과 동업을 하게 되었다. 주인은 돈만 대고 미용에 관련된 일은 엄마가 전담하는 조건이었다. 사년째부터 엄마에게서 기술을 배운 미용사가 세 명, 보조가 여섯 명인 큰 미장원이 되었다. 결국 아버지가 감옥에 있는 동안 엄마는 미용계의 최고 실력자가 되었다. 물론 애인도 생겼다.

여자는 힘이 세질수록 예뻐질까? 예뻐서 힘이 센가? 이럴 수도 있고 저럴 수도 있겠지만 엄마는 전자 쪽에 가깝다. 엄마가 미장원에서 일하기 시작한 지 일년도 되기 전에 사내들이 하나둘씩 모여들었다. 머리를 깎으러 온 척하고 어떻게든 엄마 눈에 들기 위해서 말이다. 그 사내놈들의 여자친구나 부인 들이 감시를 하러 왔다가 엄마의 단골이 되었다. 여자들은 엄마를 보고 '이 여자는 내 남자를 넘볼 사람이 아니다. 사내라면 이를 갈고 있는 사람이다'라는 확신을 갖고 돌아갔다. 단골이 되면 만에 하나 엄마와 자기 남자가 만날 가능성을 차단할 수 있고 어차피 머리손질은 해야 하는데 솜씨있는 미용사한테 맡기는 게 좋으니까. 엄마의 성공비결은 간단했다. 아니 이렇게 복잡했다.

엄마의 애인은 엄마를 질투할 여자가 없는 남자여야 했다. 또 사내라면 진절머리가 난다는 엄마의 마음을 돌릴 만한 매력이 있어야 했다. 그리고 아버지처럼 엄마를 버려두고 제 좋은 대로 팔랑팔랑 사는 날건달이어서는 곤란했다. 엄마의 애인은 진짜 건달이다. 잘생겼고 시내 술집에 음료와 안주를 공급하는 사업도 하고 있다. 무엇보다 묵직하다. 어릴 때 울 때도 묵직하게 울고 똥을 싸도 찔끔찔끔이 아니라 왕창 쌌을 것 같은 인상이다.

"도장 쾅 찍어줘. 남편으로서 부인한테 해줄 수 있는 일 중에 마지막으로 남은, 나중에 생각해도 참 잘했다 싶은 보람있는 일일 거야."

아버지에게 이혼서류를 갖다주고 어지간하면 도장을 찍으라고 말하는 아들이 인류역사에 몇명이나 될까. 나는 유별난 아들이 되고 싶지는 않다. 우리는 친구니까 친구로서 권유한 것이다. 엄마가 내게 시킨 건 절대 아니다. 엄마는 지금 이대로도 상관없다고 할 것이다. 엄마와 애인이 살고 있는 집에 아버지가 쳐들어가서 어떻게 할 것도 아니다.

라디오에서 흘러나오는 대리운전 광고가 연탄공장 전체를 쩌렁쩌렁 울리고 있었다. 연탄공장은 아버지와 동갑내기인 사장이 경매에서 이십억원을 던져서 인수했다고 했다. 아버지는 연탄공장에 취직하기 전 대리운전을 해서 첫월급으로 재수학원에 버스 대신 타고 다니라고 나에게 자전거를 사주었다. 사달라고 한 적도 없는데. 아버지가 코를 훌쩍거리며 넘긴 서류에 지문 모양의 연탄가루가 묻었다. 아버지의 동료들이 휴게실 난로 옆에서 안 보는 척 우리를 곁눈질하고 있었다. 한 사람은 아버지 또래, 한 녀석은 내 또래였다. 지금 우리가 뭘 하는지 궁금할 거다. 짐작도 못할 거다.

"섭섭해?"

내가 묻자 아버지는 검은 빵모자를 벗고 검은 때 묻은 손으로 검은 때 묻은 얼굴을 쓸었다.

"내 주제에 뭘. 엄마가 너한테 원룸이라도 한칸 남겨주니까 고맙지."

"어라, 설마 위자료 같은 거 바라는 건 아니겠지?"

"야, 절대 아냐. 내가 그런 거가 또 뭐 필요하냐. 그냥 조금 벌어서 쓰고 살고 하면 됐지. 나, 지금 무지 행복해."

그때 아버지와 별로 차이가 나지 않는 지저분한 차림의 사장이 아버지를 불렀다.

"최씨, 그저께 행복실버요양원에 연탄 한 차 갖다주라는 거 어떻게 됐어요? 전화가 왔는데……"

아버지가 "집에서 보자"고 말하면서 천천히 서류를 내게 건네고는 대답했다.

"그거 눈 오면 양로원 가는 언덕길이 미끄러워서 못 갔는디

68

요."

"어제는 눈이 안 왔잖아요."

"어, 어제는 거시기 저녁때 퇴근하면서 들러서 갖다줄라 캤는데 다른 친구하고 약속이 있어가주고 못 갔슈."

아버지는 교도소에 있을 때 팔도 사람 사이에서 팔도 사투리를 배웠다는 게 자랑이다. 내가 보기에는 어색하기 짝이 없는데 그게 사회생활을 하는 데 큰 도움이 된다고 생각하고 있다. 주로 대답하기 곤란할 때 쓰는 거긴 하지만.

"이봐요, 최씨. 지금 연탄 떨어졌다고 요양원에서 난리가 났어요. 연말연시라고 사람들이 기부한 연탄을 배달 안 하면 어떡하느냐고요. 그리고 또 친구하고 저녁약속이라니, 당신 회사차에 배달할 연탄 싣고 자가용처럼 출퇴근했단 말이야? 지금 당장 갖다주고 와요."

"아, 그 연탄 딴데 급한 데 먼저 배달하다가 밀려서 그런 거라니깨. 그리고 나 지금 이 기분으로는 못 가니까 다른 사람보고 가라 캐요."

"기분? 기분이라고? 노인들이 추워서 벌벌 떨고 있는데 기분? 그래, 그러면 내가 가지. 당신이 사장 해요. 최씨, 오늘부터 당신이 사장 하라고. 내가 배달할 테니까 차 키 내놔요."

아버지는 말없이 열쇠를 사장에게 건넸다. 사장은 아버지를 매섭게 쏘아보더니 연탄이 가득 실려 있는 트럭을 몰고 밖으로 나갔다. 아버지는 한숨을 길게 쉬었다.

"참 없이 사는 사람들 너무 많아."

"우리는 뭐 많고?"

"넌 자전거 있지 않냐? 원룸도 네 거고. 화장실 비누에서 좋은 냄새 나더라. 엄마가 사다둔 거냐? 허브 비누?"

"어제 약속 있었어?"

"응, 오늘도. 아까 그 연탄 말이다, 사실은 사장이 직접 양로원에 신고 가기를 바랐기 때문에 일부러 배달 안 한 거다. 좋은 일하면서 돈만 덜렁 내놓는 거보다는 직접 가서 그 연탄으로 따뜻하게 지낼 사람 만나고 손이라도 잡아보면 훨씬 보람이 있지. 야, 이거 중독이야. 남 도와주는 거."

"남 도와주기? 기부가? 자기는 쥐뿔, 개뿔도 없으면서?"

"응, 내가 없을 때 남 도와주면 더 기분이 죽여줘. 난 연탄 사줄 돈 없으니까 몸으로 때우지. 독거노인 목욕 같은 거."

"약속이 그거였어?"

"그래."

아버지는 이렇게 엉뚱했다.

이혼서류를 접수하고 나서 금방 이혼이 결정되는 게 아니었다. 시범적으로 운영한다는 숙려기간 이주일인가, 뭐 그런 게 있었다. 아버지가 남들에게 시범을 보일 것이 남아 있었다는 게 놀라웠다. 아버지는 법원에 가서 서류를 접수한 날부터 시작해서 숙려기간이 끝나는 날 아침까지 술을 마셨다. 다시는 가지 않을 줄 알았던 법원에 다시 발을 들여놓고 거기서 또 엄마 얼굴을 보니까 심란하더라면서. 밥을 안 먹어도 배부르다고 보름 동안 내 생일에 비빔국수 한 끼 먹은 게 다였다. 어떻게 그러고도 사는지 불가사의했다. 아버지는 내 자전거를 타고 음주운전으로 법원까지 갔다. 자전거도 취했는지 오며가며 세 번이나 나자빠졌다.

"이제 판사가 방망이 쳤으니까 이혼신고하면 끝이다. 목마른 놈이 우물 판다고 네 엄마가 하겠지 뭐. 그렇지, 친구? 너는 이제 나한테 마지막 남은 친구다."

연탄공장으로 다시 출근하면서 아버지는 말했다. 고물 트럭을 타고 아버지를 데리러 온 연탄공장 사장이 나를 보고는 손을 흔들었다. 그 모습이 어쩐지 다정해 보여서 그가 아버지의 새 친구가 될 것 같다는 예감이 들었다. 그의 이름은 이혼서류 증인란에 들어가기도 했다.

신고기간인 석 달 내에 이혼 당사자 가운데 아무나 신고를 하면 이혼이 법적으로 성립한다고 했다. 아버지는 석 달 내내 술을 마셨다. 다행스럽게도 술 마시면 말이 줄어드는 스타일이고 몸이 견디지 못할 때까지 마시면 잠이 술 없는 곳으로 아버지를 데려갔다. 주정하면서 때려부술 만한 물건은 아예 없었다. 석 달 뒤 아버지는 시청에 가서 신고가 됐는지 확인해보고는 자신을 알코올중독자를 수용하는 정신병원에 넣어달라고 했다. 내가 인터넷을 찾아보고 병원은 돈이 많이 든다고 하자 요양시설로 방향을 바꾸었다.

"내가 마음이 약하잖냐. 보호자 승인 없이는 절대 전화, 면회,

퇴원 없는 조건으로 넣지 않으면 내가 어떻게든 나와버릴 거야. 내가 꼭 나아서 나올게, 친구. 마음 단단하게 먹고 내가 뭐라고 해도 내보내주면 안돼."

제 발로 요양시설로 가는 알코올중독자가 세상에 또 있는지 나는 잘 모른다. 앰뷸런스는 고사하고 택시 타고 가는 것도 돈 아깝다고 자기 발로 걸어서 버스정류장으로 가는 웃기는 환자다. 막상 시골에서 아들 집 찾아온 할머니처럼 보퉁이를 든 아버지가 버스를 타는 걸 보자 가슴 한쪽이 찌르르했다. 아버지는 한 발을 버스 난간에 올려놓았지만 다음 걸음을 어떻게 옮기는지를 잊어버린 사람처럼 당황하는 기색이었다. 하지만 곧 나를 돌아보고는 주먹을 불끈 쥐었다.

"파이팅!"

나도 주먹을 들었다.

"파이팅!"

주먹을 든 쪽의 가슴이 푹 찔리는 것처럼 아파왔다. 잘 갔다 와, 친구.

나는 자전거에 올라탔다. 아버지는 웃으며 손을 내밀어 흔들었다.

"먼지 가."

"먼저 가."

종내 아빠라는 말은 나오지 않았다. 버스가 출발했다. 아버지는 맨 뒷좌석에 앉아 돌아서서 손을 팔랑팔랑 흔들었다. 그런데 아버지의 눈이 빨개진 것 같았다. 나는 확인하기 위해 조금 더 가까이 다가갔다. 버스가 차츰 속도를 내기 시작해서 자전거 페달을 세게 밟아야 했다. 나는 오른손을 자전거 손잡이에서 떼어 아버지에게 흔들었다. 아버지는 열렬하게 두 손을 흔들어 응답했다. 입을 벌리고 얼굴을 일그러뜨린 채. 정말 우는 건가, 유치하게? 나는 엉덩이를 쳐들고 페달을 밟았다. 아버지가 창문으로 고개를 내밀고는 소리쳤다.

"뭐, 뭐라고?"

다시 페달을 열나게 밟는데 식당에서 웬 강아지가 한 마리 튀어나왔다. 반사적으로 왼손 브레이크에 힘을 주었다. 자전거가 급정거하며 내 몸이 공중을 돌아 바닥에 내동댕이쳐졌다. 온몸이 다 부러진 것처럼 아팠다. 얼마나 아픈지 눈물이 퍽 쏟아졌다.

"괜찮아?"

버스를 세우고 뛰어온 아버지가 꿇어앉아서 물었다. 하마터면 아버지의 품에 달려들 뻔했다. 나는 아직 어린 게 분명하다. 아버지 뺨에 눈물이 얼룩져 있었다. 아버지도 어리다. 하긴 우린 나이 차이가 열몇 살밖에 안되니까.

"내가 뭐 죽고 못살 데를 끌려가는 것도 아니구만, 너 왜 그러냐?"

아버지가 내 눈을 닦아주며 말했다. 터진 입 안에서 피맛이 났다. 눈물이 더 났다.

"어이구, 내 아들."

아버지가 나를 조심스럽게 끌어안았다.

답문자를 보냈다.

——문자 보내다가 걸리면 더 갇혀 있어야 하는 거 아냐? 조심하라구.

사람 구경하기 힘든 산속에 있는 알코올중독자 요양시설은 환자 맘대로 전화하는 게 금지된 곳이니 아버지는 요양시설 직원 누군가의 휴대전화를 훔치거나 빌렸을 것이다. 좀더 빨리 답을 보냈어야 했는지도 모른다. 퇴원을 며칠 앞두고 그사이를 못 참아 문자를 보내고 있는 것이다.

——뭐 제대 말년인데 마음이 아쉽고 허전해서…… 쏘주 한잔 했다.

이럴 줄 알았다. 알코올중독자 치료하는 데서 소주를 한잔하면서 회포에 젖는 사람이 내 아버지다.

——그럴 거면 뭐 하러 거기까지 갔어? 장난해?

나는 화를 내는 척했다.

——반성중.

재빠르게 문자가 날아왔다.

——맨날 반성만 하면 뭘 하느냐구? 고쳐지는 게 없는데. 지겨워 정말.

다음 문자는 뻔하다.

——미안.

여기서 더 나가면 눈물이다. 이모티콘 눈물이 아니라 진짜로 뜨거운 눈물을 뚝뚝 흘릴 것이다. 내 아버지의 이름은 최상열, 지금은 눈물중독자다.

설악 풍정

내가 처음으로 설악산에 간 때는 만 스무살이 되던 해 여름이었다. 동행인 기정은 내 친구 중 가장 진지한 성격에 청교도적인 엄격한 도덕관념을 가지고 있었고 용갑산 백질바우 석굴에서 막 면벽수도하다 나온 수행자처럼 순진했다(용갑산은 나와 기정의 고향에 있는 해발 팔백여 미터의 산으로, 정상부에 높이가 백길쯤 되는 바위 절벽이 있다). 그러므로 기정이 나를 찾아와서 설악산에 가자고 했을 때, 그가 말한 설악산은 정상에 올라가 '내가 왔노라, 너를 보았노라, 밟았으니 이겼노라' 하고 깩깩 원숭이처럼 소리나 질러대는 식의 정복 대상이 아니었다. 한마디로 그에게 설악산은 경외의 대상이었으며, 한마디 더 하자면 설악산을 올라갔다 내려오는 과정은 수행의 도정이었다. 하지만 나는 그걸 전혀 몰랐다.

나는 그전부터 설악산과 별 인연이 없었다. 고등학교 때 수학여행 가면 으레 기념사진을 찍고 오는 설악산 울산바위나 케이블카를 타고 올라갔다 내려오는 권금성은 그야말로 친구들 사진첩에나 있는 일이었다. 초등학교와 고등학교 때 내가 다녀온 수학여행 코스는 경주의 고적 탐방에 이어 부산 해운대에서의 바다 구경, 울산의 산업단지 관람으로 똑같았다. 중학교 때 수학여행을 갔다면 설악산에 갔을지도 모르는데 마침 그때 어떤 중학교에서 수학여행을 갔다가 교통사고가 크게 났고 그걸 계기로 전국적으로 수학여행 자체가 금지되는 바람에 갈 수가 없었다.

수학여행을 갔어야 할 중학교 이학년 때 담임선생님이 특별활동 지도교사가 된 등산반에 들 것을 강요하는 바람에 그로부터 학교 근처 야산을 수십번 오르내리는 경험을 하게 되었다. 매주 화요일 마지막 시간인 육교시, 앞뒤로 쉬는 시간 십분을 포함, 전속력 달리기로 미리 정해놓은 고지까지 다녀오는 게 등산반의 유일하고 일관된 프로그램이었다. 그런 식으로 야산을 죽어라 하고 뛰는 가운데 제대로 된 산, 유명한 산, 이름만 들어도 가슴이 설레는 산에 대한 열망은 점점 커져갔다. 그런 산의 이상적인 형태가 바로 설악산이었던 것이다.

설악산에 갈 경우 나는 중학교 때 단련한 체력과 쌓인 울분을 에너지원 삼아 정상을 향해 일로매진할 생각은 전혀 없었다. 산 이름이 괜히 설악이겠는가. 필시 흰눈과 같은 허벅지 언저리에 얼음 같은 물이 시원하게 흘러내리는 계곡이 있을 터이며 야산에서는 죽었다 깨어나도 구경할 수 없는, 일반 여학생보다 백만 배쯤 어여쁜 선녀들이 폭포수에 몸이 보였다 말았다 하며 단체로 목욕을 하고 있을 게 틀림없다. 그렇다고 선녀의 옷을 훔쳐서 아들딸 낳고 사네 하늘로 올라가네 하며 세월을 보내자는 게 아니고 선녀들 몸매나 훔쳐보고 깔깔거리는 웃음소리 들어가며 맛있는 거나 먹고 잘 놀다가 올 생각이었다. 혹 밥 지을 때 산삼 썩은 물이 들어가서 기운이 남아돌게 되면 산에도 약간 올라가보겠지만 조금이라도 힘들 것 같으면 즉시 포기하고 내려오리라는 예비계획도 가지고 있었다.

이십대 초반의 청년다운 발랄한 생각에 당연히 기정도 동조하리라고 생각했다. 나이가 나보다 한 살 많지만 그 역시 이십대 초반인 건 분명하니까. 하지만 기정이 하고많은, 놀기 좋아하는 친구들 중에 나를 찾아온 데는 제 나름의 생각이 있었으니, 저에게 있는 최신 우산형 텐트를 제외한 버너, 코펠, 모포, 램프 등등 등산에 필요한 장비를 가진 삼촌과 내가 한방에 기거하고 있다는 게 가장 큰 이유였다. 삼촌에게서 등산장비를 빌리지 못할 경우 훔쳐낼 수 있다는 게 두번째 이유였고 산에 가서는 내가 자신보다 훨씬 더 순진하니 자신의 통제 안에 둘 수 있으리라고 판단한 게 세번째 이유였다. 그렇게 우리는 각자 딴생각을 가지고 설악산을 향해 출발했다.

전날 밤 처음으로 설악산에 간다는 설렘에 잠을 설쳐서 그랬는지 아침 일곱시에 시외버스 터미널에서 기정을 만난 뒤 설악산 가는 버스를 타고는 내내 졸다 자다 꿈을 꾸다 했다. 꿈속에서 선녀들은 하늘옷이 아닌 비키니 수영복을 입고 있었다. 외국에서 온 선녀들인가 싶어 "I'm glad to see you. Thank you for your kindness" 같은 문장을 꽤 유창하게 발음하여 말을 건 것이 꿈에서 깨고 나서도 대견스러웠다. 그러다 다섯 시간 만에 도착한 곳은 관광객들이 북적거리는 외설악에 비해서는 한적한 분위기인 내설악 입구에 있는 용대리 마을이었다.

버스에서 내린 우리는 각자의 배낭을 다시 꾸렸다. 쌀과 버너 등속의 무거운 짐은 힘좋은 기정이 담당했고 모포나 코펠처럼 부피가 많이 나가는 건 덩치와 배낭이 상대적으로 큰 편인 내가 맡았다. 기정은 제 소유인 텐트를 배낭 위에 얹고 삼촌의 빨간 석유램프를 배낭 옆구리에 매달았다. 그게 무슨 진짜 산악인의 표지라도 되는 듯이. 그 램프는 우리가 가지고 있는 장비 중에 가장 예쁘고 부서지기 쉬운 물건이기도 했으므로 내가 가지고 가다 무슨 일이 생기면 물어내야 할지도 몰라 나는 기정이 램프를 매달 때 가만히 있었다.

용대리 남쪽 일 킬로미터쯤에는 실제로 '선녀탕'이라는 이름의 계곡이 있었다. 선녀탕 표지판을 보고 일단 용대리 근처에서 민박을 하면서 선녀와 목욕탕에 관한 탐구를 시작하겠거니 하고 지레 좋아하던 내게 기정은 추호의 망설임도 없이 "전진!" 하고 외쳤다. 하긴 민박을 하는 데 돈이 들 터이니 선녀들이 물장구치는 소리가 바로 앞에서 들리는 산속으로 가서 텐트를 치자는 것이라 생각하고 별 저항 없이 다리를 건넜다.

설악산 입구에서 안으로 육 킬로미터쯤 되는 백담사를 왕복 운행하는 버스가 서 있는 정류장을 가볍게 지나친 것도 곧 맞춤한 장소가 나올 거라고 여긴 때문이었다. 그런데 올라가고 또 올라가도 '오늘은 여기서 구경하고 먹고 놀고 자자'는 말이 기정의 입에서 나오지 않았다. 그냥 지나치기에는 아까운 푸른 물과 눈처럼 흰 바위가 어울려 있는 계곡을 통과하며 나는 "야, 오늘 어디까지 가냐?"고 순진한 척하고 물었다. 기정은 나를 힐끔 쳐다보더니 다시 "전진!"이라고 대꾸했다. 그러고는 배낭에 매달아놓은 램프가 딸그락 소리를 내도록 몸을 홱 돌리더니 빠르게 걸음을 옮기기 시작했다. 나는 우습기도 하고 더 좋은 곳이 있을까 싶은 마음에 기정이 걸음을 내디딜 때마다 흔들리는 귀여운 램프를 쫓아갔다.

갈 만큼 갔다 싶은데도 기정의 작고 날쌘 엉덩이는 쉴 줄을 몰랐다. 견디다 못해 내가 헐떡거리며 "어디서 누가 기다리기라도 하냐? 어디서 잘 거냐니까?" 하고 묻자 그는 한해 뒤 자신의 군대 보직이 되는 훈련소 조교처럼 눈에 쌍심지를 돋우며 또 "전진!" 하는 것이었다. 그러고는 이전보다 더 빠른 걸음으로 앞으로 달아났다. 텐트가 없이는 계곡에서 혼자 잘 수도 없고 혼자 뒤로 돌아서 집에 돌아갔다가는, 말도 하지 않고 등산장비를 가져갔다고 삼촌에게 맞아죽을 게 틀림없어 할 수 없이 뒤를 따르며 '야, 이 전진에 미친 놈아! 네가 무슨 고상돈이냐 나폴레옹이냐, 게 서지 못할까!' 하고 소리를 지르려는데, 계곡 위쪽에서 가냘픈 여성의 목소리가 들려왔다.

"아, 난 정말 죽어도 더는 못 가겠어."

딴건 몰라도 맨앞에 붙은 그 "아"라는 탄성이 말굽자석처럼 나를 잡아끌었다. 나는, 아니 내 의지와는 별 상관 없이 발이 길길이 뛰며 탄성의 진원지로 향했다. 마침내 나는 거친 숨을 몰아쉬며 계곡과 숲과 바위와 폭포수를 배경으로 한 어떤 광경을 보게되었고 그제야 내 발은 못이 박힌 듯 멈춰섰다.

거기에는 하얀 햇살을 반사하는 하얀 바위를 배경으로 하얀 바지와 하얀 티셔츠를 입고 하얀 손을 하얀 이마에 얹은 여자가있었다. 어찌나 하얀지 아무것도 입지 않은 것처럼 순결해 보였고 날개 없는 백의의 천사, 쉽게 말해 선녀처럼 보였다. 선녀 옆에는 다른 선녀가 있었던 게 아니고 거무데데한 얼굴에 시커먼 청바지와 같은 빛깔의 조끼를 입은, 무쇠솥의 뚜껑을 연상시키는 손의 소유자가 우락부락한 얼굴을 하고 서 있었다. 짐꾼, 아니 나무꾼처럼 보인 것은 등에 배낭을 두 개나 지고 있었기 때문이다. 이야기 속의 나무꾼과 다른 건 그 인간이 남자가 아닌 여자이고 손에 도끼가 없다는 정도였다.

"야, 이 기집애야. 도대체 얼마나 왔다고 못 간다고 그러냐? 쪽팔리지도 않냐? 여긴 설악산도 아냐. 아직 동네 계곡이라고. 백담사 지나서 수렴동은 가야 진짜 설악산이라니까. 저 머슴아들한테 한번 물어볼까? 백담사까지 얼마나 남았는지."

혜원 신윤복 「단오풍정(端午風情)」(1805), 지본담채(紙本淡彩), 28.2×35.2㎝

그러고는 그 웃기는 인간이 신윤복의 풍속화에서 목욕하는 기녀들을 훔쳐보는 동자를 가리키듯 우리를 향해 손가락질했다. 그러자 선녀가 "어머" 하고 작고 부드러운 탄성을 지르며 손으로 얼굴을 가렸다. 훔쳐보려던 게 아니었음에도 순간적으로 죄책감 비슷한 감정에 사로잡힌 나는 고개를 돌렸다. 옆에 서 있던 기정은 두말도 하지 않고 방향을 틀더니 다시 길을 재촉했다. 기정의 뒤를 따라가면서 그야말로 잠깐 본, 옛날식으로 표현하면 일별(一瞥)했을 뿐인 선녀인지 처녀인지의 화용월태(花容月態)가 눈에 삼삼하고 그 옥 같은 목소리가 귀에 쟁쟁한 것이었다.

"어이 친구, 우리 아까 그 여자애들하고 같이 가면 안될까. 걔들도 어차피 둘만 온 거 같은데 말이야. 갈길은 험하고 먼데 서로 등 밀어주고 손잡고 끌어주면 좋잖아."

내가 말하자 기정은 말도 안된다면서 고개를 저었다. 어떻게 그런 불순한 생각을 '설악'에 와서, 분명히 '설악산'에서 '산'을 빼고 발음했다, 할 수가 있느냐고 엄숙하게 나무랐다. 제가 하고 싶은 말을 내가 먼저 한 데 대한 반발임이 분명했다. 제가 그렇게 말했더라면 나는 기립박수를 쳤을 텐데 말이다.

"걔들은 먹을 것도 많이 가져온 것 같더라. 그 배낭 크기 봤지? 시커면 얼굴에 나무꾼 같은 여자애가 지고 있던 배낭 두 개. 우리는 쌀하고 고추장밖에 더 있냐. 여자애들은 반찬을 제대로 챙겨온다니까. 그냥 고추장도 아니고 고추장볶음, 맨김치도 아니고 김치볶음, 멸치도 아니고 멸치볶음 같은 거. 같이 가자니까."

기정은 수도승처럼 눈을 부릅뜨고 앞을 바라보며 "엄숙한 산행에서 기집아들하고 어울린다고? 택도 없는 소리!" 하고 단호하게 내뱉더니 걸음을 빨리했다. 나는 입이 튀어나온 채 뒤를 따라갈 수밖에 없었다. 그런데 신기한 것은 약 삼십여분 뒤, 두 여학생, 아니 선녀와 어딜 봐도 선녀와는 전혀 어울리지 않는 여자 나무꾼이 백담사 입구의 다리에 우리보다 먼저 도착해 있는 것이었다.

선녀는 이마에 손을 얹고 먼데를 바라보고 있었다. 나무꾼이 우리를 보고 픽 웃더니 그녀에게 뭐라고 말을 했다. 그러자 선녀가 우아하고 느리게 고개를 돌려 우리를 바라봐주었다. 나는 다시 못박힌 듯 서 있을 수밖에 없었다. 선녀와 사람 사이에만 작용하는 강력한 인력이 허공을 건너 전달되어왔다. 전기보다 더 짜릿하고 자력보다 더 흡인력이 있는 기운이었다. 그걸 견디고 서 있으려니 침이 꿀떡꿀떡 목을 타고 넘어갔다. 나무꾼이 나를 보고는 너 그럴 줄 내가 진작에 알았다는 듯 고개를 끄덕거리더니 선녀의 손을 잡고 돌려세웠다. 그러고는 믿을 수 없을 정도로 빠른 걸음으로 위쪽으로 사라져갔다.

"야, 백담사 구경 좀 하고 가자. 여기까지 왔는데 물도 좀 마시고."

기정이 말했지만 나는 급속히 사라져가는 인력을 쫓아서—선녀와 사람 사이의 인력은 거리에 백만제곱으로 반비례한다—정신없이 발을 옮겼다. 아무런 계산도 없었다. 그저 그 인력을 처음 수준으로 계속 유지해야 한다는 본능에 따라 움직일 뿐이었다. 기정은 얼떨떨해하면서도 내가 게으름을 피우지 않고 빠르게 가는 것을 반가워하며 내 뒤를 따랐다. 그런데 아무리 빨리 쫓아가도 선녀의 자취며 목소리, 하다못해 '아' 하는 탄성 한마디도 들리지 않았다. 그전의 두 배쯤 되는 속도로 폭풍 행군을 지속하여 내설악의 본격 산행 기점인 수렴동대피소에 도착했을 때는 이미 허공에 먹물 같은 어둠이 조금씩 섞이고 있었다.

대피소 안 침상에 선녀와 나무꾼 사이에 누워서 자면 오죽 좋으랴만 가까이 갔다가 속셈이 들여다보일 것이 두려웠다. 기정은 돈이 아까워서라도 대피소에서 잔다는 발상을 아예 하지 않고 있었다. 산에 들어온 후 처음으로 두 사람의 의견이 일치한 대로 텐트를 쳤다. 텐트 가운데에 있는 봉을 잡고 우산처럼 쭉 편 뒤 움직이지 않도록 짐을 들여놓는 게 다였다. 고등학교에 들어가면서 자취를 시작한 까닭에 밥하는 데는 선수인 기정을 제치고 내가 쌀을 씻어오겠다고 한 건 혹 선녀가 취사장으로 나올까 싶어서였는데 쌀의 허리가 동강이 나도록 씻고 또 씻으며 기다렸음에도 선녀는 옷자락조차 보여주지 않았다. 하긴 선녀가 밥을 해먹을 이유는 없었다. 이슬이나 천도(天桃)를 먹는다면 몰라도. 게다가 대피소 안의 매점에는 빵과 라면 등속의 간단한 요깃거리를 팔고 있어서 그걸로 허기를 모면하고 곧바로 잠자리에 들었을 수도 있었다. 하도 씻어 싸라기가 된 쌀로 밥을 해먹고 나자 완전히 어두워졌고 기정이 석유를 아껴야 한다면서 램프

불을 꺼버리는 바람에 잠을 청할 도리밖에 없었다.

다음날 아직 날이 밝지도 않은 꼭두새벽에 기정이 나를 깨웠다. 아무리 일찍 잤기로서니 벌써부터 난리를 치느냐, "세월이 좀먹냐 바닷물이 썩냐 태양이 녹스냐"고 투덜거렸더니 대피소에서 벌써 사람들이 출발하고 있으며 어제 그 여학생들도 방금 떠난 것 같다고 했다. 잠이 확 달아났다. 당장 쫓아가자고 서둘렀으나 기정은 기왕 해놓은 밥, 한 알이라도 버리면 산신령에게 벌받는다고 하면서 계곡물에 밥을 말아먹기 시작했다. 시간을 줄이기 위해 나도 숟가락을 들었다. 여름이라고는 해도 산속에서의 새벽이라 어지간히 추운데다 연속 두 끼를 반토막짜리 쌀로지은 밥을 먹어서 그런지 자꾸 혀짧은 말이 나오려고 했다.

"야, 틴구야, 데발 부탁이다. 돔 빠당빠당 움딕이다니까."

목마른 놈이 우물 판다고 텐트도 내가 걷고 코펠도 내가 부시고 버너도 내가 챙겼다. 느릿느릿 등산화 신고 산악인 배지처럼 배낭에 램프를 매다는 기정에게 사정을 하다시피 재촉하여 산행을 시작했다.

정상이 해발 1,708미터인 설악산은 바위가 많고 급경사가 많다. 걸음을 빨리한다고 속도가 나는 게 아니었다. 서두르다가는 오히려 숨이 차 빨리 갈 수 없다. 설악(雪嶽)이라는 말은 물에 씻긴 흰 바위가 많고 멀리서 봐도 상상 속 거대한 짐승의 이빨처럼 솟은 암봉이 눈처럼 희어서 만들어진 이름은 아니었을까. 설악산에서 유명한 등반로인 공룡능선이나 용아장성(龍牙長城)은 공룡의 등뼈, 용의 이빨처럼 길게 뻗쳐지며 군데군데 솟은 암릉의 형상을 이르는 명칭인데 뼈나 이빨은 칼슘 성분이 많아 모두 희다. 실제로 설악산은 불교에서 신성한 산인 설산(雪山)에 비유하여 그런 이름이 붙었다는 설(說)이 있고 금강산이 서리뫼〔霜山〕로 불리고 설악산은 설뫼〔雪山〕로 불리다가 설악으로 이름이 정착됐다는 설도 있으며 이런저런 설이 많아 설로 큰 산을 이뤄서 설악산(說嶽山)인지도 모르지만 내 알 바 아니었다.

바위와 물, 나무가 만들어내는 빼어난 경관이 펼쳐질 때마다 기정은 발을 멈추고 제가 무슨 김삿갓이라고 "허우아, 허억" 하고 탄성을 토해놓았다. 그러고는 볼일을 제대로 못 본 강아지처럼 몸을 꼬며 가사가 토막으로밖에 생각나지 않는 산 노래를 부르려고 애를 썼다.

"그 누가 그 누가…… 아 미치겠구만, 다음이 뭐더라?"

나는 한시라도 빨리 선녀를 쫓아가고 싶어 애가 탔지만 속내를 들킬 수도 없는 노릇이라 한숨을 쉬었다.

"아, 그거 꼭 알아야 걸음이 떨어져? 호이구…… 잊으려 애를 쓰는 옛사랑!"

"어, 맞네. 잊으려 애를 쓰는 옛사랑. 다음은?"

"잊으려 애를 쓰는 옛사랑, 그다음이 잊으려 애를 쓰는 옛님을,이고! 다음이, 생각나게 하는가! 그다음은 빠밤빰빰 반주 있고, 옛사랑 옛님이 나를 부른다! 메아리, 메아리, 다음 반주 다음 빰빰빰빰빰빰빰빰빰빰빰빰, 다음 아아아아, 다음 옛사랑 옛님이 나를 부른다!"*

"어, 근데 너 뭐가 그렇게 급하나? 똥 마렵나?"

그럼에도 오르고 올라 용의 이빨 사이를 파고들어가던 끝에 나는 또 그 가슴을 저릿하게 하는 대화를 들을 수 있었다. '깔딱 고개'라는 곳이었다.

"아, 난 정말 죽어도 더는 못 가겠어! 나 좀 죽여줘."

위를 올려다보니 나무꾼이 선녀를 끌어올리려고 안간힘을 다하는 중이었다. 그 급경사 코스는 몇년 뒤에는 철제계단이 설치되어 한결 쉽게 올라갈 수 있게 되었지만 그때만 해도 군데군데 가파른 곳에 밧줄이 늘어져 있을 뿐, 숨이 금세 넘어갈 듯 깔딱깔딱하며 올라가야 통과할 수 있다는 곳이었다. 선녀는 지칠 대로 지친 듯 나무꾼의 팔을 붙들고 서 있었다. 한달음에 달려올라가 그 아리따운 몸을 번쩍 안아들고 "선녀여, 걱정 마오! 이제부터는 소생이 구름 위로 모셔가겠소!" 하고 싶은 생각은 생각뿐이었고 나 자신도 오를 수 있을지 의구심이 들 정도로 낭떠러지길이 까마득해 보였다. 그런데 내 얼굴이 보이자마자 나무꾼은 "어머머, 쟤들 좀 봐! 여기까지 또 따라왔네. 어서 가자니까" 하고 큰 소리로 재촉하는 것이었다. 활이 있었더라면, 총이 있다면, 일인 요격용 미사일이 있더라면…… 그런 생각을 하는데 선녀는

---

* 「메아리」: 1969년 12월 톱힛트레코드사에서 발매한 'He5'의 앨범 「Merry Christmas 사이키데릭사운드」 네번째 수록곡으로 지웅이 가사를 짓고 김회갑이 작곡했으며 한웅이 노래를 불렀다. 이후 트리퍼스(1971) 김세환(1972) 김훈(1975) 등의 음반에도 수록되었다.

나를 보자마자 내가 무슨 텔레비전 프로그램 「동물의 왕국」에 나오는 허기진 표범이고 자신은 살찐 엉덩이를 가진 영양이라도 되는 듯 몸을 통겨올리더니 삽시간에 올라가버리는 것이었다. 기정이 지그시 내 옆구리를 찌르고는 고개를 절레절레 흔들어 보이기에 나는 성난 얼굴로 더 빠르고 거세게 고개를 흔들어주었다.

이 고지만 오르면 선녀를 만날 수 있다는 생각에 죽을힘을 다해 깔딱고개를 통과하자 바람결에 음식 냄새가 풍겨오고 사람 소리가 들리기 시작했다. 몇분을 더 가자 내설악 코스의 중간 안식처인 봉정암이었다. 절 마당에는 등산객들이 점심을 준비하느라 분주했다. 곳곳에서 석유버너가 푸르르르하는 특유의 소리와 함께 불꽃을 토하고 있었고 압력을 높이기 위해 돌로 뚜껑을 눌러놓은 코펠에서 쉭쉭거리며 김이 올랐다.

라면과 밥 냄새를 맡자 허기가 파도처럼 밀려왔다. 선녀가 어디 있을까 하는 생각은 순간적으로 파도에 떠밀려 가버렸다. 하긴 식욕이라는 게 소유욕, 명예욕, 권세욕, 수면욕, 색욕 기타 등등 만가지 욕망을 운위할 때 늘 맨 앞자리를 차지할 정도로 인간 본성의 핵심이 아니던가. 선녀를 사모하는 마음은 어리고 순수해서 수십년 동안 터줏대감 노릇을 해온 식욕의 상대가 될 수 없었다.

기정이 버너에 불을 붙이는 사이 물을 뜨러 갔다. 코펠 가득 물을 담아서 돌아오는데 전각의 처마 밑 그늘에 앉아 있는 선녀의 모습이 눈에 들어왔다. 나무꾼은 어디 갔는지 혼자였다. 하얀 얼굴, 하얀 옷에 눈을 감고 무방비상태로 잠이 들어 있는 듯싶었다. 갑자기 내 식욕이 비루하고 동물적인 욕망으로 느껴졌다. 나는 코펠에 든 물을 식욕이라도 되는 양 확 쏟아버리고 이슬을 머금은 듯 백합의 정령인 듯한 선녀에게 다가갔다. 그때 "저기예요" 하는 목소리와 함께 검은 그림자가 빠르게 다가왔다. 바로 나무꾼이었다. 「처녀 뱃사공」도 아닌 처녀 나무꾼.

나무꾼은 웬 잘생긴 이십대의 남자와 함께 오고 있었다. 두 사람은 모두 나처럼 코펠을 들고 있었는데 그건 제대로 한 밥과 돼지고기가 든 김치찌개 등속이었다. 산중 하고도 절간에 웬 돼지고기란 말인가. 그건 생각일 뿐, 내 뱃속에서 꼬르르륵하고 모내기철 도랑에 물 흘러가는 소리가 울려나와 처마에 메아리쳤다. 그 바람에 선녀가 눈을 떴다. 나는 지나가는 사람 시늉을 하며 황급히 선녀 앞을 떠났다. 다시 물을 떠서 그들이 있는 곳을 멀리 돌아올 때의 쓰라림은 평생 잊기 어려울 듯했다.

내가 보고 온 정황을 이야기하자 기정은 배낭에서 라면을 꺼내 봉지를 뜯으며 제가 무슨 돈 후안이라도 된다고 "여자가 둘일 때는 못생긴 쪽한테 먼저 접근해서 잘해조야 된다 카이. 그 여자한테 호감을 언으면 이쁜 여자한테 이야기를 잘해줄 거 아이가. 이쁜 여자들은 원래 남자에 대해서 의심이 많고 경계를 하지마는 지 친구 말은 믿거든. 그래서 한 큐에 둘이 딸리오기 돼 있는 기라" 하고 돼먹지 않은 연애의 기술을 늘어놓는 것이었다. 버너가 작동되다 말다 하는 바람에 물은 좀처럼 끓지 않았다. 나는 쓰린 속을 달래려 아예 팔베개를 하고 드러누워버렸다. 그 바람에 잠깐 잠이 들었다 깨니 라면이 이미 다 익고 기정이 제 몫을 먹어버린 뒤였다.

기정이 절 구경도 할 겸 수통을 채우러 간다고 가버리고 혼자 앉아서 불은 라면을 먹자니 뭔가 서럽고 외롭고 억울해 목이 다 메어왔다. 그런데 아까의 잘생긴 이십대 중반 남자가 지나가다 보더니 "그냥 맨라면만 드시자면 목이 막힐 텐데, 김치 좀 드릴까요?" 하고 묻는 것이었다. 내가 고개를 끄덕이자 남자는 비싸 보이는 배낭에서 김치를 꺼내 덜어주었다. 젓갈을 많이 쓰지 않고 알맞게 익은 것이 산아래에서도 먹기가 쉽지 않은 맛있는 김치였다. 팅팅 불어서 장마철 흙마당에 기어나온 지렁이만한 굵기의 라면이라도 그 김치와 함께 먹으니 산해진미가 따로 없는 듯했다. 게걸스럽게 면을 다 건져먹고 설거지를 겸해 국물을 한방울도 남기지 않고 쪽쪽 빨아서 다 마셔버렸다.

깨래랙하고 트림을 한 뒤 배를 통통 두드리며 코펠을 내려놓고서 보니 그제야 남자 뒤 멀찌감치 떨어진 처마 그늘에 무표정하게 서 있는 선녀가 보였다. 못생긴 처녀 나무꾼은 헐벗고 배고픈 토인을 돌보는 슈바이쩌를 보는 양 나와 남자를 번갈아 바라보고 있었다. 보이면 안될 장면을 보인 것 같아 대책없는 수치감에 빠져들고 있는데 기정이 돌아오더니 대뜸 남자에게 "아이고마, 우얘 이키 고맙구로" 하고 인사를 차렸다.

전민현이라는 그 남자는 건축사무소에 나가는 직장인인데 휴가를 맞아 예년처럼 혼자 설악산에 온 것이라고 했다. 대학시절부터 설악산의 수십개 코스를 경험해보며 열 번 이상 정상에 올랐고 그날 역시 대청봉에 올랐다가 외설악으로 하산할 예정이라고도 했다. 당일에 정상까지 갔다가 내려가기에는 시간이 빠듯하지 않으냐고 했더니 그는 우리의 계획을 물었다. 우리는, 아니 나는 계획이 없었다. 그저 선녀의 뒤를 따를 뿐.

기정이 우리는 설악산이 초행이라 길을 잘 모른다고 하자 전은 사람들 많이 가는 데로 따라가기만 하면 된다고 하면서 자신은 혼자 왔으니 먼저 가겠노라고 했다. 나는 선녀가 전의 뒤를 따를 기색임을 알아차리고 "우리는 설악산에 대해 전혀 모르고 체력도 바닥이라서 조난당할 확률이 백 퍼센트"라고 데리고 가주면 안되겠느냐고 부탁했다. 말을 하면서 코펠을 배낭에 때려넣고 일어섰다. 전이 "별 상관은 없지만"이라고 하자마자 앞장을 서서 소청봉 표지가 나 있는 길로 접어들었다.

계속해서 뒤에서 따라오고 있을 선녀가 의식되어 한번도 뒤돌아보지 않고 소청봉에 올랐고 쉬지 않고 걸어서 중청봉 대피소에 닿았다. 대청봉이 바라다 보이는 공터에 앉아서 보니 기정은 전과 무슨 이야기인가를 열심히 나누며 오고 있었고 선녀와 나무꾼은 산책이라도 나온 듯 손을 잡고 걸어오고 있었다. 그 꼴을 보자니 선녀의 손이 마냥 아깝기만 했다. 손뿐인가. 눈길도 숨결도 냄새도 땀도 바람에 흩날리는 머리칼도 다 아까웠다. 나 혼자

만 보고 냄새 맡고 쓰다듬고 느꼈으면 싶었다.

전이 대청봉을 지나서 최단거리 하산로인 오색약수로 가려면 배낭을 메고 가고 그렇지 않고 외설악으로 가려면 여기에 두고 가도 된다면서 선택을 하라고 했다. 나는 선녀의 선택을 기다릴 뿐이었다. 나무꾼이 나서더니 오늘 새벽부터 일찍 일어나서 너무 강행군을 한 것 같다고 하루 더 설악산의 품에서 머무르고 싶다면서 짐을 두고 가겠다고 하는 바람에 우리의 일정은 자동으로 정해졌다. 나무꾼이 말을 하면서도 추파에 가까운 눈짓을 연방 전에게 보내는 게 느껴졌다. 나무꾼도 여자였던 것이다!

설악산 정상 대청봉에는 구름이 밀려들어와 있어서 하계가 보이지 않았다. 내 정신은 온통 선녀의 일거수일투족에 쏠려 있던 탓에 다른 정황은 촛점이 맞지 않은 사진처럼 흐릿했다. 전이 일제 카메라를 꺼내 사진을 찍어주겠다고 했다. 다른 사람은 모두 나란히 섰지만 나는 사진 찍는 걸 싫어한다면서 딴전을 피웠다. 그래서 나의 첫번째 설악산 등정은 아무런 물증이 없게 되었다.

다시 소청봉으로 내려와 외설악으로 가는 길로 접어들었다. 하산로는 가파른 경사로의 연속이었다. 간간이 지게를 지고 올라오는 사람들이 눈에 띄었는데 물건을 지게에 실어 대피소 매점에 올려다놓는 사람들이라고 했다. 어쩌면 그들의 조상이 진짜「선녀와 나무꾼」전설의 그 나무꾼이었을 수도 있었다.

나는 떡 주무르듯 선녀의 손을 주무르고 있는 나무꾼을 그들에게 떠맡기고 그들이 나무꾼의 옷을 감추게 함으로써 선녀에게서 영원히 멀어지게 하면 어떨까 하는 상상을 했다. 그러면 나무꾼은 진짜 나무꾼의 아내가 되고 선녀는 내 아내가 되는데, 그 결과 나무꾼 집안의 나무꾼 피는 더욱 진해질 것이니 우리 집안의 후손들, 특히 여자 후손들에게는 절대 설악산으로 오지 못하게 유언을 남기고 죽어야겠구나. 이런 생각이 이어지는 동안 전이 몇년 전 어떤 여대생이 경사로에서 발을 잘못 디뎌 다리가 부러졌을 때 지게꾼이 지게에 싣고 가줘서 조난을 면할 수 있었다는 이야기를 했다. 나는 나무꾼에게도 같은 일이 일어나기를 하늘에 간절히 빌었다. 하지만 희운각 대피소가 나오고 길이 편해질 때까지 황소처럼 튼튼한 나무꾼의 다리에는 아무 일도 일어나지 않았다. 무정한 하늘은 푸르기만 했다.

대피소에서 전이 벨기에산 초콜릿을 꺼내서 나눠주었다. 전의 등산장비와 옷은 대부분 외제였고 한결같이 비싸 보였으며 한번도 이름을 들어보지 못한 게 많았다. 유복한 환경에서 태어난 듯 모난 데가 없었고 네댓 살 어린 우리에게도 예의를 갖추어 말하고 행동했다.

그는 당시 전국에 몇 되지 않는 남녀공학 고등학교를 나왔다고 했다. 군인과 경찰 가족 중 간부의 자녀들이 가는 학교로 오로지 남녀공학이라는 이유만으로 당시 중학생들이 가장 선망하던 바로 그 학교였다. 남자고등학교를 다니던 나는 사관학교 생도처럼 멋진 교복을 입고 모자챙이 눈썹을 살짝 덮도록 낮춰 쓴 그 학교 '아해'들과 길거리에서 마주치면 괜스레 두들겨패고 싶었는데 그 옆에 있는 멋진 여학생들 때문에 참곤 했다. 전은 바로 그 학교 출신인데다 여자 형제 풍년이 든 집안의 독자로 군대 징집을 면제받아 그런지 여성처럼 부드럽고 섬세한 데가 있었다. 남녀공학이라고는 초등학교 시절 말고는 경험해보지 못한데다 대학마저 여학생이 거의 다니지 않는 공학 계열에 진학한 나에 비하면 곁에 있는 여학생들에게 성적인 긴장을 거의 느끼지 않는 것 같았다.

나무꾼이 전에게 노골적으로 웃고 애교를 부리면서 제 속마음을 보이는데도 전은 조금도 아는 체하지 않고 고루 대화를 나누며 일행을 리드했다. 그날 나무꾼과 선녀가 무사히 설악산에서 내려오게 된 건 전의 역할이 결정적이라고 할 수 있었다. 하지만 내가 설악산 꼭대기까지 힘든 줄 모르고 올라갔다 내려온 데는 선녀의 역할이 절대적이었다.

해가 많이 기울어 있었고 몹시 피곤했다. 나는 선녀가 전날처럼 대피소에서 자겠다고 하면 무슨 수를 써서라도 대피소에서 함께 잘 마음을 먹고 있었다. 그런데 전이 그날로 바로 내려가겠노라고 했다. 그러자 나무꾼이 일초도 망설이지 않고 함께 가겠다고 하는 것이었다. 선녀는 조금 머뭇거렸으나 친구 없이 거기에 묵을 이유는 없었다. 나도 마찬가지였다.

간다고 가긴 했지만 두 여대생이 몹시 지쳐서 여러번 쉬게 되었고 해가 일찍 지는 산속은 조금씩 어두워지기 시작했다. 전이 주변을 살펴보고는 신중하게 고른 끝에 사람들이 야영한 흔적이 있는 계곡 옆 공터에서 야영을 하기로 결정했다. 전은 텐트를 여자들에게 양보하고 자신은 나무에 해먹을 걸고 자겠다고 했다. 나무꾼은 전이 하느님의 어린 양처럼 보이는지 감사기도를 하듯 두 손을 모았고 선녀 역시 전에게 감동한 듯했다.

계곡은 서늘했다. 땀이 식자 한기가 느껴졌다. 전은 기정이 밥을 준비하는 동안 익숙한 솜씨로 모닥불을 피웠다. 그러고는 배낭에서 수통을 꺼내 내용물을 뚜껑에 따라 내게 권했다. 알코올 도수 사십삼도짜리 위스키라고 했다. 체력이 바닥나서였는지 한 잔을 마시자마자 속이 확 뜨거워졌다. 술을 전혀 못 마시는 기정과 뭐 때문인지 안 마시는 나무꾼을 제외한 세 사람은 제법 마셨고 특히 나는 많이 마셔서 참치통조림을 넣고 끓인 김치찌개에서 참치만 건져먹고 밥은 사양할 정도로 흠뻑 취했다. 전은 또 모닥불을 둘러싸고 앉은 자리에서 하모니카를 꺼내 불기 시작했는데 어디 가서 공연을 해도 좋을 솜씨였다. 전의 독무대이긴 했어도 다시없을 아름다운 밤이었다.

한밤중에 목이 말라 잠에서 깬 나는 손으로 텐트 바닥을 더듬어서 혹시 물 떠놓은 게 없는지 확인했다. 있을 리 없었다. 없는 건 또 있었다. 내가 "물!" 하면 물을 떠올 램프의 노예도, 램프도 보이지 않았다. 어지간하면 그냥 자려고 했지만 목이 타는 것 같은데다 밖에서 들려오는 계곡의 물소리가 갈증을 참을 수 없게 만들었다. 친구라는 존재는 이럴 때 옆에 있어야 할 게 아닌가.

술을 마시지 않아서 몸과 마음이 생생한 친구라면 더구나. 나는 기정을 원망하면서 바닥을 더듬어 안경을 찾았다. 그런데 종내 안경을 찾을 수 없어 텐트를 열고 밖으로 나갔다.

맞은편 텐트 안에는 불이 밝혀져 있었고 그림자가 비치는 것으로 보아 선녀와 나무꾼이 자는 건 아닌 듯했다. 나는 바닥을 주의해서 디디면서 계곡으로 내려갔다. 서른 걸음쯤 내려가자 곧바로 물에 닿았다. 달이 훤하게 밝았고 물에 달빛이 반사되어 그렇게 어둡지는 않았다.

계곡에 닿고서 나는 앉아서 손으로 물을 떠 마실지 엎드려 물에 입을 대고 마실지 잠시 망설였다. 어린시절 읽은 『명화로 보는 성서이야기』라는 책에서 이스라엘의 판관 기드온이 자신과 함께 미디안의 대군과 싸울 삼백명의 군사를 선발할 때 적용했던 기준 때문이었다. 그 이야기를 알게 된 뒤부터 나는 컵이나 바가지 없이 물을 마셔야 할 때 둘 중 하나를 선택해왔다. 손으로 물을 떠서 마시면 기드온의 군대에 선발될 수 있지만 언제 죽을지 모르는 전장으로 싸우러 가야 한다. 엎드려 물을 마시는 건 가축처럼 무지몽매하다는 인식을 줄망정 집으로 가서 발 뻗고 잘 수 있다.

나는 짐승처럼 엎드려 엉덩이를 쳐들고 물을 마셨다. 그리고 고개를 들자 낮은 자세로만 볼 수 있는 바위와 나뭇가지 사이의 틈이 보였다. 그 틈 사이로 희끄무레한 사람의 형체가 보이는 듯했다. 물 튀기는 소리가 났다. 확실히 사람이었다. 나는 눈을 찡

그리고 촛점을 맞추었다. 선녀였다. 옷을 벗은 선녀의 뒷모습이었다. 흰 수건으로 머리를 감은 선녀는 목욕을 하고 있었다. 아니 선녀니까 목욕을 하는 것이었다. 나무꾼이 할 리는 없다. 나무꾼이 이런 아름다운 계곡에서 할 수 있는 일이라고는 도끼를 웅덩이에 빠뜨리고 징징 짜는 것뿐이다. 꽃향기인지 살냄새인지 어떤 향기가 맡아지는 것 같아 코를 벌름거리다 나는 벌름거리는 소리가 들릴까 숨을 죽였다. 가슴이 뻐개질 듯 방망이질을 쳤다. 그 소리가 들릴까 싶어 왼쪽 가슴을 쥐었다. 실상은 그런 소리 정도는 물소리 때문에 들릴 리 없었다.

그런데도 선녀가 무슨 소리를 들은 듯 얼굴을 돌렸다. 나는 얼른 고개를 숙이고 바닥에 바싹 엎드렸다. 만약 내가 들킨다면, 일부러 목욕하는 것을 훔쳐보려고 한 것은 아니지만 훔쳐보게 된 것은 사실이고 고의성이 없다는 것을 증명해봤자 비난과 수모를 당하는 것은 마찬가지일 것이다. 그걸 생각하자 가슴은 더욱 뛰었다. 머리에서 잉잉, 겨울철 전깃줄에서 나는 듯한 소리가 났다. 나는 흥분이 가라앉기를 기다리며 납작 엎드려 있었다. 그렇게 삼사분쯤 지났을까. 단 한번, 한순간이라도 목욕하는 선녀를 다시 보고 싶다는 생각이 들었다. 뒷모습만이라도 좋으니. 그 거센 욕망이 내 고개를 다시 들어올리게 했다. 그런데 바로 그때였다.

"어라, 이게 누구 다린공?"

기정의 목소리가 천둥처럼 내 머리 위에서 울렸다.

"엄마!"

선녀가 놀라는 소리가 들렸다. 나는 다급하게 소리쳤다.

"야, 나 아냐! 나 아니라고!"

기정이 물었다.

"니가 너 아이마 너는 누군데? 자다가 나무 다리 긁는다 카더이 지금 뭔 소리 하는지 모를따."

그러고 보니 램프 불에 비친 기정의 다리가 코끼리 다리처럼 거대해 보였다. 그리고 그 옆에 또 두 개의 다리가 나타났다. 그리고 또 둘.

"아, 내가 일부러 볼라고 본 게 아니고 물 먹으러 왔다가 우연히 보게 된 거야. 엎드려서 물을 마시다가 고개를 드니까 보이잖아. 저기 바위틈으로. 아, 정말입니다. 나 그렇게 나쁜 놈 아닙니다. 그러고 윗몸밖에 안 보였어요. 그것도 뒷모습만요. 정말이에요."

"도대체 뭘 본 긴데? 거기서 뭐가 보이노?"

기정이 내 얼굴 높이에 맞춰 제 얼굴을 들이밀었다. 그러고는 고장난 펌프 같은 소리를 내면서 낄낄대기 시작했다. 나는 몸을 일으켰다. 일단 방심하는 틈을 타서 도망이라도 가야 할 것 같아서였다.

"야, 네가 그렇게 사람 목욕하는 거 보고 싶어하는 줄 몰랐네. 너하고 목욕탕에 한 열 번은 갔는데 한번도 그런 티를 안 내더이마. 설악산이 좋긴 좋은 산인갑네. 저기서 목욕하고 있으이까 남자도 선녀로 보이더냐?"

나는 어이가 없었다.

"저기서 목욕한 게 너였어?"

"나는 추와서 얼어디지까봐 못하지."

윗몸에 아무것도 걸치지 않은 전이 다가왔다. 그는 흰 수건을 목에 두르고 있었다.

"아니 나도 목욕하고 싶었는데 먼저 하는 사람이 있으니까 반가웠다 이거지."

나는 옷을 입은 채 계곡물로 뛰어들었다. 물은 얼음물이나 다름없었다. 금방 턱이 맞부딪치고 몸이 덜덜 떨려왔다.

"야야, 옷은 벗고 해라."

"됐어, 누가 내 옷 훔쳐가면 어쩌라고."

나는 설악산에 있는 모든 사람들이 다 듣도록 큰 소리로 외쳤다. 어허허, 하고 웃는 남자 목소리와 함께 선녀와 나무꾼이 깔깔거리며 웃는 소리가 합창처럼 들려왔다.

기
적
처
럼

참나무가 듬성듬성 서 있는 경사지에 들어서자 느닷없이 발이 없어지기라도 하듯 허전한 느낌이 드는가 싶더니 주르륵, 하고 몸이 미끄러져나갔다. 다음 동작은 인정사정없이 패대기질당한 개구리 꼴로 땅에 얼굴을 처박은 것이었다.

하필이면 코를 박은 곳이 물이 질척거리는 흙이었다. 볼따구니를 땅에서 떼는 순간 양동수의 축사가 멀찍이 올려다 보였다. 축사에서 매일 수천 마리의 돼지 똥오줌 치우는 일을 해주고 받지 못한 석 달치 월급이 떠올랐다. 축사 곁에는 엉터리로 대충 지은 살림집이 있었다. 집 아래쪽에 묻은 정화조 역시 집과 마찬가지로 흉내만 낸 것이어서 수세식 화장실에서 내려온 하수가 정화기능은 맛도 보지 못하고 그대로 밖으로 흘러나가고 있었다. 그 엉터리 정화조가 내 얼굴과 손, 옷에 골고루 묻은 똥물의 발원지였다.

똥물에 푹 적셔진 흙은 생똥보다 더 고약한 냄새를 풍겨댔다. 어쩌면 흙에서 내게 옮아온 냄새에는 몇달 동안 내 몸에서 빠져 나간 게 포함되었을 수도 있었다. 그 생각을 하는 순간 좀체 나오지 않던 욕설이 쏟아졌다.

"니기미 씨부랄 니미랄 지랄 옘병 떠그랄."

불악산인지 불학산인지 이름도 잘 모르는, 축사가 산의 치맛자락에 어미 젖 빠는 돼지새끼처럼 달라붙어 있는 산에 온 건 받지 못한 월급 때문은 아니었다. 동수가 부도를 내기 전 다섯 달, 도망간 뒤 두 달 동안 돼지들 뒤치다꺼리를 하며 시내에서 축사까지 오가는 버스를 타고 출퇴근한 탓에 하루 네 번 운행하는 그 버스가 오자 반사적으로 올라탔고 가다보니 산이 보여서 한번 올라가보자고 마음을 먹게 된 것이었다.

축사 뒷산에 처음이자 마지막으로 올라가본 건 열 달 전 동수의 차를 타고서였다. 임도(林道)를 따라 중턱에 있는 약사암인지 약사사인지 갔지만 차를 타고 갔으니 정상의 높이가 육백 미터인지 팔백 미터인지도 몰랐고 그나마 곧바로 내려왔으므로 주말에 등산객이 좀 오기나 하는지 모르기는 마찬가지였다.

겨울에서 봄 사이 전신주를 바꾸는 공사판을 따라다니다 일이 끝나고 집에 있은 지 사흘, 답답함을 더 견딜 수 없어서 집에서 나오다가 도로변에 등산용품을 펼쳐놓은 행상과 맞닥뜨렸다. 일할 때 들고 다니는 낡은 가방 대신 쓰기 좋은 배낭이 눈에 들어오기에 큰맘먹고 이만원을 주고 샀다. 배낭을 사니 뭔가 그 안에 채워야겠다는 생각이 들어 편의점에 들어가 가장 값이 싼 것을 찾다보니 생수와 라면을 집어넣게 되었다. 배낭을 등에 메니까 발걸음이 척척 일하러 갈 때처럼 자동으로 내디뎌지는 것이었다.

축사가 보이지 않는 곳에 접어들어 산길을 조금 더 따라가니 제법 큰 계곡이 나타났다. 큰 덩치에 어울리지 않게 가늘게 물 흐르는 자국이 나 있었고 물이 산새 소리와 경쟁하듯 쩰쩰, 작은 소리를 내며 흘러내리고 있었다.

우리나라 국토의 칠할이 산이라는데 나는 산과는 인연이 거의 없었다. 태어난 곳은 지금 시내 한복판이 된 버스정류장이었다. 아버지는 자신의 땅이 다른 사람의 땅에 의해 떨어지지 않고 하나로 이어진 것을 큰 자랑으로 알았다. 나는 아버지가 이만 평쯤 되는 땅 한복판에 지은 이층짜리 양옥집에서 처음 태어난 아들 이었다. 그리고 또 아들만 둘 연이어 태어났으므로 삼대독자인 아버지는 그 집을 죽을 때까지 팔지 않겠다고 했다. 무당의 말을 믿는 어머니의 말대로라면 아무리 좋아도 죽는다는 말을 하는 게 아닌 것이, 죽을 때까지라는 말이 동티가 되었는지 아버지는 정말 죽었다. 교통사고라지만 서른여덟살밖에 되지 않았다. 아버지가 죽고 나서 읍내에서 가장 잘 지었다는 그 집은 곧 남의 손에 넘어갔다. 땅 역시 여러개로 조각나서 팔렸다. 집을 팔고 이사간 곳 역시 조선시대부터 주택가이던 평지였다.

평지만 살던 놈이 안 가던 산에 올라가려 하니 산신령이 초장부터 이렇게 귀싸대기를 올려붙여 입장료를 받으려는 건가 하는 생각을 하며 나는 얕은 계곡물에 얼굴을 씻었다. 옷은 어떻게 할 수가 없어서 내버려두었다. 냄새난다고 뭐라고 할 사람도 보이지 않았다.

"저 썩어 나자빠질 개아들 눔의 시키가 또 어디로 살금살금 기어나가는 거야? 밥 처먹고 할일 없으면 주경이 방 청소라도 좀 하지 않고? 야, 평생에 빌어 처먹을 눔아, 사람 말이 말로 안 들려?"

어머니의 가래 끓는 말이 등뒤에서 들려오자 감전이라도 된 듯 찌릿한 느낌이 목 아래에서 엉덩이 위까지 지나갔다. 전류가 지나간 자리는 본드라도 바른 자리처럼 뻣뻣해졌으므로 양 어깨와 등짝을 춤추듯 여러번 흔들고 나서야 원래대로 돌아갈 수 있었다. 아버지가 죽고 나서부터 '욕쟁이'라고 소문나기 시작한 터라 어머니의 입에서 나오는 말이 고운 적은 없었지만 언제부터인지 모르게 등뒤에서 들려오는 어머니의 말에 그런 식의 반응이 일어났다. 아니다. 언제부터인지 안다. 오년 전, 아내가 시어머니의 장손 타령을 견디다 못해 집을 나간 때부터이다.

아내가 장손을 낳지 못한 건 내 정자수가 보통 사람에 비해 부족하고 패잔병처럼 비실비실해서 정상적인 부부관계로는 임신이 불가능하기 때문이다. 하지만 그런저런 사정을 헤아려줄 어머니라면 내 어머니가 아니다.

사실 어머니는 손자를 이미 십오년 전에 봤다. 그 아이를 내

호적에 올렸으니 법적으로 장손이다. 삼형제 중 막내인 진호가 스무살에 알게 된 술집여자에게서 아기를 낳아왔던 것이다. 서른살인가 먹었다는 아기엄마는 아기를 낳은 병원에서 사라져버렸다. 진호가 아들을 낳았다고 같이 살 만한 인간이 아니었고 중절수술을 할 시기를 놓쳐서 낳은 것뿐이었다. 진호는 아기를 집에다 데려다놓고 애엄마 찾는다는 핑계로 집을 나갔다. 나가자마자 속상하다는 핑계로 술집에 들어갔고 술집에 앉았으니 술을 마셨다. 그러다 진호와 비슷한 사연으로 대낮부터 술을 퍼마시고 있던 손님과 시비가 붙었다가 상대를 반쯤 죽여놓았다. 상대는 제집 부엌에서 칼을 꺼내와서 술집에서 엎드려 자고 있는 진호의 옆구리를 찔렀다. 깨나서 달려드는 진호의 목을 찔러서 피가 분수처럼 솟구쳤다. 술집 안이 피로 도배가 되다시피 했다. 나자마자 부모를 잃은 아기는, 제 할머니의 말대로라면 근본도 모를 아기는 아내에게 맡겨졌다.

땀이 나기 시작했다. 호흡이 가빠왔고 거미줄을 피하던 눈을 나뭇가지가 찔러댔다. 눈 찌른 나무의 몸통을 붙들고 서서 물을 마셨다. 산을 모르는 눈으로도 사람의 출입이 잦은 산이 아님을 알 수 있었다. 안내표지판은 물론 리본도 눈에 띄지 않았지만 길이 확실히 나 있는 것은 다행스러웠다. 숲을 나서자 하늘이 보이면서 햇빛이 비쳐들었다. 오르막이 시작되면서 등이 땀에 푹 젖었다. 복잡한 생각을 하나씩 꺼내고 이리저리 굴려보다가 결국 해결이 안될 것임을 확인하고 되돌려놓기를 반복하다보니 몸이 힘든 줄 모른 채 나는 점점 위로 오르고 있었다.

작명소에서 아기의 이름을 주경이라고 지어온 것은 어머니였다. 그때만 해도 아기의 아버지가 누구인지 의구심을 가질 정도는 아니었다. 아이가 아내를 엄마라고 부르기 시작한 것은 달리기를 할 수 있게 된 네살 때였다.

"아무리 망할 집안이라도 정씨 집 애들은 이렇게 말이 늦지 않은데……" 하던 어머니는 급기야 주경이 진호의 씨인지 의심하기 시작했다. 그토록 자손을 바라면서 이미 있는 자손이 진짜 자신의 핏줄인지 의심하는 심정을 나는 이해할 수 없었다. 아내는 주경을 제 속으로 낳은 것처럼 싸고돌았다. 어떻든 이미 있는 손자와 낳지 못하는 손자 때문에 고부간의 갈등은 점점 심해졌다. 엄밀하게 말하면 갈등이 아니라 시어머니의 일방적인 공격이었고 며느리는 참을 수 있을 때까지 참을 뿐이었다.

'약사암'이라는 표지가 처음 나타났다. 검은색 페인트로 바위에 조잡하게 그려진 글자 위에 왼쪽으로 굽은 화살표가 글자보다 훨씬 더 크게 그려져 있었다. 배낭에서 휴대전화를 꺼내 시간을 확인했다. 산길로 접어든 지 한 시간이 지나 있었다. 이 정도면 운동효과는 충분했다. 일주일에 세 번 이상, 한번에 삼십분 이상만 운동을 하면, 그게 어떤 운동이든지, 운동효과는 충분하다고 의사가 말했다. 나를 두고 한 말은 아니었다. 버스터미널 위에 들어선 대형 쇼핑몰 곁에 있는 병원에 입원한 주경에 관해 이야기를 하다가 나온 말이었다.

장우환이라는 아크릴 명찰을 가운에 달고 있던 의사는 운동전문가가 아니라 정신치료를 담당한 사람으로 그가 한 말은 병원 앞 식당에서 주경이 먹을 음식을 배달할 때 덮어서 가져오는 신문에도 나오는 상식이었다. 문제는 주경이 식당에서 음식을 배달시켜 먹지 않으면 투약을 포함한 모든 치료를 거부한다는 것이었고 더 큰 문제는 하루 세 끼를 배달 음식으로 먹으면서 병원에서 나오는 음식을 포함 여섯 끼를 먹는다는 것, 그리고 운동을 절대적으로 거부한다는 것이었다. 그렇지 않아도 뚱뚱한 몸이 더 불어나 입원하고 나서 두 달 만에 몸무게가 십오 킬로그램, 곧 십오 퍼센트 증가했다. 제가 다니는 중학교에서 가장 무게가 많이 나갔고 일반인치고도 보기 드문 중량이었다. 학원에 보낸 아이는 늘 피씨방에서 놀다 왔는데 피씨방에서 나오다 들어오던 남자들과 시비가 벌어졌다. 함께 있던 아이들은 도망을 갔지만 주경은 덩치값을 하느라 그 아이들의 몫까지 맞았다. 원래부터 행동이 느려터져서 실컷 패고 나서 느긋하게 걸어가는 가해자를 쫓아가 잡지도 못했다. 양쪽 눈에 모두 출혈이 있었고 갈비뼈가 부러져서 입원을 했지만 석 달이나 걸릴 줄은 몰랐다. 외과, 내과를 거쳐 신경정신과 관할에 들어간 것도 생각하지 못했다. 위협적으로 보이는 생김새에 치료과정에서 간호사에게 난폭한 행동을 보여서 정신적으로 무슨 병적 원인이 있는 게 아닌가 하는 의문이 제기됐고 본인이 동의하면서 정신과 치료까지 받게 된 것이다.

"누가 애한테 피씨방 갈 돈을 준 거야? 난 학원비도 겨우 구했는데."

나는 내용을 알면서 물었다. 동생 진두 내외는 남이나 마찬가지이니 돈이 나올 데는 한 군데, 제 할머니뿐이었다.

"네깐년리 자식이 안 주고 못 줬으면 그냥 주둥아리 닥치고 있으면 될 일이지, 왜? 왜 개지랄이야?"

둘째아들한테는 돈 감춰놓고 주지 않는다고 손찌검까지 당하고 살면서 나는 언제나 만만한 모양이었다. 어머니는 때에 따라 욕쟁이 아줌마, 욕쟁이 할머니, 최순옥이라는 이름에 맞춰 '최순욕'으로 불렸지만 나보다 더 어머니의 욕을 많이 들어본 사람은 없을 것이다. 반면에 나는 한번도 어머니의 면전에서 욕을 해본 적이 없다. 식구처럼 가까운 사이에는 이런 식으로 관계가 한번 설정되면 바꾸는 것은 거의 불가능하다.

"애 버릇 버리잖아요. 가지도 않는 학원에 생돈 갖다바치는 것도 아깝구."

손 맞잡고 추는 춤과 같았다. 밀어붙이면 나는 벽에 등이 닿을 때까지 밀린다. 더 밀어붙이면 벽에 씹다버린 껌처럼 붙어버린다. 반면 둘째아들은 당신을 당신의 등이 벽에 닿도록 밀어붙인다. 언제나 술에 취해 있고, 술에 취해 있으니 돈을 벌 수 없고 필요한 돈이 없는데 돈 나올 구멍은 하나뿐이다. 그런데 그 구멍이 더이상은 없다고 거부할 때 주먹이 튀어나갔다. 어머니는 맏며느리를 구박해서 내쫓고 맏아들은 사람 취급도 하지 않는 반면에 둘째아들과 손자에게는 언제나 지고 맞고 밀리고 착취당한다. 두 인간은 어머니의 자그마한 몸을 빨판이 달린 다리로 친친 감아 꼼짝 못하게 하면서 남은 생과 기운을 철저하게 빨아먹고 말 것이다. 문어처럼, 거머리처럼. 문어 같은 거머리, 거머리 같은 문어처럼.

"등신 같은 눔, 애비가 애비 노릇을 제대로 못할 땐 돈이라도 척척 벌어와야 하는 거야. 썩어 나자빠질, 이런 일이 왜 있어? 경찰 말 못 들었어? 피씨방이 깡패새끼들이 득시글대는 우범지역인데, 덩치만 산만하지 천하에 착해빠진 중학생 애가 왜 그런 데를 가서 사고를 당하느냐 말이다. 집에 애가 가지고 놀 콤퓨타 하나 없으니 이런 일이 생기는 거 아니냐고. 그 생각 하면 내가 속에 천불이 나고, 나서, 죽겠다. 아이고, 나 죽네, 나 죽어, 내가, 온, 내 집에서 내 속으로 낳은 자식 때문에! 죽어, 죽어!"

어머니에게 주경이 성인피씨방에 갔었다는 말을 차마 할 수 없었다. 내용을 이해하지 못할 뿐 아니라 이해한다 해도 또다른 모함이라는 오해를 할 게 뻔했다. 바라기는 병원에 간 김에 장차 하고 싶은 것도 되고 싶은 것도 없고 그저 좋아하는 치킨이나 먹으면서 게임이나 하고 살 건데 누구든지 그런 자신의 생각이나 미래에 장애가 되면 절대로 가만두지 않겠다는 그 알 수 없는 속에 대해 CT·MRI·X-ray하여 비싸게 검사하고 또 했으니 어떻게 생겼는지 이야기나 시원하게 들었으면 했다. 결론적으로 내가 병원에서 들은 말 가운데 이해할 수 있는 말은 운동부족으로 비만이 초래된다는 것이었다. 반사회성이니 인격장애니 하는 어려운 말에는 어마어마한 진료비가 포함되어 있을 것 같아서 이야기를 들을수록 겁이 났고 들어도 무슨 말인지 몰랐다.

사람들의 병을 낳게 해준다는 약사여래가 있는 약사암으로 가는 길 반대편으로 접어들었다. 동수가 돼지 콜레라를 낫게 해달라고 만원짜리를 바치고 불상에 절을 하던 기억이 났다. 허리를 한껏 구부리고 길에 바싹 붙어 올라가지 않으면 안되는 가파른 길이 시작되었다.

이십여분가량 헐떡거리며 올라가자 널찍한 평지가 나타났고 쟁쟁쟁쟁하고 징이 울리고 있었다. 두 여자가 바위절벽 아래에서 제를 올리는 중이었다. 과일과 색색의 과자가 제물로 쌓여 있었고 바위는 촛불에 그슬려 새카맸다. 바위 아래쪽 깊숙한 곳에 솥이 걸린 흔적이 있고 비닐 움막을 세워놓기도 했다. 잠까지 자면서 기도를 하는 모양이었다. 제물을 보자 배에서 꼬르륵, 소리가 절로 났다.

바위에서 조금 떨어진 곳에는 죽은 나무 수십 그루가 날카로운 가지를 삐죽삐죽 세운 채 서 있었다. 누군가 산불을 내서 그렇게 된 게 틀림없었다. 그 나무 가운데 하나에 등을 대고 앉아 배낭을 열었다. 라면을 꺼내 봉지를 뜯은 뒤 면을 조각조각으로 부서뜨리고 분말 수프를 뜯어 봉지 안에 뿌리고 물을 부었다. 봉지를 여남은 번 흔든 뒤에 물을 마시고 손가락 끝으로 라면 조각을 건져서 씹기 시작했다. 남이 뭐라든 나에게는 중독성이 있는 맛이었다. 내가 라면봉지를 두 손으로 잡고 속의 국물을 다 따라 마셨을 때 징소리는 이미 그쳐 있었다. 여자들 중 젊은 축인 사십대 여자가 말을 붙였다.

"아저씨, 여기 밥도 있고 떡도 있는데 먹고 가셔요, 예?"

색동저고리 차림이 무당 같았지만 옷만 빼면 이웃에서 보는 여자들과 다름없는 평범한 인상이었다. 목소리에 동정하는 기미가 들어 있는 것을 나는 알았다.

"아이구, 이렇게 힘든 데까지 기도하러 올라오셨네요."

"고생을 해야 기도가 효험이 크지유. 이거 좀 잡숴봐. 우리는 다 끝났응께 치우고 갈라고요."

여자는 서두르고 있었다. 나를 자세히 보고는 말 잘못 걸었다 싶은 모양이었다. 열흘 전부터 기르기 시작한 수염이 문제가 된 것 같았다.

"괜찮습니다. 일 보셨으면 내려가시고요. 조심해서. 저는 조금 더 올라갔다 갈라고요. 혹시."

돌아서서 가는 여자의 등뒤에다 대고 나는 물었다, 그 등이 너무 야박스러워 보여서.

"저 바위 꼭대기에는 올라가보셨어요?"

여자는 돌아서서 눈을 깜박거렸다.

"신령님 머리 위에 왜 올라가겠어요, 우리가. 큰일나지요. 가지 마셔요."

기다리고 있던 여자도 한마디했다.

"여기 신령님이 얼마나 영험하신 분이라고. 알고는 꼭대기로 기어올라가는 인간 없어, 제정신이믄. 죄받지, 천둥 날벼락을."

나는 부러 크르르, 하고 트림을 했다. 내가 미신이다 뭐다 하는 말로 반박하려 든다면 몇배의 잔소리를 들을까. 어머니에게 나는 그렇게 당해왔다. 등신 같은 눔, 네가 뭘 알아서? 무슨 바보 멍텅구리 같은 생각을 하는지, 맨날 하나마나 한 말을 하는지, 물에 물 탄 듯 술에 술 탄 듯 미적지그리하니 지 애비 쏙 빼다박은 눔. 어머니와 나, 누구의 잘못도 아니지만 늘 그래왔다. 어머니가 내게 왜 그러는지, 나는 왜 그렇게 보이는지 이유는 잘 모른다. 나는 머리를 긁으며 "그 잘난 천둥 날벼락이 하필 나를 쫓아올라고" 하며 걸음을 뗐다. 여자들이 작은 소리로 뭔가 이야기하는 소리가 들린다. '미친놈' '제 팔자' 같은 말이 섞여 있는 듯하지만 모른 체한다. 안 오던 산에 와서, 힘들게 와서 작은 상처도 입기 싫다.

아버지는 승용차에 여자를 태우고 달리던 중에 절벽에서 추락했다. 두 사람 다 즉사였다. 문제는 그다음이었다. 아버지가 자신이 죽을 경우 보험금의 수익자를 아들 삼형제로 해놓았던 것이다. 만기 수익자는 아버지 자신이었다. 어머니의 자리는 없었다.

"그래? 아, 너희 사내새끼들끼리 다 말아서 해처먹으려고? 잘해봐라."

보험금은 얼마 되지도 않았다. 얼마였나. 아들 하나당 천만원의 삼분의 일씩 삼백삼십삼만원? 그게 내가 받은 유산의 총액이었다. 보험금 외의 모든 재산을 자신의 것으로 한 어머니는 경제관념이 희박했다. 한때 시내에서 가장 고급스러운, 비싼 게 아니라, 집으로 불리던 집을 다니던 교회에 사택으로 넘겼다. 신앙심이 부동산중개를 한 모양으로 집값은 거저나 마찬가지였다고 했다. 그런데 그 집을 팔고 나서 곧 어머니의 신앙은 불교로 바뀌었고 새로 산 집은 자동적으로 포교당이 되었다. 그러고는 또 무속신앙으로 바뀌었으니 공연히 집만 두 번 날린 셈이 됐다. 어머니는 평생 직업이 없었다. 돈이 떨어지면 땅을 팔 수밖에 없었겠지만 그 땅을 파는 데도 원칙이 없었고 조언해줄 사람도 없었다. 어머니의 친정식구라고는 외할머니뿐이었다. 외할머니는 내가 아버지의 보험금으로 재수를 할 때 뒷바라지를 해주기도 했다. 언제나 자는 듯 조용했고 내가 전문학교에 입학하고 군대에 간 사이 함께 살던 방에서 죽었다. 내가 기질적으로 가장 많이 닮은 사람은 외할머니다. 앉았다 하면 꼬박꼬박 졸거나 한마디 말도 없이 얌전하게 있다고 해서 별명도 '할멈'이었다. 제대하고 나서 나는 아버지 명의였던 땅이 하나도 없다는 걸 알게 되었다. 그 땅을 얼마에 팔아서 그 돈을 어떻게 했는지 어머니는 일절 말하지 않았다. 어머니 명의의 이층집 하나만 남았을 때 이머니는 이런 말을 했다. 외우지 않을 수 없을 정도로, 대충 백번.

"내가 부모 자식 간 천륜을 끊을 수는 없어서 너들을 집에서 잠은 재워준다. 공부? 그런 거 못 시킨다. 나도 한 적 없고 누가 시켜준 적 없다. 집에서 같이 사는 대신 너희들 먹을 거 너희가 벌고 나 먹을 거 너희들이 벌어와라."

나는 전문학교를 졸업하고 나서 어릴 때부터 굴뚝에서 연기가 올라가는 걸 봐온 시내 외곽의 벽돌공장에 취직했다. 거기서 결혼할 사람을 만났고 결혼했고 공장이 망할 때까지 십여년을 다녔다. 화물트럭을 몬 적도 있고 인력용역업체에서 펜대 굴리면서 관리를 한 적도 있었다. 돈이 된다면 어떤 일도 마다하지 않았다. 그런데 이상한 건 내가 일을 하기 시작한 뒤 월급을 받은 직장마다 모두 다 망했다는 것이다. 퇴직금을 받고 그만둔 직장은 하나도 없다. 유산으로 한번 목돈을 만져보고 그후로는 한번도 목돈을 쥐어본 적이 없다는 점에서는 직장에 한번도 다닌 적이 없는 동생 진두와 비슷했다.

진두는 퇴직금이 있든 없든 직장에 들어갈 생각을 하지 않았다. 일할 생각이 없었다. 그냥 가만히 엎드려서 주는 밥이나 먹고 살면 그나마 다행인데 툭하면 사고를 냈다. 운전면허를 따자마자 덜컥 차를 샀고 이틀 만에 교통사고를 내서 그 차를 폐차하고 상대방에게 차 한 대 값을 물어준 적도 있었다. 한번은 운좋게 잘 얻어맞아서 상대를 구속시키고 합의금으로 돈을 받았다고 좋아하더니 그 돈으로 도박을 하다 다시 입건되었다. 도박장 역할을 하던 음식점을 동업으로 운영한다면서 친구들을 모아놓고 흥청망청 먹고 마시고는 외상 시비로 또 싸우고 구속되었다. 풀려나자 감옥에서 만난 사람의 아버지를 찾아가서 사기를 치다 또 구속되었다. 늘 그런 식이었다. 수습이 되려면 돈이 필요했다. 은행에 집을 담보로 집어넣고 돈을 빼내는 수밖에 없었다. 그럴 때마다 모자간의 충돌이 있었다. 싸우면 제대로 싸웠다. 어머니는 욕과 고함으로, 진두는 말이 필요없는 주먹질로. 두 사람이 싸울 때 나는 말릴 수가 없었다. 양쪽에서 욕과 주먹질이 날아왔다. 그렇게 심하게 싸우고 나면 이상하게 두 사람 사이가 좋아져서 몇달은 조용했다. 집은 이제 담보에 내지 못한 이자까지 합치면 어머니 집도 아닌 셈이었다. 그 집에 식구라고 모여서 살지만 나는 언제나 더부살이로 사는 느낌이 들었다. 인정받은 적이 없었다. 아내가 집을 나갔을 때 나 역시 집을 나서리라 결심한 적도 있었다. 아내를 찾아서 함께 살려는 것이라기보다는 더부살이 인생이 지겨워서였다. 그렇지만 나가지 못했다. 중독이 되었다. 더부살이에, 삶 같지도 않은 삶에, 욕설에, 싸움에. 아버지가 죽은 나이를 넘어서면서 사정이 좀 달라질까 싶었다.

"동네사람들아, 내 말 좀 들소. 장남이란 게 에미 밥 굶는 거를 여사로 알고 눈 허옇게 뜨고 굶어 뒈지는 줄도 모르고 지 주둥이에만 밥이야 떡이야 처넣고…… 동네사람들아, 이런 거는 경찰에 고발이 안되는가. 112 좀 돌려주시오."

어느 여름밤, 일을 마친 뒤 혼자 저녁을 먹고 들어가니 어머니가 웃통을 벗어젖히고 고쟁이 바람으로 마당에 누워 발버둥치며 소리를 지르고 있었다. 얕은 담을 사이에 두고 사람들이 서 있었다. 수십년을 같은 골목에서 얼굴을 맞대고 살아왔지만 여전히 그런 일이 재미있는 모양이었다. 나는 사람들이 웃는 걸 보고 소름이 끼쳤다. 신기한 것은 어머니가 둘째아들이 자신을 치고받고 할 때는 동네사람들에게 한번도 하소연하는 법이 없으면서 한끼의 밥을 굶게 한 맏아들만 탓한다는 것이었다. 그때 진두는 제 식구들하고 저녁으로 중국음식 시켜먹고 텔레비전을 보고 있었다.

그날 저녁 내가 해준 밥을 먹는 어머니의 입에서 나는 소리는 스피커에서 나는 것처럼 컸다. 쫍, 쓰읏쓰읏, 쩝쩝, 쭈걱쭈걱 하는 그 소리. 그 소리가 들리기 시작하면서 어머니가 사료를 먹는 가축처럼 보였다. 배고프면 소리지르는 동물. 욕하는 동물. 늙은 동물. 어머니에게 나 역시 동물이었다. 욕 얻어먹는 동물. 밥하고 빨래하고 청소하는 동물. 돈 벌어오는 동물.

숨이 턱에 닿고 가슴이 터질 듯 뻐근해졌다. 나는 좁은 길 옆 큰 소나무 아래에 주저앉았다. 산 전체 높이의 사분의 삼은 올라온 것 같았다. 앞으로 두세 시간 동안은 날이 밝겠지만 이쯤에서 결정을 지어야 했다. 다시 오지 않을 것이라면 마저 꼭대기까지 올라가서 세상을 아래로 보고 소리라도 꽥꽥 지르고 내려오고, 다시 또 올 것이라면 체력이 많이 떨어진 것 같은 이쯤에서 내려가는 것이 옳았다. 휴대전화를 꺼냈다. 전화기의 배터리 부분이 뜨뜻했다. 신호가 수신이 잘되지 않아 배터리 소모가 심했는지 충전량을 표시하는 세 기둥 가운데 하나만 남아 있었다. 네시 십오분. 어느 쪽도 괜찮았다. 내려가도 되고 올라가도 되고. 어느 쪽도 마음에 들지 않았다. 가도 그만 안 가도 그만. 나를 찾는 사람, 내가 없어서 아쉬워할 사람은 없었다. 나는 미지근해진 물을 마시고 일어섰다. 발을 디디는데 오른쪽 발바닥이 아래쪽으로 틀어졌다. 방향을 아래로 잡았다.

집에 있는 방은 네 개였다. 아내가 집을 나간 뒤부터 어머니와 주경이 한방을 썼고 내가 하나, 이층은 진두 부부와 딸 둘이 쓰고 있었다. 주경이 자기 방을 달라고 했다. 방을 주지 않으면 집을 나가겠다고 했다. 할머니의 가슴을 발로 걷어찬 것이 그때였다. 할머니가 잠잘 때 자신의 고추를 자꾸 만진다는 게 이유였다.

"그거야 네가 귀여워서 그러지. 네가 너무 좋아서."

"그럼 아부지는 왜 내 고추를 안 만지냐? 나도 할머니 거 안 만지는데?"

할 수 없이 내가 쓰던 방을 주경에게 주었다. 아들이 아버지와 함께 자는 것도 거부했고 어머니가 당신의 아들과 자는 것이 싫다고 했기 때문에 나는 거실로 가야 했다. 그게 나쁜 것만은 아니었다. 일어나서 일을 나가기도 쉬웠고 들어와서 누워 잠들기까지 단 몇분의 시간이라도 단축되었다. 부엌일을 하거나 화장실에 가는 것도 편해졌다.

그런데 어머니가 밤중에 주경의 방에 가서 그 옆에서 잠이 들거나 아이를 만지는 일이 또 생겼다. 그리고 또 가슴을 차이고 아이가 지갑에서 돈을 꺼내서 가져가도 아무 말을 못했다. 도대체 어머니가 왜 그러는지 알 수 없었다. 나는 매일 일을 나갔다.

나라도 일해야 그나마 온 식구가 밥이라도 먹을 수 있었다. 밥값을 벌어다 밥을 하고 먹고 먹이고 일하러 갔다.

등산 초보자라 그런지 내리막길이 더 힘든 것 같았다. 시간이 자꾸 지체되었다. 어두워지려면 아직은 멀었다는 게 위안이 되었다. 불안한 것은 이런 식으로 가다가는 얼마나 더 걸릴지 모른다는 것이었다. 세번째 갈림길에서 나는 좁고 가파른 길을 선택했다. 지름길처럼 보였다.

하늘에 사람의 운명을 관장하는 어떤 존재가 있다면, 그의 이름이 하느님이든 부처님이든 산신령이든 간에, 그 존재가 나에게 부여한 운명은 하루 벌어서 하루 버티고 하루 사는 식의 삶이다. 그런데 당장 주경의 입원비가 문제다. 입원비는 삼백만원을 훨씬 넘어섰을 것이다. 주경을 때렸다는 깡패는 잡히지 않았다. 절대로 잡히지 않는다. 경찰서 본서에 근무하는 사람의 재종동생이라고도 한다. 돈을 낼 사람은 아무도 없다. 그렇다고 내가 돈 내놓으라고 어머니와 싸울 수도 없다. 어머니가 내놓을까. 그걸 진두가 가만히 보고만 있을까. 모른다. 모르겠다.

좁다란 바위틈이 나타났다. 나는 다리를 그 틈으로 밀어넣었다. 손으로 바위 모서리를 잡고 일 미터쯤 아래의 턱을 가늠한 뒤 뛰어내렸다. 모퉁이를 돌자 비슷한 길이 또 나왔다. 조금 익숙해져서 쉽게 내려갔다. 그러고 나서 큰 바위가 나타났다. 아니 절벽이었다. 약사암이 가물가물 보였다. 아래에서 제를 올리던 그 바위였다. 진짜 산신령님 마빡에 올라앉았네. 아이, 미안해

라. 내 몸에서 아직 풍겨날 묵은 똥냄새를 생각하면 더욱 그랬다. 그러면서 갑자기 나는 길이 끊겼다는 걸 깨달았다. 내가 들어선 길은 물길이었다. 물은 흘러갈 수 있지만 사람은 흘러갈 수 없었다.

절벽 위를 보자 푸른 하늘이었다. '내려가는 것은 네 맘대로지만 올라오는 것은 내 맘대로다'라는 듯 차가워 보였다. 코뿔소의 뿔처럼 치켜오른 바위 때문에 아래쪽이 얼마나 되는지 가늠할 수 없었다. 나는 소리를 질렀다. 아니 소리를 지르려고 했는데 무슨 말을 해야 할지 생각이 나지 않았다. 여보세요, 여기요, 사람 살려, 아줌마, 스님, 도와줘요…… 나는 결국 "어" 소리를 길게 냈다. 소리는 희뿌연 공간에 집어삼켜지고 나서 아무런 반향도 없었다. 자갈밭에 돌멩이를 하나 던진 듯했다.

기적처럼 오른쪽에 등산로가 보였다. 거리는 사오 미터쯤 될 듯했다. 누군가 받침돌을 일부러 놓기라도 한 것처럼 발을 디딜 데가 두 군데 있었다. 손으로 잡을 데만 있다면 천천히, 즐겁게 건너갈 수 있을 것 같았다. 물론 그런 건 있을 리 없었다. 놀이터가 아니니까. 도움닫기처럼 탄력을 붙인 뒤에 뛰어야 닿을 만한 거리에 발을 디딜 곳이 있었다. 나는 필요가 없어진 배낭을 벗어서 높이를 가늠할 겸 아래로 굴렸다. 코뿔소 뿔을 따라 넘어간 배낭은 십여초 뒤에 희미하게 퍽, 하고 지면에 닿는 소리를 냈다. 최소한 십오 미터, 아니 이십 미터쯤 될 높이였다. 이십 미터면 오층건물이다. 삼년 전, 하루 쉰 번씩 등에 벽돌과 모래를 지고 비계를 따라가던 공사판이 오층건물이었다. 나는 생각을 하면서 발을 뗐다. 발을 박차고 공간을 가로질렀다. 발이 닿을 곳은 제대로 보였다. 디뎠다. 그런데 탄력이 지나쳐서 몸이 멈춰지지 않았다. 몸 전체가 앞으로 쏠리는 것을 막기에는 발바닥 하나의 면적은 너무 작았다. 결국 나는 디딜 곳과 디딜 곳 사이의 절벽, 밋밋한 벽에 들러붙었다. 그래야 했다. 그럴 수밖에 없었다. 껌처럼. 껌이 될 수 있다면 좋겠다는 생각을 하면서 바위에 몸을 최대한 붙였다.

무슨 일? 아무 일도 없었다. 아직은 아무 일 없다. 온몸의 털이 곤두섰을 뿐. 그리고 조금씩이지만 무엇인가, 안다, 중력이다, 내 몸무게가, 주경의 반밖에 안되는 그 무게가, 내 몸을 아래로아래로 착실하게 끌어당기고 있을 뿐. 나는 눈을 최대한 크게 떴다. 두 손을 바위에, 손뿐만 아니라 밀착할 수 있는 모든 것을 붙였다. 그러니까 어머니와 춤을 출 때처럼 벽에 최대한 몸을 붙였고 벽의 일부가 되었으면 했다. 물처럼 천천히 흘렀으면, 흐를 수만 있다면. 그러나 나는 스스로의 몸이 조금씩 미끄러지고 있고 경사가 급해지면 속도는 더 빨라질 것이며 마침내 뿔을 지나 십여 미터 아래로 추락할 것임을 알고 있었다.

이대로 붙어 있으면서 물과 음식을 먹어가며 나이가 들고 늙어 죽을 수도 있다. 이대로 붙어 있을 수만 있다면 언젠가, 가령 주말에 등산객들이 지나가다 나를 발견하고 구조해줄 수 있다. 아직 화요일이라는 게 문제였다. 이대로 한두 시간만 붙어 있을 수 있다면, 휴대전화로 소방서에 신고해서 구조를 하러 오게 할 수 있다. 그건 어쩌면 가능할 것 같았다.

나는 최대한 천천히 왼손을 뗐다. 온몸에 힘을 주어 바위에 더 붙이고 왼팔을 바위에 붙여 마찰력을 최대한 유지하면서 바지 쪽으로 옮겨갔다. 손가락 끝만 움직여서 마침내 전화기를 꺼냈다. 그러고는 최대한 빨리 전화기를 왼쪽 귀와 어깨 사이에 가져다놓고 다시 왼손과 팔을 바위에 붙였다. 그렇게 하는 동안, 시간과 마찰력 손실의 영향으로 이십 쎈티미터 이상 밀려내려갔다. 마찰력을 높이기 위해 뺨을 최대한 바위에 붙였다. 맨뺨의 마찰력이 옷을 입은 부분보다 더 높을 것 같다는 생각이 들면서 바위에서 뺨을 뗄 수 없었다. 뺨이 몇개 더 있다면, 그 뺨마다 빨판이 하나씩 있다면 오래오래 매달린 채 목이 말라, 허기져서 죽거나 비바람에 맞아서 감기에 걸려 죽을 수도 있었다. 그러면 더할 나위 없이 행복한 인생이 될 것 같았다.

왼쪽 눈을 최대한 옆으로 돌려 전화기를 보았다. 수신 신호를 표시하는 기둥 역시 배터리 잔량표시처럼 하나였다. 제발, 제발. 번호를 누르려면 왼손을 다시 떼야 했다. 죽기보다 싫었다. 손을 떼자 주르륵, 하고 몸이 십 쎈티미터쯤 아래로 기울었다. 간신히 균형을 잡으면서 나는 119를 누르는 것을 포기했다. 혀로 연 플립 아래에 있는 번호판 가운데 1자를 왼손 엄지손가락으로 길게 눌렀다. 그리고 최대한 빨리 왼손을 제자리에 되돌려 손가락 하나하나를 다 펴서 바위에 붙였다. 등산화 위 복숭아뼈에 바위의 깔깔한 질감이 느껴졌다. 피부가 벗겨지는 중이었다. 제발. 신호가 가는 소리는 나지 않고 배터리가 다 되어간다는 경고음이 종소리처럼 울렸다. 제발. 그러는 사이에도 몸은 미끄러지고 있었다. 제발.

"여보세요."

쇳소리가 섞인 어머니의 목소리가 들렸다. 나는 "엄마" 하고 소리를 질렀다.

"엠병, 이게 뭔 모기 우는 소리냐."

전화기에서 입을 멀리하는 게 나을 듯해서 나는 고개를 젖혔다. 그 순간 몸이 기울었다. 나는 목이 터져라 소리를 질렀다.

"엄마, 엄마."

"주경이야? 우리 장손? 진두냐?"

간신히 균형을 잡은 사이 전화는 끊어졌다. 나는 귀와 바위 사이에 휴대전화를 끼워서 붙들고 움직임을 최소화해야 한다는 생각에 혀를 내밀어 번호판을 누르려고 했다. 혀로는 힘이 부족했다. 코는 어떨지 생각하는 사이에도 나는 조금씩 아래로 떨어지고 있었다. 그때 전화벨이 울렸다. 나는 반사적으로 왼손을 떼어 통화버튼을 눌렀다. 그 바람에 균형이 무너졌다. 본격적으로 미끄러지기 시작했다.

"엄마, 엄마!"

소리를 지르자 속도가 더 빨라졌다.

"이 엠병 걸려 뒈질 눔아, 왜 전화는 해놓고 가만히 있어!"

시간은 있었다. 손을 떼서 전화기를 붙들고 하고 싶은 말 한마디를 온전하게 할 시간은. 그러고서 곧바로 추락할 것이지만. 몇 초를 더 살 것인지, 하고 싶은 말을 할 것인지 결정해야 했다. 나는 언제나 결정을 미뤄왔다. 똥물에 젖어가는 흙처럼. 결정은 휴대전화가 내려주었다. 꺼져버린 것이다. 나는 휴대전화를 바라보던 눈의 촛점을 전화기 너머 왼쪽에 맞추었다. 그 순간 계단이 보였다, 계단 같은 것이. 나는 전화기를 쥔 손에서 힘을 풀었다. 전화기가 바위에 떨어지며 탁, 소리를 내고는 허공에 떴다. 그 순간 나는 발을 뗐다. 아니다, 나는 떼지 않았다. 발이 스스로 떨어졌다. 나는 몸을 돌리고, 아니 몸이 스스로를 살리기 위해 돌아갔다, 계단을 향해, 아니 계단 같은 것을 향해 스스로를 날렸다. 스스로를 살리기 위해 모든 계산을 다 했다.

나는 어느새 안전한 곳에 쭈그리고 앉아 있었다. 온몸이 부들부들 떨렸다. 평소의 나라면 죽었다. 죽었어야 했다. 척추를 타고 강렬한 전류가 흘러내리듯 찌릿찌릿한 등짝을 오므렸다 폈다 하며 나는 아래로 걸어내려갔다. 그 길은 지름길이었다. 올라올 때 수십분은 걸린 길이 높이로는 백 미터도 되지 않았다. 내가 미끄러졌던 절벽, 그건 채 이십 미터도 되지 않았다.

내가 앉아서 라면을 먹던 바로 그 자리, 깎아세운 듯한 고사목에 배낭이 걸려 있었다. 가지가 배낭의 배를 깊숙이 파고들었다. 배낭을 끌어내리려면 나무로 올라가야 했다. 나는 뜀뛰기를 몇 번 했다. 손이 닿지 않았다. 나무로 조금 올라갔다. 있는 힘을 다

해 나무를 흔들었다. 배낭이 시체처럼 힘없이 떨어졌다. 배낭에서 무게가 느껴지지 않았다. 나는 허깨비처럼 걸어서 바위 아래로 기어들었다. 액정이 박살난 휴대전화를 주워 주머니에 넣었다.

촛농이 덮여 있는 돌 위에 놓인 사과를 집어들었다. 입을 벌려 깨물었다. 과육은 아무 맛이 없었다. 중요한 건 내가 살아서 사과를 깨물고 있다는 것이었다. 나는 내가 살아나기까지의 과정에 대해 아무것도 기억할 수 없었다. 뇌는 기억하고 싶지 않은 기억을 깨끗이 지워버렸다. 내가 죽을 뻔하다 살아나서 간다는 것이 누구에게 중요할지 모른다. 나는 모른다.

"이 똥파리 같은 눔아! 벌거지만도 못한 자식이 온몸에 똥칠 흙칠을 하고 기어들어오네. 어디 가서 뭔 놈의 지랄발광을 뻐들고 오느냐고! 에미 말이 말 같잖어? 전화는 저 먼저 해놓고 왜 끊고 지랄이고! 밥은 왜 안해놓고 갔어! 당장 나가 뒈져라, 뒈져버려, 에구!"

나는 하하, 소리를 내며 웃었다. 어머니는 산발을 하고 도끼눈을 뜬 채 고개를 갸웃거렸다. 어머니 손에 들린 연탄재 묻은 부삽이 허공에서 어디로 갈 줄 모르는 듯 우쭐거렸다. 그게 우스웠다. 그제야 눈물이 찔끔찔끔 흐르기 시작했다.

피서지에서 생긴 일

Q: 저는 재작년에 여고를 졸업하고 가사를 돕고 있는 여자입니다. 지난여름에 친구 두 명과 서해안 해수욕장에 놀러 갔습니다. 밤늦게 도착해서 모래밭에 텐트를 치려는데 남자 세 명이 다가와서 도와주겠다고 했습니다. 그때부터 그들과 어울려서 물놀이도 하고 모래성도 쌓고 하면서 재미있게 놀았습니다. 그중에 J라는 사람이 있었습니다. 기타를 잘 치는 사람인데 막상 대화를 해보니까 잘 통하고 아는 것도 많았습니다. 피서지에서의 마지막 밤, 우리는 각자 짝을 맞춰서 주변에 놀러 갔다 나중에 만나기로 했습니다. 저와 J는 바닷가에 붙어 있는 소나무숲으로 들어갔습니다. 사람이 보이지 않자 J가 갑자기 저를 껴안으면서 사랑한다고 속삭였습니다. 저는 J의 불타는 눈길에 꼼짝도 못하고 키스를 당하고 말았습니다. J는 입술에 키스만 하는 게 아니고 뜨

겁고 물컹한 혀를 제 입속으로 집어넣으면서 제 가슴을 어루만지기 시작했습니다. 가슴이 마구 방망이질치고 다리에 힘이 없어졌지만 저는 그를 힘껏 뿌리치고 당신이 정말 이런 사람인 줄 몰랐다고, 왜 이렇게 비신사적으로 나오느냐고 소리쳤습니다. 그러자 J는 제게서 떨어지면서 미안하다고, 내가 원하지 않으면 절대로 그런 행동을 하지 않겠다고 했습니다. 그렇지만 여전히 저를 사랑한다고 하면서 내가 원할 때 언제든지 편지하라고 주소를 적어줬습니다.

선생님, 제가 지나치게 순진했던 걸까요. 혹시 혀와 혀가 닿는 키스로 옮을 수 있는 성병이 있지는 않나요? 부끄러워서 어디다 물어볼 수도 없고 걱정이 되어서 잠이 오지 않습니다. 답을 기다립니다.——안양 고민녀 O

A: O양, 누구에게나 아름답고 소중한 첫키스를 그런 식으로 강압적인 상태에서 당했으니 무척 가슴이 아프시겠군요. 그렇지만 서로의 입 안에 혀를 집어넣는 프렌치키스는 사랑하는 사람 사이에는 얼마든지 할 수 있는 것으로 심각하게 생각할 필요는 없습니……

"양우야, 양우여, 양우야. 야가 있나 없나?"

인수의 목소리에 양우는 벌떡 일어나 보고 있던 여성지를 장롱 위에 쌓여 있는 겨울이불 사이에 찔러넣었다. 다시 누우면서 여성지와 마찬가지로 표지가 떨어져나간 바둑잡지를 펴는 순간

문이 벌컥 열렸다. 방위근무중인 인수는 후줄근한 청개구리 빛깔의 제복을 입고 있었다. 큰 머리에 비해 지나치게 작은 모자가 떨어질까 아슬아슬한데 인수는 그 모자를 왼쪽으로 삐뚜름하게 쓰고 챙은 하늘로 향하게 길을 들여 멋을 냈다.

"어허이, 야가요. 더운 대낮에 문 닫아놓고 방구석에 처박히서 뭐 하노."

양우는 아직 부풀어 있는 사타구니께를 들키지 않으려고 돌아누우면서 말했다.

"남이사 전봇대로 이빨을 쑤시거나 말거나."

"기차 발통에 바람을 넣거나 말거나, 밤송이로 똥구멍을 닦거나 말거나, 삽으로 귓구멍을 파거나 말거나."

인수는 문앞 쪽마루에 걸터앉으며 본격적으로 주워섬겼다.

"우애 왔나?"

"돼지매이로 방구둘은 고마 구불라댕기고 시원한 데로 놀로 갈 계획이나 짜자."

"언제, 어데로?"

인수는 손가락을 꼽았다.

"미칠 있으마 국경일하고 공일도 있고 해서 연휴잖나. 내가 금요일에 부대서 야간근무꺼정 하고 아침에 나오마 이박삼일로 피서를 갈 수 있거당. 놀로 간다 하마 우악산 정도는 가야지. 내가 작전은 다 짰으이 너는 몸만 따라와도 된다."

"너하고 둘이 무슨 재미로? 안 간다."

"아, 그 자슥 내 그럴 줄 알았지. 내가 설마 지집아들도 없이 가자 캤겠나. 예옥이하고 청자하고 세희하고……"

"강세희? 가가 언제 왔는데?"

"봐라, 봐. 대반 입이 바소구리(소쿠리)만해지네. 안마, 주디에 묻은 춤 좀 닦아라. 내가 어지 아래(어제 그제) 부대서 근무하고 퇴근하다가 본께 세희가 버스역(시외버스 정류장)에서 가방을 들고 나오더라고. 내가 집까지 자전거로 가방을 실어다주민서 너는 어데 놀러 안 가나, 날도 이키 더분데 하고 실무시 물어본께 안 그래도 예옥이하고 청자하고 놀로 갈라 캤대여. 가를 일단 집에 바래다주고 예옥이 간나이한테 전화해가이고 그 간나이들이 언제, 어데로 간다는 거를 다 알아냈지. 간나이가 처음에는 그 말을 어데서 들었니야고 우리 따라올 생각 하지 말라고 지랄뻥을 떨어쌓데. 누가 따라간다 캤나. 저들은 저들대로 가고 우리는 우리대로 가마 되는 기지. 우악산 넓은 골짜기가 어데 저들만 가는 데냐고."

양우는 고개를 끄덕거렸다. 서울에서 대학에 다니는 세희에게 걸맞은 파트너로 인수가 자신을 생각해낸 것을 쉽게 알 수 있었다. 양우가 다니는 대학은 지역의 단과대학이었지만 인수의 친구 중에 세희와 함께 피서를 갈 만한 사이면서 수준이 비슷한 인물은 양우뿐이었다.

"가들은 셋인데 우리는 둘만 가나?"

"내가 여까지 왜 일부러 왔겠나?"

공은 금방 양우에게 넘어왔다. 양우는 자신과 인수 둘 다 아는 친구로 두 사람이 여자들과 우악산 계곡에 피서가서 목적한 바를 성사시킬 때 방해가 되지 않을 만만한 얼굴을 떠올렸다. 한 면에 열 명씩 들어 있는 졸업앨범 같은 친구 목록이 머릿속에서 넘어갔다.

친구들은 세 부류 가운데 하나였다. 군복무를 하고 있는 인간이 다수였고, 대학생이거나 그에 준하는 신분으로 입대를 미루고 있는 경우와 군 면제를 받은 부류였다. 그들 두 사람이 앞의 두 부류에 해당했으므로 세번째 부류에 드는 인간이 함께 가는 것이 구색이 맞았다. 앨범이 세 면째 넘어가려 할 때 양우는 넘기는 것을 멈췄다.

"종술이!"

"도꾸메리쫑쫑!"

양우의 입에서 이름이 불리고 나서 일초도 되기 전에 인수의 입에서 반응이 나왔다. 초등학교 시절, 해방 전 일본에서 태어나고 성장해서 사춘기 때에 한국에 온 인수의 어머니는 인수를 일본식 애칭으로 '닌짱'이라고 불렀다. 인수(仁秀)의 인의 음 '닌'에 일본말에서 우리의 '님, 씨'에 해당하는 존칭접미사 '상(樣, さん)'의 어린이말 '짱'이 결합한 애칭이었다. 그녀의 콧소리와 종종걸음, 아기처럼 응석 섞인 억양을 놀리면서도 속으로는 은근히 부러워하기도 했던 아이들은 자신의 이름을 일본식으로 고쳐 부르는 장난을 하기 시작했다. 일상 언어에 일본말을 섞어 쓰거

나 일본식 이름을 가진 어른들이 많아서 가능한 일이었다.

박종광(朴宗光)은 큰 덩치와 아버지가 보내준 합기도장, 검도장 덕으로 그들이 다니던 초등학교 육년 내내 동기생들을 지배한 인물이었다. 그는 원래 평범한 이름이 아닌, 지배자에 걸맞은 별호를 필요로 했는데 아이들 사이의 유행에 맞추어 '박'은 '보꾸'로 바꾸고 이름은 '무네미쯔'로 제법 꼴을 갖추었다. 그에게는 생일이 두 달쯤 차이가 나는 이복동생이 있었고 그 이름이 종술(宗述)이었다. 한 아버지의 자식이 각각 다른 어머니의 뱃속에서 같은 해에 태어났다는 것만 가지고도 충분히 호기심의 대상이 될 수 있었다. 그보다 결정적인 건 그들 각자의 어머니가 한 남편과 한집에서 살고 있다는 것이었다.

종광은 종술 때문에 자신이 표면적인 경외의 대상에 그칠 뿐, 마음속에서 우러나는 존경을 받지 못한다고 여겼다. 그래서 적어도 일주일에 한두 번은 종술을 보는 대로 열 발자국 전부터 기합을 넣으며 달려가 믿을 수 없는 도약에 이은 당상차기나 고난도의 뒤돌려차기로 쓰러뜨리곤 했다. 모든 아이들이 바닥에 쓰러진 종술에게 침을 뱉는 자신을 보아주기를, 종술이 쥐구멍 속으로 숨는 시늉을 하기를 바랐다.

한편 종술은 그 자신도 '보꾸'씨 집안의 일원으로서 외국식 이름으로 불리기를 원했다. 종광과 달리 종술에게는 이름 장난에 자문을 해줄 사람이 없었으므로 종술은 스스로 알아내야 했다. 종술은 '종'을 미국식인 '존'(John)과 결부하여 알아듣기 쉽게

'쭝'으로 바꾸었다. '술'은, 개꼬리처럼 있어도 그만 없어도 그만 이었다. 어느날 박종술은 아이들에게 자신을 '보꾸쭝'이라고 불러달라고 수줍게 요청했다. 그러나 그 이름은 십분도 되기 전에 아이들 입에 의해서 '도꾸쭝'으로 변형됐고 당시 개들에게 흔히 붙여지던 세 가지 이름 '메리'(Mary) '도꾸'(Dog)와 결합되어 초등학교뿐만 아니라 중학교, 고등학교에 다니던 기간 내내 명찰보다 더 확실하게 종술을 따라다녔다. 종광은 제 어머니가 죽고 아버지가 쓰러진 후 집을 나가서 어디론가 가버렸다. 꼬리가 있었든 없었든 종광에게 개나 다름없는 취급을 받았던 종술은 비루먹은 가축처럼 작고 말랐다. 종광이 사라진 후에도 키는 크지 않았고 몸무게 역시 그다지 늘지 않았다. 입대 전 신체검사에서 종술은 약간의 노력만으로 체격조건이 군생활을 하기에 충분치 않다는 것을 입증할 수 있었다.

"와, 너들 아부지 한량이라 카더마 옛날에 진짜 제대로 놀았는 갑다. 노는 쪽으로는 없는 기 없네."

인수는 진심으로 감탄했다. 종술의 집은, 정확하게는 뇌졸중으로 쓰러진 지 오년 된 종술 아버지의 명의로 된 집은, 읍내 중심지에 있던 옛날의 관아 자리에서 가까운 주택가에서 가장 큰 규모의 기와집이었다. 큰 부엌과 광이 딸린 기역자의 본채는 안방과 건넌방을 양쪽에 두고 대청마루로 구분되어 있었다. 본채 동쪽에 약간 떨어져 세워진 별채 역시 방이 두 개로 부엌은 따로 없었다. 본채에는 종광 모자가, 별채에는 종술 모자가 살아왔으

나 종광 모자가 없는 지금 종술 모자가 본채로 옮겨와 살고 별채
는 비어 있었다. 와병중인 가장이 기거하는 사랑채는 물론, 남쪽
의 행랑채까지 모두 백년 가까이 되었으며 손만 좀 보면 문화재
로서의 가치가 있을 법했다. 이 모두 종술의 아버지가 선대에서
물려받은 것이었다. 종술의 아버지가 직접 지은 건물은 벽돌로
지은 창고였다. 거기에는 바이올린이나 오토바이 같은, 한창때
종술의 아버지의 풍류 수준을 보여주는 물건들이 있었다. 그들
은 바로 그 창고에 와 있었다.

"옛날에 집에다 당구대 디리놀 정도 되마 보통 부자가 아인
데…… 너들 아부지가 이런 정돈 줄은 몰랐다. 미치개이가 저는
태어나민서부터 당구를 배왔다 카미로 하매 중이 때 삼백 치던
기 이해가 가네."

미치개이는 종광의 이름에 들어 있는 빛 광(光: 미쯔)을 미칠
광(狂)으로 오독하고 발작하면 아무나 물어뜯으며(宗: 무네) 미
친개처럼 날뛴다는 것과 연결하여 아이들이 '미치개이', 곧 미치
광이로 본인 모르게 부르던 별명이었다. 당구대는 군데군데 천
이 찢겨 있었고 일반 당구장의 공보다 좀 작은 상아공이 네 개
구석에 모여 있었다. 벽에는 큐가 몇 기대져 있었지만 가까운 시
일 안에 친 흔적이 없었다.

"어? 이기 뭐라 카는 기더라?"

인수가 찾아낸 건 유성기였다. 코끼리 귀처럼 큰 나팔 모양의
스피커가 달리고 어른 팔처럼 생긴 픽업과 태엽장치를 돌리는

자루까지 달렸으며 약봉지 같은 종이봉지 속에 녹슨 바늘이 딸린 유성기의 명칭을 떠올리기까지는 십여분 동안 토론이 이어졌다.

"너 태어날 때부터 여게 있었다미 이름도 모르나?"

인수가 종술을 꾸짖기 시작했다. 그때부터 툭하면 이름도 모르나, 라는 말이 튀어나오면서 필요한 물품이 징발되었다.

먼저 대형 텐트가 끌려나왔다. 흔한 A자 모양의 사인용 텐트가 아니라 멍석만한 깔개에서 비닐 판초에 수로를 파는 삽까지 딸린 물건이었다. 덩치 큰 미군 병사 네댓 명은 너끈히 잘 만한 크기로 영어 마크가 찍혀 있었는데 누군가 미군부대 창고에서 빼돌린 게 틀림없었다. 텐트에는 가방이 딸려 있었고 그 안에 든 램프며 침구 같은 야영용 도구 역시 모두 미제 군수품이었다.

버너는 영하 이십오도에도 작동이 된다는 독일산 최고급품이었다. 당장 들고 나가서 전당포에 맡겨도 최신형 국산 버너 서너 개는 살 수 있을 듯했다. 사고 나서 거의 작동을 안해본 듯 푸른 녹이 끼어 있었다.

'코펠'이라고 불리는 취사도구 일습도 완벽했다. 스위스산으로 스테인리스 스틸로 만들어져서 약간 무겁긴 했지만 코끼리를 타고 알프스를 넘다 눈을 녹여서 밥을 지어먹는다 해도 아무런 문제가 없어 보였다.

랜턴은 바닷속이나 동굴 탐사에 써도 될 물건이었고 칼은 식칼과 회칼, 사냥용 칼을 겸할 수 있었다. 그외에 당장 쓸 일은 없었지만 숲길을 개척할 때 쓰는 정글도와 해먹까지 있었다.

"우리가 이것들을 오늘 미리 챙기가이고 갈 틴께 너는 그날 몸 띠만 와라."

인수가 인심을 쓰듯 말했다. 종술은 여전히 아무 말도 하지 않았지만 입 끝에 희미한 미소를 매달음으로써 동의를 표시했다.

"썩소."

인수가 담배를 꺼내물며 종술의 웃음을 정의했다. 언제 집어 들었는지 지포 라이터가 그의 손에 들려 있었고 기름이 없어 마른 불꽃을 일으키고 있었다.

유성기는 작동 불능이라 가져갈 수 없었다. 인수가 최신형이며 초대형인 일제 스테레오 카세트 플레이어 겸 라디오를 집에서 가져오기로 했다. 카세트가 없으면 음악이 없고 음악이 없으면 춤을 출 수 없는데 춤을 못 추면 뭐 하러 피서를 가느냐는 게 인수의 말이었다.

"카세트 들고 나온 거 우리 아부지 알마 나는 한주먹에 맞아 뒤진다. 나는 이래 죽음을 무릅쓰고 오락하고 연락을 책임질 건께 먹을 거는 양우 네가 좀 준비해라. 쌀하고 고치장, 된장, 소금, 김치 뭐 이런 거. 그래고도 없는 거는 현지에서 사마 되고. 인제 다 됐네."

내내 구경만 하고 있던 양우가 말했다.

"나도 집에 우리 형 쓰던 텐트가 있는데."

인수가 고개를 끄덕거렸다.

"있으마 좋지. 뭐에 쓰든동."

말은 그렇게 했지만 그 텐트가 없다면 그들이 은밀하게 꿈꾸고 있는 어떤 일의 성사가 어려울 건 뻔했다. 어떻든 젊은시절 돈을 뭉텅이로 갖다주고 사들인 물건을 들고 나가는 것을 몇년 동안 자리보전하고 누워 있는 환자가 알았는지 사랑채 쪽에서 가래 끓는 소리 사이에 우욱, 우욱 하는 신음이 들렸다.

"아, 떠그랄. 이 만니리 버스가 왜 안 가고 서 있는 기라?"

읍의 시외버스 정류장에서 출발한 버스는 한 시간쯤 포장 국도를 달려서 우악산이 있는 군 경계선으로 넘는가 싶더니 비포장도로로 접어들며 시속 십 킬로미터로 속도를 줄였다. 장마 때문에 달 표면처럼 웅덩이가 생겨서 버스는 바퀴가 들어갔다 나올 때마다 휘청거렸다. 그나마 모퉁이를 돌고 나서 버스가 아예 멈춰버린 것이었다. 인수는 승객 모두의 불안감과 궁금증을 대변하듯 한마디하고는 다시 뒤로 돌아앉아 이야기를 계속했다.

"야들아, 우리가 미제 텐트 큰 거 하나만 가지고 올라 카다가 일부러 너들 생각해서 하나 더 가이고 왔다니까. 텐트 있는데 미칬나 돈 들이가미 민박을 하니야고. 야, 피서 가서 안 자던 모래밭에도 텐트 착 쳐서 자보고 밤중에 반짝반짝하는 별도 보고 하는 기 재미지 맨날 자는 방바닥에서 공단 이불 덮고 잘라마 뭐 하러 피서를 가. 강세희 씨, 안 그러니?"

세희는 인수가 마지막에 어색하게 만들어 붙인 표준말 비슷한 억양의 할머니쯤 되는 정확한 표준어로 대답했다.

140

"근데 우리가 너희를 어떻게 믿어? 너희가 텐트로 들어와서 늑대로 돌변하면 어떡하게?"

내용은 농담 같았지만 세희는 웃지 않았다. 양우는 중학교 때 전학을 가기 전까지만 해도 동그랗고 귀여운 얼굴의 세희가 영화 「로미오와 줄리엣」의 여주인공 올리비아 핫세처럼 갸름한 얼굴에 어울리는 긴 생머리를 하고 나타난 것에 적잖은 혼란을 느끼고 있었다.

"야가 생사람 잡는다. 양우야, 네가 우애 해봐라. 나는 상대가 안된다 카이."

양우는 자신의 맞은편에 앉은 예옥에게 말을 건넸다.

"우리가 다함께 야영을 하면 민박집 주는 비용도 아낄 수 있고 텐트에서 자면서 낭만도 느끼고, 오랜만에 만난 고향 친구끼리 우정도 확인할 수 있으니까 그렇게 하는 게 어떻겠어?"

예옥은 가녀린 팔로 둘러서는 잘 가려지지 않는 큰 가슴을 들어올리며 물었다.

"암만 너들이 그캐싸도 세희 말이 맞는 거 같은 거를. 느들 해온 꼬라지 보마 뭐 확실하게 준비해온 것도 아인 거 같고."

"참 내, 너 이런 거 보기나 했나?"

인수가 끼여들며 좌석 안쪽 무릎 아래 감추어두었던 카세트 플레이어를 끌어냈다.

"이기 큰 전지만 네 개씩 들어가는 긴데. 생각을 해봐라. 고등학교 소풍갈 때 야전(야외 전축) 들고 오는 아들이 한 반에 한둘인데 이거 하나 있으마 야전 열 대 소리는 나온다."

"그래서 우째라고? 너들 디스코 출라고 가이고 온 거 아이고? 우리가 이런 거 보기만 하마 기양 헬렐레하고 따라갈 줄 알았나?"

청자의 말이 끝나면서 맞은편 차선으로 트럭이 지나가자 그들이 타고 있던 버스가 움직이기 시작했다. 길이 좁아서 맞은편 모퉁이에 차량이 보이면 교행할 수 있는 넓은 곳에서 기다렸다 가도록 정해져 있었다. 그나마 다행스러운 것은 오가는 차들이 별로 없다는 것이었다.

"청자야, 종술이가 오늘 너들 만난다고 얼매나 기다렸는가 아나? 미칠 전부터 잠도 못 잔 얼굴이잖아. 여서 남자들끼리만 간다 카마 야 버스에서 확 뛰내릴 기다. 안 그래도 바로 밑이 절벽이네. 좀 봐조라, 으이?"

아닌게아니라 종술의 얼굴은 웬일인지 퉁퉁 부어 있었다. 인수의 절반밖에 안되는 얼굴의 표면은 평소에도 여드름투성이여서 붓지 않았다고 해도 동정을 살 만했다. 종술의 집에서 서너집 떨어져 사는 예옥이 정말로 봐주듯이 말했다.

"너들 하는 거 봐서 끼와주든지 말든지 할 긴께네 좀 떨어져 앉아. 어데서 조선간장하고 딘장 냄새가 쿰쿰하게 나는 기 누가 들에 가서 먹을 새참 싸가이고 일하러 가는가."

포장도로에서 달린 거리의 절반밖에 안되는 도로를 두 배 넘는 시간 동안 더 달려서 버스가 목적지에 도착하기까지 갖은 맹

세와 읍소가 오간 끝에 예옥 일행은 인수 일행과 합치기로 합의했다. 대장으로 자처하는 예옥과 달리 청자는 꼼꼼하게 일처리를 하는 편이었다. 사흘 동안 같이 있는 데 들 비용을 분담하자는 것이었고 각자 만원씩을 내놓으라고 했다.

"야, 우리가 텐트에 배낭에 쌀에 버너까지 다 준비해왔는데 너 무하는 거 아이냐?"

"너들이 밥만 처먹고 가마이 있겠어? 있겠니야고?"

할말이 없어진 세 남자는 삼만원을 만들어서 여성팀의 리더이자 혼성팀의 대장이 된 예옥에게 바쳤다. 예옥은 그 돈이 더러운 물건이라도 되는 양 손끝으로 집어 청자에게 넘겼다.

계곡 입구에는 그들이 온 방향과 반대편의 대도시에서 몰려온 관광버스들이 즐비하게 서 있었고 사람들이 계곡으로 들어가고 있었다. 입구 양쪽의 언덕에 있는 마을에서 나온 주민들이 민박을 하라고 붙들어댔다. 흥정과 실랑이로 작은 먼지구름이 일고 있었다. 양우가 말했다.

"이거 완전히 바가지 아냐. 하룻밤 자는 데 드는 돈이면 소주가 몇병이냐."

양우는 세희를 의식하게 되면서 서울의 재수학원에서 잠시 익혔던 표준말을 되살리려고 애쓰고 있었다. 양우의 노력을 아는지 모르는지 세희는 몸에 달라붙는 유명 상표 청바지에 역시 유명 상표가 붙어 있는 작은 배낭을 메고 작고 단단한 엉덩이를 빠르게 놀리며 맨앞에서 걸어갔다. 양우는 자신의 구멍난 면 배낭에서 나는 된장 냄새를 신경쓰면서도 세희의 뒤를 바짝 쫓았다.

계곡은 들어가면서 양쪽으로 확 트이며 크게 넓어졌다. 모래밭과 풀밭이 있는 곳에는 이미 텐트 수백개가 들어차 있었다. 입구에서 이삼십분 가까이 걸어 계곡 끝까지 가서야 세희의 엉덩이는 흔들림을 멈췄다. 등산로가 시작되는 곳에 민박마을이 있었고 거기에도 노인들이 나와 호객을 하고 있었다.

"뭐 특별한 것도 없네. 반대쪽으로 건너가자."

인수가 땀을 뻘뻘 흘리면서 달걀만한 건전지 네 개를 장착한, 일제 스테레오 카세트 플레이어를 들고 앞장섰다. 상대적으로 사람이 적은 산 쪽 자리도 좀 쓸 만한 곳이면 이전에 머물렀던 사람들이 버리고 간 음식쓰레기가 파리를 불러모으고 있었다. 서너 번의 저울질 끝에 모두가 동의한 곳은 바위가 많고 물이 깊은 곳이었다. 편편한 바위를 골라 남자들이 기거할 대형 미제 텐트를 치고 풀밭에 여성용의 텐트를 치고 나자 점심때가 훨씬 지나 있었다.

"우리 기양 라면이나 해서 대충 먹자. 배고파 디지겠다."

인수가 두 텐트 사이에 있는 아까시나무 그늘에서 손부채를 하며 제안했다. 예옥이 즉각 반응했다.

"하이간 머시마라는 것들은 물 먹으러 갈 때하고 먹고 나서 꼬라지가 다르다 카이. 내가 이런 인간들 뭘 보고 같이 있자고 했는지 몰라. 너희는 너희끼리 라면 처먹어. 우리는 죽어도 밥 먹어야 되니까 밖에 가서 사먹고라도 올 틴께."

144

양우가 나섰다.

"어차피 저녁에는 고기 사다가 잘 먹을 거 아냐? 첫날이고 하니까 지금은 힘들이지 말고 그냥 간단하게 때우고 이따 저녁을 잘해먹으면……"

"아나, 그키나 계획을 잘 짜고 준비를 잘했다민서 우애 고기는 안 사왔나? 누가 땡볕에 삼십분 걸어서 정육점 가서 고기 사올 기가?"

청자는 큰 덩치에 걸맞지 않게 갈수록 세세하게 따지고 들었다. 양우와 인수는 땡볕을 무릅쓰고 가서 고기를 사오기에 적합한 인물인 종술을 돌아보았으나 종술은 아무 말도 듣지 못한 듯 물가를 향해 나뭇가지같이 마른 다리를 건들거리며 앉아 있었다. 인수가 소리로 낸다면 '이 간나이들이'가 분명한 형용을 입으로 지어 보이면서 양우에게 눈으로 세희 쪽을 가리켜 보였다.

"세희야, 넌 어떻게 생각해?"

양우는 표준어 억양에 콧소리까지 섞인 것을 의식하며 물었다. 세희는 종술과 반대방향으로 앉아서 로렐라이처럼, 인어공주처럼 불어오는 바람에 머리를 날리고 있었다.

"난 상관없어. 한끼쯤 안 먹어도 괜찮아."

인수가 벌떡 일어섰다.

"맞다. 한끼쯤 굶는다고 죽나? 나도 안 먹고 만다. 야, 종술아. 너 주부 빨리 꺼내라. 바람 넣자. 아까운 해 다 지나간다."

종술이 일어서서 대형 텐트에 있는 튜브를 가지러 가자 예옥과 청자도 밥을 사먹으러 가겠다는 태도로 일어섰다. 양우는 난처한 기분으로 엉거주춤해 있었다. 세희가 어느 방향으로 결정해주면 간단히 해결될 것 같은데 처음부터 꼬이고 있었다. 바람이 불자 세희가 머리를 쓸어올렸다. 양우는 세희의 귀에 금빛 귀고리가 달려 있는 것을 깨달았다. 그러자 가슴 한쪽이 손톱에 할퀴기라도 한 듯 따끔하면서 전에 겪어보지 못한 감정이 생겨났다. 그새 서울서 날라리가 다 된 건가? 어떤 남자들한테 잘 보이려고 술집에 나갈 것도 아닌데 귀고리를 하는 거지? 양우가 세희만 바라보는 것을 알게 된 예옥과 청자는 팔짱을 끼고 어디론가 가버렸다.

"아, 그 간나이들, 모시기 더럽기 힘드네."

어느새 수영복 차림이 된 인수가 세희를 등지고 서서 중얼거렸다. 땀냄새 나고 낡은 군복을 입고 다닐 때와 달리 인수의 몸은 탄탄했다. 팔다리도 길고 늘씬한 편이고 배와 가슴에는 군살이 없었다. 사타구니와 엉덩이에 착 들러붙는 검정색 수영복 아래로 허벅지와 정강이에는 털이 무성했다. 맞아죽을 각오로 카세트 플레이어를 훔쳐오는 김에 덤으로 가져온 듯한 썬글라스까지 꺼내 쓰자 누구인지 몰라볼 정도였다. 종술이 튜브를 꺼내 바람을 넣는 동안 인수는 국군 도수체조 동작을 하며 준비운동을 했다. 튜브에 바람이 차자 곧바로 계곡물에 집어던졌고 지체없이 다이빙 자세로 뛰어들었다. 요란한 물소리와 함께 물이 튀는 바람에 양우는 펄쩍 뛰어 달아났다.

"어머, 재 수영 좀 하나보네."

세희는 자신의 바지에 튄 물에는 아랑곳하지 않고 여전히 머리를 쓸어올리면서 미소를 지었다. 양우의 가슴에 불꽃 같은 게 튀었다.

"지가 그래봤자 송장헤엄이지 뭐. 우리 학교 같이 다닐 때 북천…… 일 바위 밑으로 다이빙하러 갔던 거 생각 안 나?"

고향에서 바위를 '방구'라고 부르던 예에 따르면 일 바위는 이 방구, 삼 방구의 우두머리로서 '일 방구'라고 불러야 마땅했지만 어감이 방귀를 연상시킬 것이므로 양우는 얼른 명칭을 바꾸었다. 여름방학 직전 방과후에 읍내를 돌아 흐르는 북천의 바위 절벽에서 다이빙하던 아이들 가운데서 양우가 늘 일등이었다. 맨 먼저 도착해서, 가장 높은 곳에서, 오로지 세희의 눈만 의식하면서 코도 잡지 않고 머리부터 떨어졌던 것이다. 그리고 집으로 돌아가는 시간 동안, 세희는 다른 누구도 아닌 그의 옆에서 함께 걸었다. 그러나 일 방구가 일 바위로 변한 과정을 모르듯 세희는 양우의 말을 알아듣지 못했다. 아니면 못 들은 척 무시를 했거나.

"야, 들어와, 들어와! 물 진짜 시원하이 삭 직인다! 다 들어와, 들어오라니까!"

인수가 물에서 목과 두 팔을 내밀고 소리쳤다. 두 손으로 머리에서 턱밑까지 연방 쓸어내리는 동작만으로도 물 밖에서보다 몇 배는 더 생기있어 보였다. 종술이 트렁크형 수영복으로 갈아입고 나왔다. 그 역시 주색잡기로 한 시절 잘 보내며 물려받은 땅

깨끗이 팔아먹고 나서 앓아누운 아버지의 것일 게 틀림없었다. 종술은 인수처럼 썬글라스를 쓰고 있었는데 뭐가 잘 보이지 않는지 물과는 반대방향을 향했다.

"야, 너 어디 가?"

양우가 물었다. 종술이 돌아보며 입을 벌렸다. 아말감으로 때운 이가 드러나며 그 웃음에서 왠지 모를 악의 같은 게 느껴진다 싶었을 때 이미 종술은 세희에게 바짝 붙어 있었다.

"어머, 애, 너, 왜 이러니?"

양우가 어어, 할 새도 없이 종술은 세희를 물가 바위 위로 끌고 갔다. 그새 인수는 자맥질을 해서 보이지 않았다. 양우에게는 모든 소리가 갑자기 그치고 물속처럼 고요하게 느껴졌다.

갑자기 종술의 이름이 생각나지 않은 양우는 주술을 풀려는 사람처럼 "쫑쫑, 야야, 쫑쫑"이라고 입을 뻐끔거렸을 뿐이었다. 종술은 깍지를 끼어서 세희를 들어올린 채 입을 벌리고 소리없이 웃었다. 그러고는 적장을 안고 강물로 투신하는 논개처럼 뛰어내렸다.

양우는 풍덩 하는 요란한 소리에 비로소 돌에서 사람이 된 것처럼 몸을 일으켰다. 물은 가슴이 잠길 정도로 깊었고 세희는 물 위에서 사지가 펼쳐지며 보기 흉하게 나자빠졌다. 양우는 어쩔 줄을 모르고 물 밖에서 팔다리만 휘젓고 있다가 세희가 새파래진 얼굴로 밖으로 나오는 것을 보고는 손을 내밀어 끌어당겼다. 바위에 올라오자마자 양우의 손을 뿌리친 세희는 셔츠 단추가

풀어진 것도 모른 채 이를 아래위로 부딪치고 있었다. 단추 사이로 흰 브래지어가 드러난 것을 양우는 외면했다.

"이 개호로 새끼가!"

양우는 세희를 의식하며 욕설을 내뱉었다. 세희는 유리처럼 굳은 얼굴로 소형 텐트로 가서 가방에서 비치타월을 꺼냈다. 그것으로 몸을 감싸더니 양우를 향해 고개를 돌리고는 "나 집에 갈래" 하고 말했다. 그 말이 처음으로 자신에게만 하는 말임을 깨달은 양우는 내용과는 관계없이 가슴이 벅차올라 자신도 모르게 세희의 팔을 붙잡았다.

"가지 마. 제발. 내가 저 자식 죽여버릴 테니까 잠깐만 기다려줘. 잠깐만이야."

세희의 눈이 수긍하는 것을 확인하고 나서 팔을 놓은 양우는 일말의 망설임도 없이 물에 뛰어들었다. 종술은 아무것도 모르는 듯 튜브를 가슴에 안고 요란하게 물장구를 치고 있었다. 격렬하게 팔을 휘저어 종술에게 다가간 양우는 가슴까지 찬 물에서 어렵사리 팔을 꺼내 종술의 얼굴을 후려쳤다. 간신히 손이 닿았을 정도로 위력이 없었지만 그 서슬에 썬글라스가 벗겨지며 치려는 의사는 전달되었다.

"야이, 너 왜 이카나?"

"야, 이 개애왜쇄애끼이야아. 너 쥐이금 세희한테 뭔 개지랄한 기라?"

"뭐는 뭐? 놀로 와서 놀자 캤는데. 왜 때리나?"

"이누무 즈와식 진짜로 대가리가 돌삐라(돌멩이인가), 아이마 미친놈이라?"

양우는 힘들게 팔을 뻗어 종술을 다시 쳤다. 그러나 종술이 고개를 가볍게 틀자 주먹은 빗나가고 말았다. 인수가 다가와서 양우를 잡았다.

"야, 장난이라 카잖아, 장난. 장난하는데 진짜로 감정 실어서 때리고 캐쌌나."

"너는 쁘와져, 인마."

"아 쌔끼 정말 못 봐주겠구마. 장난 좀 친 거 가이고 간나이는 오자마자 간다고 쫑알거리고 머시마 새끼는 또 눈이 뻘거이 디비져가이고 친구를 때리직인다 캐쌓고. 참 볼만하다이. 민간인들."

"이 똥방우 새끼가 지끼기는 더럽게 지끼네. 아가빠리를 확."

흥분이 가라앉으면서 열없어진 양우는 그쯤에서 그만두고 밖으로 나가려 했다. 세희가 가버릴까 싶기도 했다. 그런데 종술이 그를 붙들었다.

"야, 우리 이야기 좀 하자. 너 참말로 나한테 대가빠리가 돌삐라 캤나? 내가 미친 거 겉나, 잉?"

"봐, 이 빙신 겉은 놈아, 아니 빙신아."

종술의 눈이 붉어졌다. "그래. 나 등시다. 미안하다. 등시 같은 기 잘나가는 너들 분위기 다 조지서. 너들끼리 잘 놀아봐라. 너들끼리 잘 놀고 해보라고."

종술이 물결 따라 밑으로 떠내려가기 시작했다. 인수는 난감한 듯 둘을 번갈아보다가 "아, 그 새끼들 정말. 야, 너는 자한테 빨리 가봐라. 나는 쫑쫑 저놈 붙들 틴께, 헤엄도 못 치는데" 하고는 "종술아, 종술어, 종술아" 하고 벙어리뻐꾸기 같은 소리로 부르며 종술을 따라갔다.

양우가 나오자 세희는 텐트 안에서 옷을 갈아입고 나왔다. 얇은 블라우스와 반바지 차림에 새로 화장까지 한 듯 한결 얼굴선이 분명해져 있었다. 양우는 눈부시게 흰 허벅지와 귀고리를 못 본 체하며 세희 모르게 한숨을 쉬었다. 세희는 바위를 등지고 앉아 누구도 불의에 뒤에서 습격할 수 없도록 했다. 그러고는 그 자리에서 한번도 방향을 바꾸지 않고, 두 무릎을 세운 채 앉아 있었다. 감히 범접할 수 없는 분위기여서 양우는 배에서 꼬르륵 소리를 내며 상황이 바뀌기만 기다렸다.

계곡이라 해가 빨리 산에 걸렸다. 양우의 옷이 다 말랐을 무렵 떠났던 사람들은 나란히 돌아왔다. 돼지고기 두 근과 소주를 싸들고, 막걸리와 파전 냄새를 나란히 풍기며. 여자 둘, 남자 둘이 오는 것을 따로 떨어져 앉아 있던 남녀는 가만히 지켜보고 있었다.

"봐라 봐. 내가 이렇다 카이. 내 말 맞지? 야들이 우리가 자리 비켜준다고 무슨 진도 나갈 아들이냐고. 자자, 배고프자? 이기나 먹고 속 차리자이."

인수의 손에 들려 있던 비닐봉지 속의 소주병이 바위에 닿으며 까라랑 소리를 냈다. 양우는 잠자코 소주를 꺼내 이로 뚜껑을 따고는 나발을 불기 시작했다.

"무신 술을 이따구로 먹어? 야, 병 인조."

인수가 병을 빼앗으려 들었지만 양우는 반병을 비우고 나서야 병을 내려놓았다. 목이 뜨겁고 따가워서 눈에 눈물이 고였다.

세희 옆에 다가간 두 여자가 무슨 이야기를 나누기 시작했다. 가까운 거리라도 거의 들리지 않을 낮은 목소리였다. 이윽고 셋은 파전이 든 비닐봉지를 들고 소형 텐트 안으로 들어갔다. 지퍼를 올리는 소리가 들렸다.

"야, 안에서 그래 있으마 안 덥나? 고마 이야기하고 나와라."

인수가 고기를 굽고 술을 마시며 열 번도 더 외쳤지만 종내 지퍼는 열리지 않았다. 양우는 종술에게 한마디 말도 하지 않았다. 종술은 원래 말수가 적은 편인데다 무슨 생각을 하는지 술만 마시고 있었다. 혼자 떠들다 지친 인수가 카세트 플레이어를 작동해 「토요일 밤의 열기」를 비롯한 디스코곡 메들리를 계곡이 떠나가라 울려퍼지게 했지만 시끄럽다는 항의조차 없었다. 그나마 두 시간 뒤에 건전지의 효력이 다하자 카세트 플레이어 역시 덩치 큰 벙어리가 되었다. 그때부터는 고기 씹는 소리가 가장 큰 소리가 될 정도로 조용한 가운데 소주를 마시다 열시도 되기 전에 셋 다 고꾸라졌다. 새벽이 되어 한기를 느낀 양우가 텐트 안으로 들어서자 이미 모두 안에 들어와 있었다. 소형 텐트도 앞섶이 흔들거리는 것으로 보아 지퍼가 열려 있는 듯했고 코펠이 텐트 앞에 흩어져 있었다.

목이 타는 듯한 느낌 때문에 양우는 눈을 떴다. 햇빛이 텐트 안까지 뻗어오고 있었다. 파리를 쫓으면서 일어나 앉아서 양우는 자신이 베고 잔 것이 인수의 털북숭이 허벅지임을 깨달았다. 어쩐지 까끌거리고 척척하더라니. 텐트 밖으로 나오자 반바지 차림의 세 여자가 혹은 눕고 혹은 앉고 혹은 엎드려서 온몸으로 나 심심해, 하고 외치고 있었다.

양우는 물을 찾아 사방을 두리번거렸다. 위에 민박마을이 있어서 계곡물을 그냥 마실 수는 없었다. 헛구역질이 올라왔다. 양우는 급히 입을 막고 산을 향해 걸어갔다. 숲에서 풀에 팔다리를 베이고 가지에 눈을 찔리며 헤맨 끝에 작은 늪지로 흘러드는 물을 발견할 수 있었다. 손으로 떠마시자 산에서 내려오는 물답지 않게 미지근한 것이 구역질을 더 악화시켰다. 꺽꺽거리는 소리를 들었는지 인수가 따라왔다. 둘은 아침인사도 없이 마주보다가 텐트로 돌아왔다.

"야이, 예옥아, 우리 있잖아, 어제 술을 마이 마시서 그러는데 저기 사와나 하드 겉은 거 하나씩 좀 사주마 안되겠나?"

그래도 얼굴이 두껍기는 인수가 나왔다. 문제는 예옥이 들은 척도 하지 않는다는 것이었다. 쌀쌀맞게 쏘아붙이는 청자가 말이 더 통할 듯했다.

"하이간 이 머시마들은 평생 철이 안 들어요. 너들 어지부터 지금까지 밥도 한번 안한 거 알긴 아나? 너들 할일을 다 하고 뭘 달라고 해야지 뭘 받기부터 할라 카나?"

양우가 나섰다.

"아이구, 윤청자. 정말 나 이런 이야기 안하는데 이번 한번만 좀 봐줘라. 속 씨리 디지겠다. 뭐 시원한 거 좀 먹자."

"너들 돈으로 사먹어, 왜 나한테 그카는데?"

"어제 회비 낸 거 있잖아. 거서 좀 사주마 좋겠구마."

"어지 너들끼리 고기하고 소주 처먹은 건 회비에서 나온 기 아이고? 오늘 저녁은 또 우애고?"

"지금 당장 살아야 저녁이고 뭐고 있지 지금 죽겠는데 우애라고."

세희는 어제의 그 자리에 앉아서 책을 읽고 있었다. 이따금 머리를 쓸어올리며.

"걸배이가 따로 없네. 문디 자슥들, 징그럽다. 아나, 가이가라."

두 사람은 청자가 집어던진 천원짜리 두 장을 공손히 주워들고 민박마을로 향했다. 차고 달고 싼 일 리터짜리 음료를 각자 손에 든 그들은 물 건너 텐트에서 바라다 보이는 의자에 앉았다. 의자 양쪽으로 산에서 내려오는 물을 처리하기 위해 콘크리트로 만든 도랑이 있었다. 둘은 네모진 음료수통을 개봉하고 고개를 젖힌 뒤 수중발레를 하는 듀엣처럼 동시에 음료를 입 안에 들이부었다. 숨도 쉬지 않고 오분의 일 가량을 마신 뒤 고개를 제자리로 돌리고는 서로를 마주보았다.

"개안나?"

"니는?"

말이 끝나자마자 둘의 목구멍에서 방금 마신 음료가 분수처럼 솟구쳤다. 그들은 동물원에서 연기를 하는 물개처럼 동시에 얼굴을 앞으로 돌리고 입술에 힘을 주어 음료가 밖으로 솟아나오지 않도록 애썼다. 두 사람은 건너편에서 그들의 행동을 지켜보고 있는 세 여성을 의식해서 목을 흔들어가며 힘껏 음료를 다시 삼켰다. 입 안에서 미지근해진 음료를 위장은 쉽게 받아들이려하지 않았다. 고개를 한껏 뒤로 젖히고 목구멍을 껄떡대며 최대한 압력을 가해 억지로 밀어넣은 뒤 일분쯤 지나 두 사람은 다시 약속이나 한 듯 음료가 밖으로 튀어나오지 않도록 입술로 막아야 했다. 복어처럼 볼이 부풀 대로 부푼 채 그들은 계곡 건너편을 주시했다. 마찬가지로 그쪽에서도 두 사람을 주시하고 있었다. 도저히 참을 수 없는 지경이 되어서 두 사람은 고개를 옆으로 돌려 음료를 토해냈다. "끄으윽" 하는 소리가 동시에 두 사람의 목에서 났다.

"저 처직일 놈들 좀 보래이."

예옥이 말을 하지 않아도 청자나 세희는 두 사람의 행동을 보고 있었다. 둘은 다시 음료수통을 기울여 입에 일정량을 부었다. 그리고 약속이나 한 듯 턱을 들어 음료를 속으로 밀어넣었고 또 조금 지나서 물개처럼 게워올린 뒤 복어처럼 볼을 부풀린 채 있다가 토해냈다. 재미를 들였는지 남은 음료를 아껴가며 잘 놀았다.

"저런 것들한테 돈을 줬으이, 정말 내 손모가지를 작두로 확

짤라뿌렀으마 속이 시원하겠네."

"그래도 하루밖에 안 남았다이."

"하루나 남았잖니."

언제 일어났는지 텐트에서 밖을 내다보던 종술이 세 여성의 논평을 듣고 있었다.

세 여성이 지어먹고 남은 밥을 라면국물에 말아서 배터지게 먹은 뒤 남자 셋이 나란히 텐트에 기어들어가서 낮잠을 자는 사이에 그들이 왔다. 그들은 스무 명이었다. 기타와 아이스박스, 삼십명이 한꺼번에 들어가 앉을 수 있는 초대형 천막을 가지고 왔다. 그들 대부분은 그곳에서 멀지 않은 도시에 있는 국립대학 재학생이었다. 리더는 복학생이었다. 그들은 국제적십자 운동의 인도주의 정신에 입각해 사랑과 봉사의 뜻을 배우고 실천하고자 하는 단체 소속으로서 특히 젊은이의 모임인 RCY(Red Cross Youth) 단원들은 방학기간 중에 심신을 단련하고 친선을 도모하기 위해 캠프를 열기도 했다. 이때 젊은 단원들은 성인의 후견 아래 산과 계곡 등지로 가서 수련회를 하는 게 보통이었다. 그들은 군대처럼 나름의 규율을 가지고 있는 듯 보였는데 군대와 달리 자발적으로 각자의 일을 해나갔다. 낮잠을 자는 남자들이 전혀 모를 정도로 조용히 천막이 세워졌고 짐은 깔끔하게 정돈되었으며 취사와 식사, 설거지까지 신속하게 이루어졌다. 깨어 있던 여성들은 그런 그들을 깊은 관심을 가지고 지켜보고 있었다.

개기름 흐르는 얼굴을 긁으며 밖으로 나오던 양우는 알라딘의

궁전처럼 느닷없이 세워진 천막을 보고 놀랐다. 리더를 중심으로 둥글게 모인 그들은 양우가 놀라든 하품을 하든 전혀 상관하지 않고 나름의 심신단련 프로그램에 열중해 있었다. 숲으로 들어가서 오줌을 누면서 양우는 자신이 아는 범위 내에서 그들과 비슷한 부류의 단체가 있었는지 생각해보았다. 써클 같기는 했지만 자신이 가본 어떤 써클과도 분위기가 달랐다. 한마디로 건전해 보였고 건전함 그 자체로 보였다. 그렇다면 자신의 일생과는 아무런 인연이 없다는 뜻이었다.

아이스크림을 사먹고 화장실에 다녀온 것 외에는 세 여성은 별다른 움직임 없이 시간만 가기를 기다리는 것처럼 보였다. 이따금 계곡을 오르내리던 청년들이 세 여성에게 무슨 신호를 보내려다가 썩은 배추처럼 축 처져 있긴 해도 제법 털과 근육을 자랑하는 인수와, 세희에게 눈을 떼지 않는 양우와, 덤처럼 붙어 있되 신경을 쓰지 않을 수 없는 종술의 존재를 알아채고는 까닭 모르게 웃으면서 가버렸다.

"차라리 없는 게 낫지. 이 머시마들을 버스에서 만나지를 말았으마, 아니 태어난 뒤로 함부래(아예) 몰랐으마 얼마나 좋았을까."

예옥이 가냘픈 허리와 큰 엉덩이를 두드리며 한탄했다. 그런다고 무슨 수가 있을 것 같지, 우리가 가줄 것 같지 하는 식으로 인수가 요란한 소리를 내며 물에 뛰어들었다 나오곤 했다.

"죽어도 시간은 가는구마. 고맙네, 고마워. 해지는 게 이렇게 고마운 적이 있었는가 싶네."

청자가 한심한 남자들과 마지못해 일생을 살아야 하는 세상 모든 여성들의 대변인처럼 말했다. 어려서부터 눈치 보는 데는 이골이 났는지 종술은 전혀 눈치를 보지 않는 것처럼 보이면서 한시도 쉬지 않고 열심히 눈치를 보았다. 참다못해 인수가 남자들끼리의 이야기인 것처럼 말했다.

"내일 아침에 해뜨마 짐 싸가이고 갈 일만 남았는데 불타는 청춘의 마지막 밤을 이래 말뚱말뚱 보낼 수 있나?"

양우는 아침에 음료수 가지고 본의아니게 장난친 걸 생각하면 차마 술을 마시자는 말을 할 수 없었다.

"온 김에 산에나 갔다올까? 우악산이 보통 산이 아니라던데."

"악자 들어가서 올라가기 편한 산 없다는 것도 모르나. 우악산이 원래 사람들이 와서 으악, 으악 하고 죽어나가서 으악산인데 그래 해놓으마 한놈도 안 올 틴게 이름을 실쩍 바꾼 기라."

"바꾼 거라고 해보이 뭐 그게 그거 같은데…… 화끈하게 좋다산, 좋아뒤지겠다산 이런 식으로 바꾸든동."

두 사람의 맥없는 대화에 예옥이 끼여들었다.

"너들 진짜 끝까지 개길 기가? 오늘 저녁은 우앨라 카는데?"

인수가 두 손을 손바닥을 위로 하여 보였다. 그러고는 양 어깨를 올렸다 동시에 내리면서 "쌀하고 딘장하고 고치장하고 남은 거 다 때리넣고 푹푹 끓이까?" 하고 말했다. 양우가 재빨리 "채소가 없으마 나뭇잎이라도 따넣고"라고 토를 달았다.

"죽이 되든 밥이 되든 간에 좀 우쩨하는 시늉이라도 해라, 이 문디 종자들아."

"그럼 죽 하자. 종술어, 종술아, 종술어."

인수가 머리 하나 정도 거리밖에 떨어져 있지 않은 종술을 짝을 찾는 부엉이처럼 부르자 종술이 종일 닫고 있던 입을 열었다.

"청자야, 우리 술 한잔만 받아조라."

청자는 코웃음을 치며 외면하고 예옥이 얼굴을 들이밀었다.

"주디가 밎개나 된다고 그런 말이 다 나오나."

종술은 예옥에게 말했다.

"예옥아, 우리 술 한잔만 받아조라."

청자가 맞은편 천막의 선남선녀들을 바라보며 꾸짖었다.

"시끄럽다, 머시마야."

종술이 고개를 돌렸다.

"세희야, 우리 술 한잔만 받아조라."

세희는 물끄러미 종술을 바라보았다. 종술이 손을 비비는 시늉을 하며 고개를 숙였다 올렸다를 되풀이했다. 세희가 책을 덮었다. '考古學 槪論'이라는 한자를 양우는 간신히 읽어냈다. 알아내는 데 하도 힘을 들여서 피서지에서 읽을 만한 책인지 아닌지 판단할 기운이 남아 있지 않았다. 세희는 말과 시간이 아깝다는 듯 빠르게 말했다.

"애네들 남은 돈 다 줘버리고 자기들끼리 딴데 가서 놀라고 하면 안되니? 줘버려."

고고학은 물론, 고고함과 담을 쌓으면서 살아온 듯한 청자가 받았다.

"야들만 좋으라고? 야들이 그런다고 반성이라도 할 아들이고?"

양우는 도마에 올라 있는 생선 같은 기분이 되어 머리와 발을 오그렸다. 왜 도마 위에서 반성을 해야 하는 처지에 놓이게 되었는지 이해가 가지 않았다. 특별히 바란 것도 없었다. 그저 심심했고 세희와 말이라도 잘 통했으면, 최고로 잘된다면 집으로 돌아가기 전날 한밤중에 둘이 숲에 들어가 잠깐 입이나 맞출 수 있었으면 했던 것이다.

"세희야, 우리 술 한잔만 사조라. 한잔만 받아조라. 내 이래 절도 할게. 세희야, 세희야, 우리 술 한잔만 받아조라."

양우는 종술의 입을 틀어막고 싶었다. 그런데 인수까지 세희를 향해 절을 꾸벅꾸벅하며 비는 것이었다.

"우리 술 한잔만 받아조라. 조라. 조라."

세희는 카카카, 하고 소리내어 웃었다.

"청자, 네가 안 줄 거면 나라도 줄게. 얘네들 꼭 바나나 달라는 원숭이 같다."

양우와 종술은 술을 사러 가고 인수가 남아서 식사준비를 하기로 했다. 민박마을의 가게에 갈 때까지 양우는 말할 기분이 나지 않았다. 한마디로 기분이 더러웠다. 그래서 원래 예정보다 소주를 두 병 더 사게 되었는지도 모른다. 찌개에 넣을 참치통조림을 꽁치통조림으로 바꾸고 안주로 사가기로 한 스낵을 소주로 바꾸었다. 몇백원이 모자라 깎아달라고 하는데 불쑥 종술이 만 원짜리를 꺼내서 가게 주인에게 주었다.

"야 이 새끼야, 왜 또 나서고 지랄발광이야? 그러면 누가 좋아 한대?"

종술은 양우에게 대꾸하지 않고 주인에게 소주를 두 병 더 달 라고 했다. 소주가 든 비닐봉지에 과자를 닥치는 대로 더 넣고 또 하나의 봉지에 강냉이를 넣고는 두 손에 나눠들었다.

"너 같은 놈하고 내가 여기 온 게 다시없는 실수다."

오는 길에 양우는 말했다.

"여기서는 할 수 없지만 집에 돌아가서 보자. 아니 평생 보지 말자. 너 같은 놈 다시 볼까 무섭다."

텐트의 불빛이 비치는 곳에서 양우는 한마디 한마디를 못을 때려박듯 힘주어 말했다. 종술이 든 비닐봉지에서 까강, 하고 소 주병이 서로 부딪치는 소리가 났다.

그런데 텐트 앞에서 그들을 기다리는 사람이 없었다. 자세히 보니 벽이 없는 옆의 초대형 천막으로 모두들 옮겨가 있었다. 종 술 아버지의 버너, 코펠, 반찬통까지. 천막 안에서는 쉭쉭거리는 버너의 소리와 함께 음식 냄새가 피어올랐고 기타소리가 울리고 있었다. 양우는 자신들의 텐트 앞에 주저앉았다. 종술도 앉았다. 비닐봉지에서 소주병을 꺼낸 양우는 이로 뚜껑을 따고 나발을 불었다. 종술도 그대로 따라했다.

천막 안에서 무슨 합창인가가 울려퍼졌다. 아이스박스에서 꺼낸 캔맥주를 돌리고 있었다. 또다른 아이스박스에 재워온 불고기가 익고 있었고 캔맥주는 무한히 공급될 것처럼 나오고 또 나왔다. 뜨거운 밥이 김을 올리며 사람들의 입으로 들어갔다. 연방 웃음소리가 났다. 노랫소리도 들렸다.

머리가 긴 리더가 기타를 쳤다. 잘 모르는 양우가 들어도 상당한 솜씨였다. 자신과 함께 온 단원들뿐만 아니라 예옥과 청자, 그리고 세희까지 모두 자발적으로 합창을 하게 만들었다.

라라라라라라라라라라라라라라라라라라라라라라라라라
조개껍질 묶어/그녀의 목에 걸고/불가에 마주앉아/밤새 속삭이네
저 멀리 달그림자/시원한 파도소리/여름밤은 깊어만 가고/잠은 오지 않네
라라라라라라라라라라라라라라라라라라라라라라라라라

분위기가 잡히는가 싶더니 이번에는 장난기어린 가사의 「동물농장」이 시작되었다.

닭장 속에는 암탉이/문간 옆에는 거위가/배나무 밑엔 염소가/외양간에는 송아지…

한 소절마다 꼬꼬댁, 꽥꽥, 음메 하는 식의 동물 울음소리 흉내가 뒤따랐는데 모두가 돌아가며 익숙하게 소리를 냈다. 이윽고 조금 빠르게 "닭장 속에는 암탉들이, 문간 옆에는 거위들이, 배나무 밑엔 염소들이, 외양간에는 송아지"의 가사가 합창으로 이어졌다. 그런데 그다음 부분의 후렴에는 기타를 치는 사람 혼자만 노래를 하는 것이었다. 그를 제외한 사람들은 약속이나 한 듯 입을 다물었다.

먼저 우하이야,라는 후렴부가 고음의 남성음으로 시작됐다. 그전의 템포와는 달리 느리게 진행되는 노래는 경쾌하고 장난스러운 노래 「동물농장」이 아니라 탑 안에 갇힌 공주를 향해 부르는 왕자의 아리아처럼 호소력있게 들렸다. 우후이히이,라는 부분에서 멋지게 꺾였다 가라앉은 음은 우하이야,라는 부분에서 다시 땅을 박차고 상승했다. 우후우후우,하는 부분에서는 풍부한 성량으로 이절의 가사를 유도해냈다. 감탄의 박수는 규칙적인 박수로 자연스럽게 바뀌었다.

세희가 그를 보고 있었다. 홀린 듯이 옆얼굴을 보고 있었다. 긴 손가락과 부드러운 머리카락, 미소짓는 모습과 유연한 상체의 움직임에 빠져 있었다. 양우는 질투로 신음을 내뱉었다. 우후우후우, 하는 가사와 비슷한 소리였지만 그지없이 무겁고 탁한 성음이었다. 천막 가운데 앉아 있던 인수가 손을 들어서 까딱거렸다. 오라는 뜻이었다. 양우는 무시했다. 세희에게 술병의 바닥이 보이도록 들어서 마지막 한 방울까지 털어마셨다. 종술이 즉각 따라했다.

양우는 꽁치통조림을 따서 비릿하고 짠 국물을 마셨다. 고기를 뼈째 씹었다. 키스는 영영 포기해야 할 것이었다. 그 대신 속이 좀 나아지는 것 같았다. 두번째 병을 땄다. 고개를 젖히고 천천히 마셨다. 절반쯤 마셨다. 종술은 여전히 따라하고 있었다.

누군가의 뜨뜻한 손이 양우의 손을 끌었다. 인수였다.

"가자고."

"내가 왜?"

"네 맘 다 안께 청승 고마 떨고 가자고. 아, 호랭이 굴에 가야 호랭이를 잡지. 야들, 국립대 아들이라 그런가 진짜 순진하다야. 하도 몰캉몰캉해서 너무 꽉 줬다가는 터지까 겁난다."

양우는 세희를 바라보았다. 오늘이 가기 전에 입술이라도 한번 마주칠 수 있기만을 바랐다. 그냥 있다가는 국립대의 머리 긴 복학생이 그녀의 입술에 입술을 포갤 게 뻔했다. 지금 분위기로는 입술과 입술의 만남으로 끝날 것 같지 않았다. 뜨겁고 물컹한 혀가 입 안으로 쳐들어갈 것이었다. 그리고 또…… 그것만은 목숨을 걸고라도 막아야 했다. 나는 못하지만 너도 내가 죽기 전까지는 안된다. 양우는 일어섰다. 앞장서서 천막 안으로 갔다.

인수가 양우를 소개했다. 여기는, 같이 놀러 온 친구, 이십년 불알친구, 재수해서 지금 장안농과대학…… 양우는 말을 끊었다. 고개를 숙였다. 장양우라고 합니다. 박수소리가 울려퍼졌다. 어세 오세요, 환영합니다. 그런 소리도 들렸다. 국립대 애들이라

164

순진한 게 아니라 버릇이 잘 든 것뿐이지. 이런 애들이 부뚜막에 먼저 올라앉는다니까. 순진하다는 네가 순진한 놈이다. 그 말을 할 수는 없었다. 세희는 양우에게 눈길 한번 주지 않았다. 예옥과 청자는 난생처음 옆에도 앞에도 뒤에도 또래의 남자 대학생에게 둘러싸여 정신이 없었다.

양우는 리더의 곁에 앉았다. 형씨, 기타 솜씨 죽여주시네요. 기타도 죽입니다. 어디 거죠? 아 일제. 기타는 언제 배우셨습니까. 아, 그래요. 군대는 어디? 11사단? 몇연대? 아, 예. 내 친구도 그 근방인데. 주특기가 포병요. 삼팔똥포라고요. 아, 난 뭐 자세히 말하기는 좀 그렇고. 아직 보안이 안 풀려서. 이런 거 잘 아시죠. 예, 한잔. 맥주가 히야시가 잘됐네요. 아이스박스도 죽이네요. 양우는 세희가 황홀하게 그의 옆얼굴을 바라보게 놔둘 수 없었다. 각자 떠들고 놀고 취해서 발광하고 토하고 뭐 그렇게 사람처럼 쓰러져서 끝나기를 바랐다.

세희는 캔맥주를 마시고 있었다. 양우가 리더 바로 옆에 온 뒤로는 쳐다보지도 않고 그저 캔맥주를 비우고만 있었다. 양우는 세희에게 거듭 새로운 캔맥주를 들이밀었다. 그러면서 끊임없이 잘생긴 복학생에게 말을 하게 했다. 레드 크로스라고요? 크로스가 레드만 있습니까. 예. 옐로우, 깜장 이런 건 없나요? 올드는요? 기타가 원래 몇줄입니까. 이건 왜 아홉 줄이나? 예? 값은? 삼년 전요? 저기 청계천이 언제 복개된 거죠? 박정희가 처발랐지요. 제 부하한테 총 맞아 뒈지고. 에이. 그럼 뭐 합니까. 탕탕탕탕, 총이나 맞아 뒈지고.

"선배님, 우리 노래하고 싶어요. 노래해요."

단체에 소속된 여학생들이 리더를 졸랐다. 리더는 양우에게 미소를 지어 보이고는 기타를 울렸다.

비니비니비니비니바나바나바나바나따루싸따루싸예
비니비니비니비니바나바나바나바나따루싸따루싸예
따루싸예야홈빠홈빠홈빠홈 따루싸예야홈빠홈빠홈빠홈 따루싸따루싸예[*]

양우로서는 모를 노래이고 인수는 당연히 처음 듣는 노래이고 종술은 머리털 나고 처음일 노래였다. 이어서 비슷한 노래가 나왔다.

예포이따이따이예 예포이따이따이예 예포이따이따이 예포이토끼토끼 예포이토끼토끼예
예포이토끼토끼예 예포이토끼토끼예에에 예포이토끼토끼 예포이토끼토끼 예포이토끼토끼예[**]

* 폴리네시아 민요 「Vini Vini」.
** 뉴질랜드의 마오리 민요 「Epoi Tai Tai E」, 중간의 'Epoi Toki Toki Epoi Toki Toki yeah'는 '나는 불행하지 않다'는 의미.

예옥과 청자도 따라 불렀다. 가사와 멜로디가 쉬워서 금세 따라 부를 수 있었다. 세희는 따라하지 않았다. 눈이 풀려서 고개를 조금 젖힌 채 두 무릎을 세우고 앉아 있었다. 너희들 머리 기르고 기타 치고 부모 덕에 많이 배우고 귀고리 하고 화장하고 잘난 너, 너희들, 조금 있으면 숲속에 가서 끌어안고 입맞추고 할 너희들. 인생 그렇게 쉬운 게 아니다. 너희 마음대로 되는 인생, 그거 인생 아니다. 나, 나는 너희처럼 잘나지는 못했지만 내가 못난 걸로, 내 마음대로 안되는 걸로 인생을 가르쳐줄 수 있어. 쉬운 건 인생이 아냐. 양우는 노래하는 리더와 세희를 번갈아보며 생각했다.

'여기까지 놀러 와서, 이런 레크리에이션하고, 건전가요나 부르고 말이야, 좀 놀면 안되느냐고. 우리끼리, 각자, 재미있게, 각자. 야, 우리 가자.'

그는 수십번도 더 입속으로 그 말을 연습했다. 따라나서지 않으면 뒤집어버릴 작정이었다. 수박이 놓인 상을 뒤집어엎고 무한히 나오는 캔맥주의 본산 아이스박스를 뒤집어엎고 기타 치는 리더인지 성인인지 후견인인지 하는 자식을 뒤집어엎고 입술을 뒤집어버리고 속을 까발려버리고. 야, 여기 있는 여자들이 다 네 여자였으면 좋겠지, 너만 바라보고 침이나 질질 흘렸으면 좋겠지, 네 속을 내가 다 안다, 새꺄, 네가 이런 걸 부정하면 사내자식이 아니지. 아니꼬와? 아더메치유? 그럼 나와. 그는 또다른 상황을 상정하고 대사를 연습했다. 어느 것부터 먼저 시작할까.

태권도? 다이빙? 술시합? 그는 즐겁게 손가락을 꼽았다. 어, 느, 것, 을, 할, 까, 요. 아, 무, 거, 나, 되, 지, 요. 되, 지, 요. 되, 지, 요.

까강, 소리가 났다. 텐트 앞 바위에 혼자 앉아 있던 종술이 낸 소리였다. 소주병끼리 부딪쳐 깬 것이었다.

"어, 저놈 저."

인수가 일어섰다. 여자들의 비명소리가 터졌다. 종술이 깨진 병을 잡고 일어선 것이었다. 달려가던 인수가 주춤했다.

"토끼 토끼 하지 마. 토끼 노래 집어치워라, 이 등시 토끼들아."

종술은 혀 꼬인 소리로 말한 뒤에 병 하나를 더 집어들어 깼다. 또 비명이 났다. 양우는 일어섰다.

"야, 이 등시들아. 등시들아! 헤이, 헤이!"

종술은 깨진 병을 지휘봉처럼 엇갈려 휘두르기 시작했다. 예옥과 청자가 고개를 내민 세희를 끌고 뒤로 갔다. 다 틀렸구만. 양우는 걸어갔다. 정말 재수 더럽게 없구나, 올여름 피서는.

"얀마. 그거 내려놔."

종술은 빙긋 웃었다.

"나 얀마라는 놈 아이다. 너 내 이름 모르지, 너? 등시야."

"그래, 나 모른다. 몰라서 미안하다. 그거 내려놓으라고."

인수가 살그머니 뒤로 돌아서 비닐봉지에 든 소주병을 치우고 있었다.

"나한테 뭐라 카지 마. 너는 상관없잖아. 우리 평생 서로 안 보잖아."

"그래, 아까는 내가 미친놈이라서 아무 말이나 막 했다. 내 대가리가 돌삐다. 내가 잘못했다."

인수가 병을 다 치운 걸 확인한 뒤 그는 종술에게 점점 더 가까이 갔다.

"야, 너 그 병 가지고 뭐 할 건데? 엿 바꿔 먹을래? 밤인데?"

"오지 마. 너 나 모르잖아. 내가 누군데? 나도 너 몰라."

그는 바위를 건너뛰었다. 두 사람 사이의 거리가 두세 걸음 이내로 좁혀졌다.

"너 보꾸쭝이잖아, 박종술. 종술아, 내가 너 안다. 나는 너를 잘 안다고. 우리는 친구잖아."

종술이 주저앉았다. 그러고는 울기 시작했다. 그는 종술의 손에서 삐죽삐죽 날이 서 있는 병을 조심스럽게 떼어냈다. 병을 먼 곳으로 던져버리고 나서 물었다.

"왜 우는데? 왜?"

종술은 발을 들어 보였다.

"피나잖아."

제가 깬 병의 파편에 제 발바닥을 베인 것이었다. 과연 적십자 운동, 인도주의에 투철한 적십자단원들이었다. 부상자가 생겼다는 말이 전해지자마자 응급약 상자가 날라져왔고 소독과 붕대 싸매기까지 걸린 시간은 이삼분 정도였다. 양우는 세희가 가까이 있는 것을 느꼈다. 역시 그랬다. 세희는 언제 왔는지 열 걸음쯤 떨어진 곳에 있는 바위에 기대앉아 가만히 그를 바라보고 있었다. 분명히 미소를 짓고 있었다. 십여년 전 꼭 이맘때, 북천의 일 방구에서 다이빙을 하고 집으로 나란히 걸어갈 때처럼, 자신이 다이빙하지 않았음에도 자신이 한 것처럼 자랑스러워하는 미소였다.

한밤중에 그는 세희와 소형 텐트 안에서 마주앉았다. 다른 사람들은 둘을 위해 자리를 피해주었다. 밖에서는 건전가요를 합창하는 소리가 들렸다. 두 사람은 이대로 날을 샐 작정이었다. 모두들 두 사람만이 한공간에 있는 것을 아는데 무슨 일이 있으면 안되었다. 또한 아무 일도 없이 이대로 지나기에는 시간과 그들의 배려와 두 사람 사이에 돋아난 감정이 아까웠다. 그는 눈을 감았다. 손을 뻗었다. 손가락을 내밀었다. 따뜻하고 촉촉한 살이 만져졌다. 눈을 감은 채 그는 손가락이 움직여가는 대로 맡겼다. 머리카락, 이마, 귀, 또 귀…… 귀고리가 없었다. 없어졌다. 그의 마음을 알아차린 것 같았다. 손가락은 계속 움직여갔다. 눈, 눈썹, 코, 뺨, 또 뺨…… 한없이 부드러운 뺨. 입술이 닿았다. 손가락 끝이 입술의 좌우를 왕복했다. 그는 손가락 끝으로 입술의 위치를 가늠하면서 자신의 입술을 가져다댔다. 입술과 입술이 맞닿았다. 심장이 쿵쿵거렸다. 한동안 입술은 서로의 촉감을 느끼며 움직임을 멈추었다. 혈관마다 새로운 심장이 생겨난 것 같았다. 쿵쿵. 그러다 자연스럽게 입술이 열렸다. 그의 입술이, 그녀의 입술이. 그리고 또한 너무나도 자연스럽게 그의 혀가 입술과 입술 사이를 빠져들어갔다. 그녀의 혀가 닿는 듯 마는 듯했다. 그 순간 어떤 손이 거칠게 그의 입술을 그녀의 입술에서 잡아떼더니 확 밀어붙여버렸다. 거칠었다. 말할 수 없이 거칠었다. 그는 어이가 없었고 화가 났지만 참았다. 다시 한번 입술을 천천히 그녀의 입술이 있는 곳으로 가져갔다. 입과 입이 맞닿자마자 그는 쯔으읍, 소리가 나도록 입술을 힘껏 빨아댔다. 상대의 입에서 침이 빨려나오는가 싶더니 건더기처럼 물컹한 혀가 그의 입으로 따라왔다. 생각한 만큼 황홀하지는 않았지만 그는 기뻤다. 그는 혀가 아프도록 힘차게 빨았다. 그러자 갑자기 또 누군가의 손이 그의 뒤통수를 후려갈기며 얼굴을 거칠게 밀어붙이는 것이었다. 그는 빼앗긴 것에 대한 아쉬움과 돌연한 간섭에 분노해서 눈을 떴다. 방해하는 누구든 죽여버리고 말겠다고 생각했다. 어둡지 않았다. 환했다. 그는 누워 있었다. 땀으로 척척한 베개가 느껴졌다. 그는 까끌하고 척척한 베개에서 머리를 들었다. 지척에 누군가의 얼굴이 있었다. 눈을 뜨고 그를 내려다보고 있었다. 종술이었다.

"왜 남의 입에 냄새나는 주디를 쭉쭉 맞추고 지랄이가? 너 내가 그래 좋으니야? 난 싫다. 니 혼자 너 좋아해라."

종술은 말을 참 잘했다.

톡

쿵.

　소리와 함께 전해져오는 진동에 ㄱ은 반사적으로 옆을 바라본
다. 빨간 마티즈 속의 여자가 운전대에 가슴이 닿을 듯 허리를
구부리고 앉아 있다. 여자의 차는 ㄱ의 승합차와 인도 사이에 끼
여 있다. 조금 전에도 골목에서 버스전용차선으로 갑자기 튀어
나오면서 ㄱ의 승합차를 받을 뻔했다. 일단 직업적인 감각이 발
동해서 인도 쪽으로 최대한 밀어붙여놓고는 딴생각하느라 존재
자체를 잊어버렸다. 여자는 화장기 없이 긴 얼굴에 광대뼈가 도
드라졌고 넓은 어깨 아래의 붉은 셔츠가 오르락내리락하고 있
다. 여자의 차는 부딪힌 자국이 여러군데인 게 운전면허를 따고
산 지 얼마 되지 않은 차 같다. ㄱ은 망설인다.

174

정상적인 작업순서에 따르자면 ㄱ은 차문을 열고 내려야 한다. 얼굴의 사분의 일을 가리는 불가리 썬글라스를 꺼내 쓸 필요는 없다. 여자는 그의 얼룩무늬 군복바지만 봐도 얼굴색이 바뀔 것이다. 그는 여자의 차가 받은 부분을 손바닥으로 쓰는 시늉을 하고는 여자에게 다가간다. 야, 이 개 같은 년아. 눈깔은 아침에 서방 해장국 끓이다가 국솥에 빠뜨렸냐? 이렇게 말할 수도 있다. 아주머니, 오늘 일진이 안 좋으신 것 같네요. 잠시 시간 좀 내주시겠습니까. 일단 차를 앞으로 빼시죠. 뒤편이 훨씬 효과적이지만 어느 편이든 여자의 지갑에 든 돈은 오분 안에 몽땅 빼앗을 수 있다.

문제는 A와 만나기로 한 시간이 벌써 지났다는 것이다. 이미 퇴원수속을 마치고 ㄱ이 가져올 양복을 기다리고 있을 A에게 이 이야기를 한다면 낄낄대며 식전에 마수걸이를 하고 오지 그랬느냐고 할지도 모른다. ㄱ이 시간을 정확하게 지켜서 간다면 말이다. A는 직업윤리상 시간약속은 일분 일초도 어김없이 칼같이 지켜야 한다고 강조했다. 그들이 먹고사는 건 타이밍 덕분인데 타이밍의 엄마인 시간을 지키지 않으면 어떻게 하느냐는 것이다.

두 사람은 주로 운전면허가 없거나 정지된 사람이 운전하는 차와의 충돌사고를 통해 먹고살고 있다. 운전면허가 정지된 사람들 가운데 많은 사람이 도로교통안전관리공단의 교육장을 찾는다. 소양교육과 교통법규교육을 받으면 벌점과 정지기간을 줄여주는 제도가 있기 때문이다. 그런데 그런 교육을 받으러 오면서 용맹스럽게도 차를 몰고 오는 사람들이 있다. 이따위 무면허 운전이 바로 가정경제를 위태롭게 하고 개인의 건강에 좋지 않은 행위인 것이다. ㄱ과 A, 두 사람은 알맞은 타이밍에 받히기에 알맞게 덩치 크고 일단 조금이라도 받히면 받혔다는 표시가 확실하게 나는 흰색 승합차를 타고 나타나 면허와 가정경제, 건강의 관계를 가슴에 사무치게 깨닫도록 해준다. 타이밍이 맞지 않으면 자신들의 건강상 위험을 무릅쓰고 들이받기도 한다. 무면허운전자는 차가 받혔다고 유리할 것도 없다. 사고 뒤 즉각 적당한 병원에 입원하고 차 역시 박자가 척척 맞는 정비공장에 입원시키고 하여 며칠 기다리면서 또다른 장소와 시간을 물색하다보면 돈이 나온다. 면허가 아예 없는 사람들이 차를 끌고 나타나는 운전면허시험장 앞은 물이 더 좋다. 동업자와 경찰, 보험회사의 눈도 있으니 한군데서 작업을 하면 당분간 잠수를 타면서 같은 장소에 가지 않는다는 원칙 때문에 자주 가지 않는 것뿐이다.

지금쯤 A는 사십일 전의 작업으로 뜯어낸 돈으로 산 프로 다이버용 시계를 보며 그를 욕하고 있을 것이다. 짜봐야 몇푼 나오지 않을 낡은 수건 같은 여자를 상대할 시간이 없다. 봐주기로 한다. 나가면 덥기도 할 것이다. 차에 탔을 때 오전 열시쯤이었는데 벌써 기온이 삼십도가 넘었다고 라디오에서 날씨를 예보하는 여자가 말했다.

퉁, 퉁. 소리가 강해진다. ㄱ은 거울을 쳐다본다. 그제야 배기량이 마티즈보다 큰 할리데이비슨 오토바이를 발견한다. 썬글라스를 쓰고 붉은 수건이 둘러진 헬멧을 덮어쓴 ㄴ이 ㄱ의 승합차를 두드리고 있다. 퉁, 퉁, 텅. 주먹질과 할리데이비슨의 엔진소리가 닮았다. 꼬우면 타넘고 가보지? ㄱ은 거울이 자신의 말을 반사해서 ㄴ의 귓바퀴에 닿게라도 해주는 듯 말한다.

신호가 바뀐다. ㄱ은 가속페달을 밟는다. 부러 천천히. ㄴ의 오토바이가 지나며 카니발의 유리에 ㄴ의 주먹이 비친다. 세번째 손가락이 우뚝 세워져 있다. 저 개썹쉐이가. ㄱ은 가속페달에 왈칵 힘을 준다. 앞차 운전자가 전화를 하느라 꾸물거린다. ㄱ은 멀어져가는 오토바이의 번호판을 외우려고 고개를 앞으로 뺀다. 그 순간 몸이 앞으로 확 쏠린다. 앞차의 트렁크 뚜껑이 '대한민국 만세!'를 부르듯 번쩍 들린다.

블로그 삶은 달걀 전체목록(156) 내 글/아쐬 나는 행복 201×년 7월 26일 http://blog.××××.com/ssje×705×027/10008796××4 열라 졸라 황당한 일 당했다. 어젯밤 열두시 넘어서 회사 얼라들캉 술 마시고 집으로 가는데 방배동 까페골목에서 삐끼 한놈 만나 기본 십오만에 땡전 한푼도 더 안 내도 된다는 말을 듣고 과장하고 대리 해서 셋이 어디 지하 술집으로 갔다. 거기서 양주를 한두 잔 마셨나 싶은데 잠이 들었다 깨니까 마누라 임신 구개월이라고 상다구 인상쓰던 과장놈 진작 튀고 없고 술값이 이백만원이 나왔다고 해서 자는 대리새퀴 주머니에서 지갑 꺼내서 계산부터 했다. 깍두기들한테 맞아서 뒈지는 것보다는 나을 거 아니야? 근데 대리 이 색휘가 고마운 줄도 모르고 나오더마 귀빵맹이부터 돌리는 거다. 내 카드는 한도 다 차서 다음달에 갚아줄 생각이었다. 근데 말을 하기도 전에 귀통배기를 쌔리대는 그 색히, 싸가지 없는 색. 내가 지난 휴가 때 라섹수술했다고, 네일숍 가서 일주일에 한번 케어받는다고, 차 대신 할리 샀다고 비웃던 새퀴. 아나, 지는 삼십 중반 대리에 배 뽈락 주제에, 븅신. 눈만 뜨면 병원부터 가서 콱 진단서 끊어서 고소할라다가, 해불라다가, 해뿔까 하다가 아침에 엘리베이터에서 만났길래 걍 어허허헝, 하고 웃었다. 웃어줬다. 창시도 없는 놈인 척.

ㄴ은 땀방울이 머리카락 끝에 매달렸다 뺨으로 떨어지는 것을 의식하며 목을 울려 혀끝으로 가래를 모은다. 콱, 소리를 내며 피가 섞인 가래를 뱉는다. 법원 이층 화장실에서 뛰어내릴 때 입안을 깨물었다. 꽈리처럼 부푼 것을 깨물었더니 터지면서 피맛이 느껴진다. 자유의 몸이 된 댓가로 입은 가장 큰 상처라는 게 입 안을 깨문 것뿐이다. 재판정에 서는 게 벌써 네번째다. 처음에는 단순히 오토바이를 훔쳤다. 어렸다. 절제를 몰랐다. 열다섯 대를 훔쳐서 기름이 떨어질 때까지 타고 다니다 버렸다. 소년원에 다녀와시는 훔친 오토바이를 받아주는 오토바이 가게에 갖다주었다. 여전히 어렸다. 이용만 당했다. 세번째 재판을 받게 되었을 때는 오토바이 가게 주인의 오토바이를 끌고 나왔다는 죄목이었다. 마지막에는 그가 탄 오토바이를 뒤쫓던 경찰차가 담

벼락과 충돌했고 그 바람에 정년을 일년 앞둔 경찰 하나가 하반신 마비가 되었다. 그게 ㄴ이 책임질 일은 아닌데 동료 경찰과 그들과 한통속인 검사, 구치소 경비교도대원까지 그를 괴롭혔다. 차라리 표시나게 두들겨맞으면 어디 가서 하소연이라도 하지 안 보이는 데서 쥐어박고 차고 욕하고 표시 안 나게 패고 자존심에 견디기 힘든 상처를 주었다. 도망갈 생각이 나지 않을 수 없었다. 그가 화단에 떨어졌을 때 코앞에 노란 컨테이너 박스를 단 퀵써비스 오토바이가 있었다. 고맙게도 죄수 신분을 가릴 수 있는 조끼에 헬멧까지 쎄트로 챙겼다. 키박스를 뜯어 시동을 걸고 법원 정문을 빠져나오는 데 이분밖에 걸리지 않았다. 정문을 나와서 그가 갈아탄 세번째 오토바이인 할리데이비슨에는 가죽 재킷과 머플러, 레이밴 썬글라스가 딸려왔다. 더이상 변장할 필요도 없게 되었다. 빨리 시내를 빠져나가야 국도를 원없이 달려볼 터인데 오토바이 덩치 때문에 차선 옆으로 다니는 것도 쉬운 일이 아니다. 보도와 차도의 경계선으로 오토바이를 몰고 들어가 속도를 좀 내려는 찰나 웬 놈이 지하철 입구에서 뛰어올라와 차도로 뛰어든다. 오마이 픽큐, 하며 ㄴ은 오토바이를 꺾는다. 고여 있던 흙탕물이 튀어 ㄷ의 양복 윗도리에 들씌워진다. ㄷ, 황당해서 쳐다보지만 할리데이비슨은 푸드드드등하는 특유의 소리를 내며 화물차 앞으로 끼여들어 사라진다.

진술서 성명 맹○○(이명 막동이) 성별 남 연령 만 7×세 주민

등록번호 3×××××—1×××××× 본적 서울시 종로구 청운동 1××

주거 강남구 역삼동 ×××—××(×통×반) 자택전화 5××—××65

직장전화 5××—××65 직업 자영업 직장 주거와 동일

　상기 사람은 지하철 2호선 노약자석 구타사건의 피해자로서

다음과 같이 임의로 자필 진술서를 작성 제출합니다. 201×년 ×월

18일 오후 3시경 지하철 2호선 성수역에서 역삼역 방향으로 가

는 지하철을 탔다가 가해자 공○○이 앉아 있는 노약자석에 같

이 앉았읍니다. 이때 대낮부텀 술냄새가 나는 공○○이 저보고

어린놈이 노약자석에 앉았냐면서 주민증을 꺼내보라 하므로 나

는 다이쇼 때 태어났는데 너는 언제 태어났느냐고 하자 야 이 마

빡에 피도 안 마른 놈아 네까이 놈이 다이쇼면 나는 메이지라고

제 머리를 주먹으로 수차 가격하고 족발로 촛대뼈를 까서 전치 2

주의 상처를 입혔읍니다. 공○○은 나이가 80이 넘었어도 힘이

장사이니 노약자라고 봐줏다가는 사회를 악에 물들이고 연소자

들에게 행패를 부릴 것이 명약관화합니다. 엄벌에 처해주시기

바랍니다.

　　　　　　201×년 11월 18일 위 진술인 맹○○ (인)

　ㄷ은 윗도리를 벗어 흙탕물을 털다 택시를 향해 급히 옷을 쳐

든다. 그러나 택시는 쉽사리 서주지 않는다. 신호등 옆에 경찰

순찰차가 서 있고 그 앞에 선 젊은 경찰이 차도에 내려서 있는

그를 바라본다. 그는 반대방향으로 빠르게 걸어가며 빈 택시를

찾는다. 흙탕물을 씌우고 간 오토바이에 대한 분노보다 금방이라도 지하철 입구에서 사람들이 뛰어올라올 것 같은 불안이 더 크다. 들고 있는 브리프케이스가 표지가 될지도 모른다. 버릴까 생각도 해보지만 그런 행동이 눈에 띌까 싶어 하지 못한다. 계속 따라 걸을 뿐이다. 빈 택시는 좀처럼 오지 않는다. 술이 덜 깬 채 지하철에 탄 게 아홉시가 넘어서였다. 간밤에 삼차까지 하며 진탕 함께 퍼마신 대리와 사원 두 녀석은 말끔한 얼굴로 정시 출근해 있을 것이 틀림없었다. 약한 꼴 보이기 싫어서 새벽 한시 넘어 삐끼 따라간 술집에 같이 있다가 술을 한잔 마시는 시늉만 하고 만삭인 아내 때문에 도망나왔다. 몸무게가 칠십 킬로그램이 넘는 아내는 열대야 때문에 어차피 잠도 못 자고 있었노라고, 술은 퍼마시면서 에어컨 하나 못 들여놓느냐고, 자신에게 성의가 없다, 사랑하지 않는다는 소리를 새벽까지 해댔다. 어찌어찌 눈을 붙였는데 아내가 깨워주지 않아서 눈을 뜨자 여덟시 반이 넘어 있었다. 출근을 하지 않아도 전화 한 통 하지 않는 회사 분위기가 두려웠다. 아무렇지도 않은 듯이 별일 없으니 천천히 오라는 부장의 말투도 걸렸다. 지하철을 타서 한동안 없던 충동이 행동이 된 것은 몸과 마음이 약해진 탓이다. 노약자석에서 노인들 둘이 나이가 누가 많은가를 가지고 시비를 벌이고 있었다. 고개를 빼고 구경을 하는 투피스 차림의 여자에게 다가갔다. 일단 지나치면서 가방으로 엉덩이를 슬쩍 건드려보았다. 여자는 어깨를 으쓱하고 그다지 개의치 않는 듯했다. 그는 문 하나만큼을 갔다가 다시 돌아오며 이번에는 손바닥으로 여자의 엉덩이를 살짝 치면서 지나갔다. 다시 돌아오며 엄지와 검지로 자극했고 그래도 여자가 반응을 보이지 않자 여자의 뒤에 섰다. 한손으로는 손잡이를 잡고 가방으로 양복 앞자락을 가렸다. 예전에는 지하철이 어느 역을 지나 몇분 후에 어느 정도 쏠리는지 모두 기억하던 적이 있었다. 머리로 기억하는 것이 아니라 몸이 기억했다. 그의 성기는 기억의 기억만으로도 이미 단단해져 있었다. 그는 좌우의 사람과 앉아 있는 사람들을 살피며 천천히 엉덩이를 흔들었다. 여자가 드디어 그의 존재를 의식하기 시작했는지 허리를 펴며 엉덩이를 뺐다. 그는 재빨리 따라붙었다. 사실은 너도 좋잖아. 지하철 성추행 어쩌고저쩌고 지랄들 하지만 너도 조금은 즐기지 않냐. 딱 그만큼만 참아, 싫어도. 그는 눈을 감은 채 몰입했다. 난 오래 안한다, 정말. 그는 눈을 떴다. 여자가 몸을 돌렸다. 아, 그 자식 아까부터 되게 웃기네. 남자의 음성이었다. 콧소리가 섞였지만 분명 남자였다. 트랜스? ㄷ의 불안과 쾌감, 몸 가운데 일부를 포함하여 부풀었던 것들은 일제히 쪼그라들었다. 야, 제대로 해봐, 씨발 제대루. 응? 여자 옷을 입은 남자가 자신의 사타구니께를 손가락으로 가리키며 말했다. 노인들의 시비를 구경하던 시선이 삽시간에 그에게 쏠렸다. 그는 가만히 있을 수밖에 없었다. 누구한테 누명을 씌우는 거야? 내가 뭘 어쨌다구? 그렇게 말할 상대가 아니었다. 어깨가 그보다 더 넓었다. 웃는 사람, 비웃는 사람, 그냥 웃는 사람, 모르고 웃는 사람, 혀를 차는 사람, 아래위로 훑어보는 사람 사이에서 그는 전동차 천장에 닿을 듯 키큰 남자가 그가 있는 쪽을 굽어보며 다가오는 걸 보았다. 지하철 수사대가 틀림없었다. 이 시간에 저것들은 왜? 그는 해답을 찾을 겨를도 없이 몸을 틀었다. 사람을 헤치고 앞으로 나아가기 시작했다. 거기 서! 뒤에서 들려오는 소리가 형사의 목소리인지, 여자 아니 남자의 목소리인지 알 수 없었다. 그는 팔꿈치와 주먹으로 사람들을 뚫으며 앞칸으로 달렸다. 필사적으로 두 칸째를 지나갈 무렵, 지하철이 멈추고 문이 열렸다. 거기 안 서? 그는 세 계단씩 뛰어올랐다. 술이 깨고 있었다. 개찰구를 한 손으로 짚고 뛰어넘어 에스컬레이터를 탔다. 지상으로 나오자 할리데이비슨 오토바이가 기다렸다는 듯 달려들었다. 픽큐, 소리를 들으며 그는 간신히 균형을 잡았다. 웃기는 새끼, 미제 오토바이 타면 욕도 영어로 나오나? 그 와중에도 웃음이 나온다. 땀 흘리며 택시를 찾아 손을 흔든다. 아, 개새끼들아, 좀 와라와. 어느새인지 경찰이 다가와 있다. 길 가장자리 구역 통행의무 위반, 범칙금 만원. 그는 다리를 떨며 빨리 통지서를 끊지 않는다고 화를 낸다.

안녕하세요? 까페 '행복 발견'을 사랑하는 사람들을 찾아주신 분들께 깊이 감사 말씀 드립니다. 다름이 아니고요. 여러 회원님들께서 경찰의 일방적인 발표와 언론의 무책임한 보도를 보고 오해하실 것 같아서 저희의 진실을 알려드리려고 해요.

저희 까페에서는 현재 기적의 여성성생활보조제 '아이캔두잇'의 주문, 배송을 모두 중단했어요. 게시판에 최음제니, 발정제니 하고 말도 안되는 소리를 하는 사람도 있지만 이 제품의 기적적인 효과에 대해 감사 말씀을 올리는 분들이 여전히 하루 스무 명도 넘어요. 이거 우리가 조작하는 거 아니거든요. 그래서 좋은 말 나쁜 말 모두 그냥 삭제하지 않고 놔두고 있어요. 상식이 있는 분들은 보시고 판단할 수 있을 거예요.

인간은 누구나 행복하게 살 권리가 있다. 인간은 누구나 자신이 원하는 것을 추구할 권리가 있다. 우리 까페에서는 까페의 지속적인 운영에 필요한 최소한의 마진만 남기고 회원들의 행복과 권리를 위해 기적의 제품을 공급한다. 이게 뭐가 잘못이에요? 그런데 그 결과로 돌아온 건 까페지기님에게 보건범죄단속에 관한 특별조치법상 불법의약품제조판매로 구속영장이 발부된 것이었어요.

우리나라 법에는 여성의 원활한 성생활을 위한 보조제를 어떻게 만들어라, 팔아라 마라 하는 게 전혀 없어요. 어디서 수입을 하든지 자유고 누가 선택을 하느냐 하는 것도 다 개인 자유고요. 특히 우리 '아이캔두잇'은 까다롭기로 유명한 미국식품의약국(FDA)에서 효과와 안정성을 인정받은 거예요. 마약성분 없고요. 돼지발정제, 물뽕 같은 거 아니고요. 우리가 케이스 그대로 보내드리는데 어디에도 주의사항이나 부작용에 관한 말이 한마디도 없지 않아요? 우리나라 식약청이나 검찰은 우리 제품을 검증하고 판단할 실력도 없어요. 아이캔두잇은 멀티오르가슴을 느끼고 싶은 여성을 위해, 오르가슴을 전혀 못 느끼는 여성을 위해, 쎅스 불감증에 시달리는 여성을 위해, 쎅스 의욕이 없어서 고민하는 여성을 위해 파는 쎅스욕구제일 뿐이에요.

우리가 처음부터 상업적으로 팔려고 했던 것도 아니거든요. 처음 까페지기님이 경험을 해보고 아는 사람들이 돌려서 써보다가 효과가 좋다는 소문이 나서 지금 까페 회원만 삼만명이 넘게 된 거고요. 친구끼리, 연인끼리 선물도 하고 써보고 해서 좋으면 된 거지, 우리가 뭐 나이트나 클럽 가서 작업용으로 써라, 술에 몰래 타서 먹여라라고 한 것도 아닌데 데이트 강간용 약이라니 너무 억울해요.

값이 비싸다고 하는 사람 있는 거 잘 알아요. 그치만 평생을 같이 살아도 오르가슴 한번 모르다가 우리 제품 때문에 효과 봤다는 분들, 절대 우리 욕하지 않아요. 전세계에서 우리 같은 제품 만들어서 파는 다국적회사, 양방·한방 의사들, 약국 사람들 다 모아놓고 그 사람들이 원가 몇십배 남겨서 미안하다고 인정하면 우리도 인정하죠. 왜 우리만 갖고 그러냐 이거예요. 원가에 백 퍼쎈트 붙이면 마진이고 오백 퍼쎈트 붙이면 마진 아닌가요? 비아그라 마진이 몇천 퍼쎈트인지 몇십 퍼쎈트인지 누가 확인해 봤나요? 우리 사기친 적 없어요. 회원들도 이런 건 원래 좀 비싸다는 거 다 알고 산 거죠.

환불을 요구하시면 환불해드릴게요. 지금까지 단 한분도 안

계셨어요. 연락온 분도 없고요. 다만 환불은 전 까페지기님 구속이랑 영수증 확인절차에 따라 시간이 걸릴 수도 있다는 점 깊이 양해 바래요.

사실 이런 글을 까페 대문에 쓰는 것이 뭐 같네요. 하지만 회원님들이 공지사항을 너무 안 보시기 때문에 할 수 없이 극약처방을 썼어요. 여러분의 관심과 성원이 없으면 저희도 오로지 이 땅 여성과 그들의 행복추구권을 위해 힘들게 해온 일을 접을 수밖에 없어요.

끝으로 이 글을 끝까지 읽어주신 분들이 지금보다 백배 천배 더 행복한 성생활을 누리시기를 기원합니다.

201×년 7월 ××일 까페 운영자 올림.

ㅁ은 씹던 껌을 보이며 입을 벌린 채 서 있다. 미용실에서 막 나오면서 불렀던 자가용 콜을 찾는데 어떤 놈이 오토바이를 타고 가며 쇠갈고리로 핸드백을 낚아채서 도망갔다. 순식간에 당한 일이라 도둑,이라고 소리를 지를 틈도 없었다. 아침 열시에 집에 들어가 인터넷 홈페이지 확인하고 폐쇄 공지사항 올린 뒤에 점심도 거른 채 내내 잤다. 전날 젊은 회사원 두 녀석을 혼자서 상대하느라 좀 많이 마신 탓이다. 오후 일곱시 반, 출근을 앞두고 머리손질과 메이크업을 하려는 동업자들로 아수라장인 단골 미용실에서 십분 만에 초고속으로 머리 감고 드라이하고 나오던 길이었다. 열몇 시간 전인 새벽 네시 호스트바에 가기 전에

들르기도 한, 집보다 자주 들르는 미용실 앞에서 날치기를 당할 줄은 몰랐다.

K는 오분도 되기 전에 '텐 프로'들이 모여사는 '선수촌'을 빠져나와 단골 편의점 앞에 오토바이를 세운다. 이 동네에는 돈은 많이 벌어도 씀씀이가 헤픈 여자들이 많아서 한번 작업을 하면 명품이 얻어걸리기도 한다. 그러나 오늘은 아닌 것 같다. 핸드백 속의 물건은 대부분 K에게는 아무런 쓸모가 없거나 암호 같은 것들이다. 파우더 콤팩트 케이스, 아이섀도우 블러시, 쏠리드 퍼퓸이 들어 있는 포터블 메이크업 키트, 블러셔로도 사용 가능한 펄리 컬러 크림, 고급 펄 함유 인디언핑크색 립글로즈, 펜슬형 립라이너, 트루 에이지케어 링클 리파이닝 립스틱, 다이어리, 파카 수성펜, 프라다 열쇠고리, 돌체앤가바나 썬글라스, 물티슈, 팬티스타킹, 에쎄 담배, 일회용 라이터, 물소뿔 빗, 호신용 가스 스프레이, 콘돔 두 개, 그리고 가짜 구찌 지갑이 들어 있다. 지갑에는 교통카드 겸용 KB직불카드, 남성 직장인 명함 열 장, 운전면허증, 현금 삼만원과 동전 천이백팔십원이 들어 있다. 그리고 'I Can Do It!'이라는 글자가 인쇄된 발포성 정제 네 개. 쓰업…… 하긴 뭘 해? 뭘 할 수 있단겨?

K가 서 있는 곳에서 남쪽으로 위도 1도 33분 17초, 동쪽으로 경도 27분 29초의 위치에 있는 고추밭에 ㄹ과 B가 마주보고 서

있다. 피서를 겸해 낚시광 남편을 따라 호반의 마을로 놀러 온 ㄹ은 남편이 낚시를 하는 동안 주변을 돌아다니다 B의 고추밭을 봤다. 처음에는 저녁에 반찬으로 먹을 양으로 풋고추 몇개를 땄고 겸하여 고추밭 앞쪽에 있는 들깻잎도 몇장, 상추도 몇잎 땄다. 저녁을 먹는 동안 남편은 내내 고추, 상추, 깻잎이 맛있다고 칭찬했다. 고추가 이래야 되거든. 너무 맵지도 않고 싱겁지도 않고 달면서도 씹히는 맛이 있는 게 정말 죽여주는 맛이네. 요새 고추는 말이야, 청양고추는 너무 매워서 못 먹겠고 보통 고추는 허우대만 멀쩡하게 큰 게 맛이 없어. 고추를 먹고 맴맴, 해야지 배불러 죽겠네, 하면 어쩌느냐고. 그리고 이거 상추, 무농약 맞지? 땅 힘이 좋으니까 약 같은 건 안해도 될 거야. 깻잎은 또 얼마나 향긋해. 냄새만 해도 천지 차이잖아, 시장에서 사먹는 거하고는.

그날 저녁을 먹은 뒤 남편은 마지막 밤이라며 다시 낚시를 하러 갔고 ㄹ은 민박집에서 포대를 하나 찾아들었다. 자신이 사는 아파트의 부녀회장이기도 한 ㄹ이 보름쯤 남은 선거를 의식하지 않은 건 아니지만 일차적으로는 채집의 충동에 따른 것이었다.

고추밭에 다다른 그녀는 지체없이 고추를 따기 시작했다. 밭은 비탈 아래에 있었고 감나무가 서너 그루 서 있어서 사람 눈에 띄지 않고 포대를 채우는 일은 어렵지 않았다. 어두운데다 운동할 때처럼 썬캡의 검은 챙으로 얼굴의 팔할을 가린 뒤 수건까지 목에 두른 ㄹ은 남편도 누구인지 식별하기 힘들 정도였다.

애호박이 뒹굴고 있어서 넝쿨이 어디에서 뻗었는지 생각하지도 않고 냉큼 따서 포대에 넣는데 인기척이 났다. 흰옷을 입은 여자 B가 밭 바깥에 서 있었다. 호반 가로등에서 비치는 불빛으로 ㄹ은 여자가 주름이 많은 부인네라는 걸 알았다. 그녀는 조용한 말씨로 뉘신겨, 하고 ㄹ을 향해 물었다.

ㄹ은 아크릴 챙을 올리고는 노인을 훑어보았다. 말씨나 차림으로 보아 농사꾼 같지는 않고 지나가다 쓸데없는 관심을 보이고 있는지도 몰랐다.

저 여기 일하러 나왔어요. 왜 그러세요? 그렇게 말하는 분은 누구세요?

B는 미소를 지으며 대답했다.

여기 밭 쥔이 내 바깥양반유. 그런디 그 양반이 일을 시킨 건 없는 걸로 아는디, 야심한 시각에 그럴 리도 없구. 밭을 잘못 알고 오신 건 아뉴?

ㄹ은 고개를 까딱했다.

아, 네, 내가 잘못 알았나보네.

ㄹ은 포대를 밭이랑 아래에 버려두고 한손 가득 고추를 든 채 밖으로 걸어나왔다. 포대는 나중에 가져갈 셈이었다. 그런데 노인이 먼저 말했다.

거기 고추하구 호박 담은 포대는 냐중에 가져가실겨?

ㄹ은 가슴이 덜컹하면서도 화가 났다.

아줌마, 여기 밭이 그 밭이 아니래매요? 그래서 놔두고 가는 거예요!

B는 전혀 흥분하지 않고 말했다.

그런디 고춧대 밑에 놔두면 밭줸이 워치키 알겠슈? 이야기를 해주지를 않는 댐에야. 기냥 고추를 드실 만큼 가져가시는 거는 을매든 좋아유. 아까 점심때도 다녀갔쥬?

ㄹ은 고추를 집어던지며 말한다.

아니 이 아줌마가 누구를 도둑년으로 아나? 아까 내가 다녀갔다는 증거 있어요? 사진이라도 찍어놨냐구?

B는 머리를 가볍게 쓸어올리며, 거란께 거시기 댁들이 묵고 있는 민박집이 내 시누이네유, 낮에 먹은 고추하고 깻잎도 우리 밭에서 따온 것 같다고 하던디, 한다. ㄹ이 소매를 걷어붙인다.

아, 이 동네 정말 못쓰겠네. 왜 이렇게 인심이 사나운 거야? 아니, 서울에서 몇시간씩 차를 몰고 와가지고는, 깡시골 사는 사람들 불쌍해서 돈을 써주자고 재미 하나도 없는 데서 참고 있는데, 풋고추 한두 개 따다가 먹을 수도 있는 거지, 왜 이렇게 야박해? 그리고, 그리고 여기 동네사람들 무슨 국정원이야, 경찰이야? 왜 외지에서 온 사람들 모르게 감시를 하고 서로 고자질을 하고 그런대? 아, 정말 더럽고 무서워서 못 있겠네, 정말. 당장 짐 싸가지고 가든지 해야지.

B의 얼굴이 약간 붉어진다. 워낙 많이 탄 얼굴이라서 거의 표시가 나지 않는다. 말투는 여전히 느리고 차분하다.

내일 가시기로 한 건 알고 있슈. 여그 동네가 작고 좁으니께

작은 소식도 다 알게 돼유. 우리도 고추 몇개 아까워서 그런 건 아뉴. 기냥 일을 않고 있으면은 없던 병도 나니께 일을 하는 거구 자식새끼들 휴가 때나 명절에 오면 좀 싸보내까 해서 심은 거쥬. 따서 가슈. 근디 필요한 양이 좀 많을 것 같으면 미리 양해를 좀 구하구……

ㄹ이 휴대전화를 꺼내든다.

아, 더러워, 더러워서 정말. 신고해요, 신고하라구. 내가 도둑년이라고, 도시사람들 전부 다 도둑년, 도둑놈이라고 경찰에 신고하라니까. 할라면 해봐. 내 다시는 이따위 동네 오나봐라. 동네 못쓴다고 인터넷에 올려가지고 휴가 때 한 명도 안 오게 만들거니까. 동네하고 민박집, 쫄딱 망할걸. 신고해, 해, 해, 아줌마! 해봐!

B는 ㄹ의 휴대전화보다 작고 깜찍한 최신형 휴대전화를 꺼낸다. 사실상 여기 증거도 있으니께, 하면서 ㄹ이 커다란 엉덩이를 돌려대고 고추를 따는 광경이 찍힌 화면을 잠깐 보여주고는 번호판의 단축다이얼을 누른다. 정 그러시면 불러봐야쥬, 뭐. 어이 탁경장, 시방 워디에 있는겨?

ㅁ이 들어간 단란주점 일층, 편의점 옆에 있는 포장마차에서 싸움이 벌어지고 있다. 포장마차 주인 ㅂ과 중국 옌볜에서 온 여종업원 ㅈ이 먼저 맞붙었다. ㅂ이 잠시 화장실에 다녀온 사이 손님 일행이 자리를 파하면서 ㅈ에게 계산을 하고 갔다. 이윽고 돌

아온 ㅂ에게 ㅈ은 손님이 계산하고 갔다면서 사만오천원을 주었다. ㅈ이 화장실에 간 사이 손님 가운데 한 사람인 D가 돌아와 놓고 간 다이어리를 가져가며 영수증을 달라고 요구했다. ㅂ은 포장마차에 무슨 영수증이 있느냐고 응수했지만 손님은 요새 포장마차에서 카드까지 쓰는데 무슨 소리를 하느냐, 문방구 영수증이라도 갖추고 영업을 하라고 충고했다. 그런 과정에서 손님이 지불한 금액과 자신이 ㅈ에게 건네받은 금액과의 차액이 만원이라는 것을 알게 됐다. 충고하기 좋아하는 손님이 돌아간 뒤 ㅈ이 돌아왔다. ㅂ은 ㅈ의 손에서 행주를 빼앗으며, 네가 손님을 속여서 바가지를 씌운 게 한두 번도 아니고 더이상 참을 수 없다고, 당장 그만두고 나가라고 했다. ㅈ은 행주 한쪽을 붙잡고는 이 일은 이번이 처음이다, 그것도 주인이 바가지 씌우는 걸 보고 배운 거지 내가 어디서 배웠겠느냐, 또 이 돈이 당신 돈이냐고 소리쳤다. 사람들이 모여들기 시작했다. 이때 이들의 언행에 염증을 느낀 듯, 혼자 앉아서 술을 마시고 있던 ㅊ이 일어나서 나가버렸다. ㅂ은, 여봐요! 어디를 그냥 가는 거예요? 하고 소리를 치며 달려나갔다. 비척거리며 걷던 ㅊ은 금방 ㅂ에게 따라잡혔다.

종업원이 구경을 하느라 잠시 한눈을 파는 동안 편의점에 들어간 노숙자 ㄹ이 소주 두 병과 짱구 한 봉지, 태양초고추장(무방부제 무색소, 페이스트형 60그램) 세 개, 진한 참기름(80밀리그램) 한 병, 누룽지(유기농) 한 봉지, 그리고 가그린(80밀리리터) 한 병을 들고 나왔다. 편의점 종업원 ㄲ이 ㄹ에게서 소주를 빼앗으려다 병이 깨지면서 오른손 손바닥을 베인다. 그는 왼손으로 오른손 손바닥을 누르고 오른손 엄지손가락으로 휴대전화의 단축다이얼을 누른다. 피 묻은 액정화면에 'ㅌㄱㄷ'이라는 글자가 뜬다.

ㅌ은 잠복근무중이다. 억대의 판돈이 오간다는 도박장에 관한 첩보를 입수하고 노름꾼들이 모여서 판을 벌이기를 기다리고 있다. 도박장으로 의심되는 장소는 갈비전문음식점 이층 옥상에 만들어진 조립식 건물이다. 대형 유리가 전면을 장식하고 있는 갈비집을 돌아 뒤로 가면 마당이 나오고 이층 옥상으로 가는 계단이 따로 있다. 계단에는 난간이 설치되어 함부로 올라갈 수 없게 해놓았는데 문 옆에는 인터폰이 달려 있어서 안에서 방문객을 확인할 수 있다. 대부분의 방문객들은 알지 못하지만 옥상 네 군데서 감시카메라가 작동중이다. ㅌ은 물론 이런 사실을 알고 있다. 또 갈비집으로 통하는 계단이 있어서 비상사태시 일층으로 내려와 갈비 먹으러 온 손님으로 가장하고 태연하게 밖으로 나올 수 있다는 것 역시 안다. 낮에 도박장에 출입하는 단골 대부분은 주부들이다. 도박장에서 밤에 벌어지는 판은 도박중독자나 전문적인 도박꾼들이 심심풀이로 하는 판이고 낮에 벌어지는 판이 오히려 크다.

ㅌ과 ㅍ, ㅉ이 잠복하고 있는 갈비집 옆건물에는 편의점과 미장원, 기원과 당구장, PC방이 있다. PC방은 물론이고 당구장에

서도 도박이 벌어지고 있다. 기원도 마찬가지다. 바둑의 승부를 가지고 하는 내기는 별게 아니다. 진짜는 카드 도박이다. 거기서 일정액씩 떼는 돈으로 기원이 운영되고 있지만 ㅌ은 사소한 것 쯤은 눈감아주고 있다. ㅌ이 ㅍ과 두는 바둑도 내기바둑이다. 한 판에 만원짜리인데 도박장 출입자에 신경쓰느라 삼만원이나 잃었다. 업무는 제쳐두고 바둑에만 열심인 ㅍ이 밉살스럽다. 이기려고 하지만 잘 안되더니 이제 승기를 잡았나 싶은데 ㅉ이 신호한다. 두 여자가 인터폰 앞에서 입을 벌린다. 열여섯 명째다. ㅌ은 할 수 없이 몸을 일으킨다. 주머니 속의 휴대전화가 울리지만 전화를 받을 겨를이 없다. ㅌ은 뒷주머니에서 모자를 꺼내 눌러쓰며 갈비집 뒷마당으로 돌아간다.

ㅍ이 갈비집으로 들어가는 것과 함께 ㅌ도 인터폰을 누른다. 누구세요? 여자 목소리다. ㅌ은 회사 로고가 새겨진 모자를 더 눌러쓰며, 택배 왔습니다, 하고 상자를 들어 보인다. 여자가 대답한다. 어머, 우린 택배 올 데가 없는데. 누가 보낸 거예요? ㅌ은 고개를 돌려 ㅉ에게 눈짓한다. 그러면서도 태연하게 대답한다. 내용물은 모르겠고 보낸 데는 정안군인데요. 처가가 정안인 그의 말에 인터폰에서는 대답이 없다. 반대편 계단에 ㅉ이 붙어있는 것을 확인한 ㅌ은 인터폰을 향해 소리를 지른다. 문 열어요! 아줌마, 다 알고 왔으니까. 빨리 열어! 예상대로 반대쪽의 철제 비상계단이 쿵쿵 울리며 사람들이 쏟아져나온다. 비명소리에 가방을 찾는 소리, 친구를 부르는 소리가 섞였다. 들어가! 어

딜 기어나와! ㅉ이 토끼를 몰듯 도박장 안으로 사람들을 도로 집어넣는다. ㅍ 역시 갈비집으로 밀고 들어가 비밀문을 열어젖힌다. ㅍ이 문을 열어서 ㅌ은 안으로 들어간다. 방 안 곳곳에 지폐와 수표가 흩어져 있다. 핸드백을 휘두르며 가까이 오지 말라고 저항하는 여자, 머리를 탁자 밑에 처박고 있는 여자, 창문에 올라가서 내가 누구인지 아느냐고 악을 쓰는 여자가 있다. ㅌ은 눈에 띄는 여자에게 다가간다. 아줌마, 아줌마 남편이 자기 출근하고 나면 아줌마가 이렇게 노름하는 거 알아? UR건설 전무? 신문에 나고 싶은가보지? 여자는 전혀 기가 죽지 않고 그에게 이름과 소속, 계급을 밝히라고 외친다. ㅌ은 ㅉ에게 원하는 대로 다 말해주라고 하고 돌아선다. 창문에서 뛰어내리겠다고 위협하던 여자가 안으로 떨어진다. 조립식 건물은 벽체가 얇아서 창문턱에서 오래 버틸 수 없었다. 안으로 떨어졌으니 망정이지 밖으로 떨어졌으면 귀찮은 일이 생길 뻔했다. 여자들도 그런 사실을 잘 알고 있어서 훈방을 얻어내기 위해 그러는 것이다. 떨어진 여자는 다리를 붙들고 오리처럼 꽥꽥 소리를 내며 구르기 시작한다. 다리, 아니면 허리, 아니면 목이 부러졌다고 주장한다. 아, 그것들 열나 시끄럽네, 확 기냥! ㅉ이 이를 드러내자 약간 조용해진다.

가만히 있던 중년여자가 울며불며 ㅌ의 다리를 감싸안는다. 자신은 파출부인데 청소 끝나고 나서 구경을 하고 있다 잡혔다는 것이다. 얼굴이 길고 광대뼈가 나왔으며 어깨가 넓은 것이 ㅌ

의 처형을 닮았다. ㅌ은 잠시 망설인다. 그런데 여자의 말투에는 ㅌ이 잘 아는 사투리가 섞여 있다. 아줌마, 고향이 어디요? 여자는 고개를 들고 저으흐아안이요, 하고 어눌하게 대답한다. 그러고는 서울 온 지 여섯 달 됐는데 공사판 나가던 남편이 허리를 다쳐 누운 이래, 이런 일은 처음이라고 구구절절 운다. 눈물이 흘러내리는 궤적을 눈으로 따라가며 ㅌ은 눈을 찡그리고 말한다. 가요, 가. 다음에는 이런 데 끼지 말고. 여자는, 참말이지 고맙구만이라, 하고는 큰 가방을 둘러멘다. ㅍ이 돈다발을 코스트코의 초대형 쇼핑백에 쑤셔넣다 말고 길을 비켜준다. ㅌ 모르게 건설회사 전무의 부인이라는 여자가, '사모님, 어서 가세요' 하고 소리없이 입술을 움직여 보인다.

여자의 뒤를 따라 ㅌ은 담배를 물고 나온다. 불을 붙이던 ㅌ은 여자가 마당에 세워진 마티즈에 올라타는 걸 보고 고개를 약간 꼰다. 어리한 게 당수 팔단?

사건번호 201× 고단29×× 점유이탈물 횡령 피고인(ㅊ○○), 무직 19××년 ×월 28일생 주거 부정

주문 피고인을 벌금 50만원에 처한다. 위 벌금을 납입하지 아니할 때에는 금 5만원을 1일로 환산한 기간 피고인을 노역장에 유치한다. 이 판결 선고 전 구금일수 중 25일을 위 벌금에 관한 노역장 유치 기간에 산입한다. 압수된 미국 화폐 100달러 1매 10달러 5매는 성명 미상 소유자에게 환부한다.

이유 피고인은 198×년 특수절도죄로 징역 2년을 선고받고 199×년 상습도박죄로 징역 1년에 집행유예 3년을 선고받았으며 200×년 도박장 개장으로 징역 2년을 선고받고 ○○교도소에서 복역하다가 200×년 그 형의 집행을 종료하였고 200×년 현주건조물방화죄로 징역 3년을 선고받고 ○○교도소에서 복역하고 201×년 6월경 출소한 자인바, 201×년 7월 28일 22:00경 ㅈㄹ구 ㅈㄹ동 이하 미상 소재 옥호 미상 포장마차에서 음주하다가 옆자리에서 술을 마시던 성명 미상인(약 30세가량)이 두고 간 수첩에서 바닥으로 떨어져 점유이탈한 동인 소유의 미국 화폐 100달러짜리 1매 및 동 10달러짜리 5매 등 도합 150달러(한화 15만원 상당)를 습득한 후 그 시경에 영득의 의사로 의복 속에 은닉하여 도주함으로써 이를 횡령한 것이다.

증거 1. 피고인의 공판정에서의 판시 사실과 같은 취지의 진술. 1. 검사 작성의 피고인에 대한 피의자 신문 조서 중 판시 사실과 같은 취지의 진술 기재. 1. 사법경찰관 사무 취급 작성의 압수 조서 중 판시 사실과 같은 내용의 기재. 1. 압수된 미국 화폐 6매(100달러 1매, 10달러 5매)의 현존.

201×년 10월 ×일 판사 김호걸(인)

지하철 9호선 전동차 안에서 흰색 포메라니안 강아지 한 마리가 몸을 떨며 조용히 똥을 눈다. 오리육포를 아침으로 먹고 외부 기생충 제거 샴푸로 씻고 도기 빗으로 털을 빗었으며 향수를 뿌린 면 티셔츠를 입고 나온 강아지다. 주인이 보고 있다. 보고 있다. 배설물이 천천히 떨어진다. 눈 있는 사람, 모두들 보고 있다.

톡.

또독.

낚다 쉬다 낚이다 엮이다

낚다

그는 체구가 좀 작다. 어지간히 마르기도 했다. 십수년 전 육군 병장으로 전역한 뒤 몸무게가 오십오 킬로그램을 넘어본 적이 없다. 군대시절 초기에 규칙적인 생활을 한 덕분에 딱 한번 육십 킬로그램을 넘어봤다고 한다.

그는 전문낚시인이다. 낚시꾼 혹은 조사(釣士)로서 '전문가'라는 호칭을 받게 되었으면 이미 낚아올린 월척급 이상의 대물이 수백 마리는 되련만 그가 대물을 낚으러 간다고 할 때 주변 사람들은 대물이 오히려 그를 낚아서 끌고 가겠다고 농담을 한다. 그럴 때마다 그는 대물과 낚시꾼 사이에는 낚싯대가 있으니 급하면 낚싯대를 놓으면 그만이라고 말한다. 그런데 그가 낚싯대를 놓지 못한 경우도 있었다.

두어 해 전 어느 초봄 그는 소양호로 혼자 낚시를 떠났다. 정초의 시조회(始釣會)니 여럿이 함께 나간 얼음낚시니 하는 의례적인 행사가 아니라 혼자서 본격적인 낚시를 나선 건 그때가 처음이었다. 숲을 등진 만곡형(彎曲形) 지형에 자리를 잡은 그는 채비를 하기 시작했다. 그는 본격적으로 낚시를 하기 전에 언제나 신중하게 헛챔질을 하면서 포인트를 점검하는 한편 날씨와 장비, 주변의 정황 모두를 세세히 살피곤 했다. 그는 전문가였다. 안하면 모를까, 낚시를 시작한 바에 가장 사소한 부분에서도 최선을 다한다는 게 그의 신조였다. 그는 그날 밤샘낚시를 할 예정이었다.

초봄 호숫가의 밤은 겨울이나 다를 바 없이 춥다. 방한복을 입는 것만으로는 부족하다. 그럴 때면 낚시의자 위에 침낭을 놓고 그 속에 방한복을 걸친 몸을 통째 집어넣어 추위를 막는 게 그의 방식이었다. 침낭은 지퍼가 아닌 단추로 열고 닫게 되어 있어서 초저녁에는 무릎까지만 닫고 더 추워지면 배까지, 마지막에는 팔과 머리를 제외하고는 몸을 완전히 침낭 속에 집어넣곤 했다.

때는 한밤이 되기 직전이었고 따라서 그는 침낭에 배까지 집어넣은 상태였다. 아직 본격 낚시철이 되지 않아서인지 다른 낚시꾼들의 불빛도 별로 눈에 띄지 않았는데 그가 앉아 있는 말발굽처럼 생긴 지형의 반대편, 그러니까 수면을 사이에 두고 약 삼십 미터쯤 되는 곳에서 불이 반짝이는 것을 그는 보았다. 그가 마지막으로 헛챔질을 하고 미끼통에 집어제와 어분을 섞은 떡밥을 넣고 물을 부어 비비고 있을 때였다. 수온을 가늠해서 너무 빨리 풀어지지 않도록 강하게 비비는 참이었다. 그는 전문가답게 집중해 있었다. 그런데 그의 머리 위로 뭔가 획하고 지나가는 것 같았다. 밤새인가. 그렇게 보기에는 소리가 너무 약했다.

그는 다시 떡밥을 비비기 시작했다. 그런데 뭔가가 뒤에서 그의 침낭을 슬쩍 잡아당기는 것이었다. 그는 깜짝 놀라 뒤를 돌아보았지만 어둠속이라 아무것도 볼 수 없었다. 고개를 갸웃거리던 그는 다시 미끼통에 손을 가져갔다. 그런데 이번에는 무엇인가가 아주 강하게 침낭을 끌어올리는 것이어서 그는 그만 낚시 의자에서 떨어져 나둥그러지고 말았다. 그때부터 누군가가 그의 침낭을 억세게 끌어당기기 시작했다. 그는 침낭에서 몸을 빼지 못한 상태여서 고치에 든 벌레처럼 버둥거리면서 딸려갈 수밖에 없었다. 그렇게 오 미터쯤 굴러가다 그는 나무등걸을 붙들었다. 그는 한사코 나무등걸을 잡고 버텼다. 그랬더니 끌어당기는 편의 손인지 뭔지가 슬그머니 풀리는 것이었다. 그가 간신히 일어나며 몸을 추스르려고 하는데 누군가 다시 침낭을 강하게 낚아챘다. 그 바람에 그는 다시 엎드러지고 말았다. 이번에도 두세 바퀴를 굴렀다. 또다시 돌부리를 움켜쥐고 그가 버티자 그 누군가의 힘도 풀리는 것이었다. 그 순간 그는 그 누군가의 정체를 깨달았다. 말발굽 반대편 기슭에서 날아온 릴낚시가 틀림없었다. 사실을 확인한 순간 그는 머리끝까지 화가 치밀었다.

일이백 미터도 쉽게 날아가는 릴낚싯대를 민물낚시에 쓰는 것은 직업낚시인의 윤리에 맞지 않지만 그는 직업이고 윤리고 간에 호수에서 릴낚싯대를 쓴 적이 한번도 없었다. 상대는 초짜 낚시꾼이 틀림없었다. 초짜가 조자룡이 헌 칼 쓰듯 함부로 릴낚싯대를 휘둘러 수십년 경력 전문가의 코를 꿴 것이었다. 그는 고함을 질러 그런 사실을 일깨워주려고 했다. 그 순간 풀렸던 낚싯줄이 팽팽해지며 다시 그의 침낭을 억세게 잡아끌었다. 그는 그 바람에 다시 물가로 데굴데굴 굴러갔다. 비릿한 물비린내가 코에 느껴졌다. 이러다가 물에 빠지면 꼼짝없이 초짜 낚시꾼에게 걸린 대물 신세가 될 것이었다. 흔히 말하는 월척(30센티미터)을 넘어 4짜(40센티미터), 5짜, 6짜를 넘어 1.66미터, 침낭까지 동반한 세계신기록급의 대물.

그는 목숨이 왔다갔다하는 순간임을 느끼고 필사적으로 팔을 휘저었다. 운이 좋아 물가에 있는 바위를 움켜잡을 수 있었다. 다시 그가 버티자 낚싯줄이 슬쩍 풀렸다. 초짜이긴 해도 잡아당겼다 놓았다 해가면서 공기를 먹여 힘을 빼려는 게 분명했다. 그는 그 순간 손을 뒤로 돌려 낚싯줄을 찾아냈고 이로 끊어냈다. 이에 끊기기 직전 다시 줄이 팽팽해지며 그의 입술 한쪽을 찢어 피를 흘리게 만들었다. 그렇기는 해도 힘이 주어지는 바람에 쉽게 끊긴 줄은 힘없이 맞은편으로 가버렸다. 맞은편에서 "아, 놓쳤네" 하는 아쉬움의 탄성이 희미하게 들려왔다.

그는 단추를 풀고 침낭을 벗어젖혔다. 주먹을 쥐고 뛰어가기 시작했다. 만나기만 하면 누구든 박살을 내버릴 참이었다. 한밤중의 숲길을 불도 없이 백여 미터나 달려가기는 쉽지 않았다. 그는 가면서 나뭇가지에 호되게 이마를 부딪혀서 불이 번쩍하는 경험을 하기도 했다. 그가 마침내 상대편에 다다랐을 때 상대는 입맛을 다시며 낚싯바늘을 다는 중이었다.

"아, 고것참. 잡기만 했으면 좋았을 건데. 하아, 고것참."

랜턴을 모자에 끼우고 중얼거리며 낚싯바늘을 달고 있는 사람은 여든살은 넘은 듯한 백발의 노인이었다. 그는 부르쥔 주먹을 하늘로 치켜들며 외쳤다.

"할아버지!"

노인은 고개를 돌렸다.

"응? 나? 왜 그려?"

"지금 낚시하는 거예요?"

"보면 몰러?"

"낚시로 물고기를 잡아야지, 사람을 낚으면 돼요?"

노인은 눈을 껌벅거리더니 천천히 대답했다.

"낚시하다 말고 갑자기 무슨 성경말씀이랴? 뭐, 안될 건 없지. 내가 바로 목사거들랑. 은퇴하긴 했어도. 마가복음 일장 십육절에서 십팔절을 보면 예수께서 갈릴리 해변을 지나가시다가 시몬 베드로와 그 형제 안드레에게 가라사대 나를 따라오너라, 내가 너희로 사람을 낚는 어부가 되게 하리라 하시니 그들이 곧 그물을 버려두고 예수를 따르니라 하는 말씀이 있지."

그는 상대가 워낙 노인이어서 맥이 빠진데다 성경구절이니 뭐니 하는 말에 그만 할말을 잊고 그냥 서 있다가 천천히 자신의 자리로 돌아왔다. 자리로 다 와서는 할말이 생각났다. 그는 반대편을 향해 손나팔을 하고는 "그래도 릴낚시는 쓰지 마세요! 사람한테 던지면 절대 안된다니까요!" 하고 외쳤다. 이윽고 반대편에서 대답이 왔다.

"응, 알았네, 알았다구, 이 사람아."

"맞아요. 전 사람이에요. 생사람 낚지 마시라구요!"

그 대화 덕분인지 그 밤에 다시는 낚싯바늘이 그의 머리 위를 날지는 않았다.

섞다

낚시꾼은 싫어도 낚시를 해야 할 때가 있다. 작년에 내가 대청호 호반에 낚시를 하러 갔을 때도 좋아서 간 게 아니었다. 십여 년 만에 연락을 해온 친구와 만나 함께 낚시를 하기로 했는데 친구가 갑자기 사정이 생겼다면서 약속을 취소한 것이었다. 챙겨놓은 장비며 물색해놓은 포인트가 아까워 혼자 떠나온 길이었다.

늦여름 오후의 긴 햇살이 목덜미를 뜨뜻하게 하는 중에 내가 찾아든 곳은 스무 가구 남짓한 인가가 있는 고즈넉한 동네에서 조금 떨어진, 작은 개울이 흘러드는 포인트였다. 이른 저녁을 해먹는 동안 날이 저물며 젖은 풀로 피운 모깃불 연기가 동네를 물들이기 시작했다. 나는 미리 물색해놓은 자리에 낚싯대를 폈다. 자리 바로 뒤 삼십여 미터쯤 떨어진 곳에 인가가 하나 있었다.

그 집은 동네 맨끝 집이었고 가장 가까운 이웃과 이백여 미터쯤 떨어져 있었다. 어두워지자 전깃불이 잠깐 켜지는가 싶었는데 열시도 되기 전에 꺼지고 그 흔한 텔레비전의 푸른빛조차 비치지 않는 것이 모두 잠든 듯했다. 그런 집에 사는 사람들은 대체로 전기료를 한푼이라도 아끼려고 일찍 자는 부류이기 십상이었다. 짐작을 조금 더 덧붙이자면 일찌감치 자식들을 도시로 떠나보내고 그 자식들이 일년에 두어 번 돌아올 날을 기다리며 사는 늙은 부부가 살고 있을 것이고 그 부부는 나 같은 낚시꾼을 할일이 없어 몸살이 난 알건달의 전형으로 생각하기 쉬웠다.

열한시가 넘자 사위는 완전히 어둠에 잠기고 찌에 달린 케미라이트만 떠 있을 뿐 사방은 캄캄했다. 비라도 한줄기 뿌리려는 듯 날씨는 후덥지근했다. 당연히 별도 달도 보이지 않았다. 물고기는 입질 한번 없었다. 나는 다시 몇달 전부터 약속을 해놓고 손바닥 뒤집듯 깨버린 친구를 원망하며 차라리 무슨 일이라도 있어주었으면 하는 생각에 사로잡혔다. 그런 중에 나는 갑자기 변의(便意)를 느꼈다.

낚시전문가 또는 직업낚시인은 언제나 환경을 염두에 두고 낚시를 한다. 사람은 먹어야 살고 낚시인도 사람일진대 용변은 어쩔 수 없는 것이지만 환경을 생각하는 낚시인이라면 아무데서나 용변을 봄으로써 환경을 더럽히는 행동을 해서는 안된다. 그런 생각을 내가 평소에 하지 않은 건 아니지만 그날은 그런 거창한 논리나 직업윤리에 따른 게 아니라, 그저 사방이 벽으로 막힌 변소에서 사람답게 용변을 보고 싶어졌던 것이다.

나는 휴지와 랜턴을 챙겨들고 자리에서 일어났다. 그러고는 가장 가까운 곳에 위치한 집으로 발을 옮겼다. 그런데 랜턴 배터리가 거의 다 닳았는지 불빛이 가물가물하는 게 영 시원치 않았다. 랜턴을 툭툭 치면서 스무 걸음쯤 더 가자 그 불마저 꺼지고 말았다. 나는 돌아가서 낚시용 헤드랜턴을 가지고 오려다가 백 미터가량 떨어진 동네 가로등에서 비치는 불빛에 의지해 내처 그 집으로 다가갔다.

대문은 열려 있지도 닫혀 있지도 않았다. 대문이 없었기 때문이다. 다행히 개도 없었다. 시골집의 구조는 대충 비슷한 법이라 나는 헛간과 변소를 겸하고 있을 바깥채로 걸어갔다. 물론 그 집 식구들을 깨워 변소를 사용해도 좋으냐고 물어본 뒤 허락을 받아 변소에 들어갈 생각은 하지 않았다. 오히려 식구들이 깰까봐 고양이걸음으로 발소리를 죽여 일자형의 슬레이트지붕을 한 건물로 간 나는 주머니에 있는 라이터를 켜서 변소를 확인하고 손이 라이터 불 때문에 뜨거워지기 전에 끄고 다시 켜는 식의 행동을 반복하며 변소에 들어갔다.

변소는 짐작한 대로 두 개의 널쪽과 그 사이의 구멍으로 구성되어 있었다. 또한 내가 짐작하는 대로라면 그 구멍 아래의 세계에는 여러 생물들이 나름대로의 생을 살아가고 있을 것이고 그 세계가 꽤 넓을 수도 있었다. 나는 여러가지 생각을 하면서 두 널쪽 위에 발을 단단히 고정한 뒤 쭈그리고 앉았다.

마침내 내가 신체 내부에 있는 물질을 바깥으로 내보내기 직전의 특유한 감각을 느끼는 바로 그 순간이었다. 누군가 내 이마를 넓적한 손으로 쓰윽 훑어내리는 것이었다. 나는 본능적으로 신체기관의 작동을 정지하고 이마를 쓰다듬은 그 무엇의 정체에 대해 생각하기 시작했다. 그런데 아무리 생각해도 알 수가 없는 것이었다.

그것이 어떤 초자연적인 존재의 손길이라고 하더라도 이승에 있는 대상의 이마를 쓰다듬는 행위는 귀엽다는 감정을 나타내는 동작이라고 할 수 있다. 그런데 야밤에 나를 귀여워해주기 위해 변소까지 따라온, 혹은 변소에 상주하는 존재를, 그게 초자연적이든 특수하든 뭐든 나로서는 상정할 수가 없었다. 그저 장난이라고 해도 누구의 장난인지가 문제이고 남의 집 변소를 임의로 쓰는 사람을 약올리기 위해 집주인이 설치한 장치라면 어떤 식으로 그런 장치를 했는지가 문제였다.

나는 어렵사리 바지주머니에 손을 넣어 라이터를 꺼냈다. 불을 켜려고 하는데 다시 한번, 이번에는 아까보다 훨씬 더 강하게 이마에서 턱까지를 쓰윽 훑어올리는 것이었다. 내가 놀라 휘청하고 뒤로 밀리는 바람에 내 발 하나가 널쪽을 강하게 밀어붙이게 되었고 결국 널쪽이 빠지며 발도 아래로 빠져버렸다. 나는 팔을 휘저어 무엇이든 붙잡음으로써 위기를 모면하고자 했는데 그게 더 사태를 악화시켰다. 내가 젖먹던 힘을 다하여 잡아당긴 것은 남은 널쪽이었던 것이다. 결국 나의 온몸이 아래로 떨어져내렸다. 나는 우아악, 하고 비명을 지르며 마침내 사람들이 '똥통'이라고 부르는 그 세계에 몸을 담그게 되었다.

불행 중 다행으로 입과 코까지 잠기지는 않았다. 또 불행 중 다행으로 내 손이 널쪽을 잡고 있어서 그것을 지팡이 삼아 이삼 분 뒤 그곳을 빠져나올 수 있었다. 불행 중 다행으로 변소 문도 대문도 없었기 때문에 나는 단숨에 그 집을 빠져나와 전속력으로 달려 삼십여초 만에 호수에 몸을 던질 수 있었다. 불행 중 다행은 계속된다. 내 몸이 잠긴 곳은 그다지 깊지 않았고 상어나 고래, 중생대에 존재했던 수룡(水龍)의 후손이 살고 있지도 않았다. 하긴 그런 동물들도 내 몸에서 나는 냄새를 맡는다면 삼키기 전에 고민을 했을 터이지만.

아무데나 용변을 봄으로써 환경을 훼손하는 일을 피하기 위해, 아니 그와는 상관없이 그냥 그날따라 그래보고 싶어서 변소로 갔다가, 본의아니게 수십인 분의 변을 몸에 묻혀와서 호숫물에 섞게 된 나는 그저 혀를 깨물고 죽고 싶은 기분이었다. 환경을 더럽혔다는 양심의 가책 때문이 아니라 약이 올라서. 십여분 뒤에 물에서 나온 나는 헤드랜턴을 모자에 끼우고 문제의 변소로 찾아갔다.

알고 보니 바깥채에서 변소를 제외한 공간은 헛간이 아니라 소를 키우는 외양간이었다. 또 알고 보니 내 얼굴을 쓰다듬은 그 거대한 손길은 소의 혀였다. 나는 웃을까 울까 한참을 망설이다가 헤드랜턴 불을 끄고 그 집 식구들이 깨지 않도록 조심조심 발걸음을 돌려 낚싯대가 있는 곳으로 돌아왔다.

낚이다

"내가 한 오년 전부터 낚시에 미쳐서 돌아다녔던 건 알고 있을 거야. 그때는 친구고 식구고 안중에 없고 그냥 낚시만 하고 싶더라고. 마흔 넘게 낚시터 근처에도 가보지 않은 내가 왜 갑자기 그렇게 낚시에 미쳐버렸는지는 잘 모르겠어. 이런 이야기는 잘 안하는데 오늘은 친구들하고 달빛이 교교한 저수지 앞에 있으니까 생각이 나는구만."

잠시 말을 중단한 그는 막걸리를 시원하게 들이켰다. 맞은편에 앉아 있던 친구가 그의 잔을 채워주었다.

"낚시도 진짜 도를 닦듯이 열심히 하다보면 유명한 낚시터나 큰 데보다는 후미지고 작은 데를 찾게 돼. 산중 계곡을 막아서 만든 조그만 저수지 같은 데 말이지. 사실 계곡형 저수지는 물이 차서 고기가 별로 없어. 그런 이유 때문에 사람들이 잘 안 가고 그래서 가끔 대물 손맛을 볼 수도 있는 거지."

그는 다시 막걸리를 마셨다. 그의 맞은편에 앉은 친구의 곁에서 또 하나의 친구가 진지한 표정으로 잔을 마주 들어올렸다. 맞은편 친구는 이미 들어본 이야기라는 듯 고개를 이리저리 돌리며 그들이 앉아 있는 저수지 가 식당 안의 여자들을 살피는 데 더 열심이었다.

"이년 전쯤 오늘하고 비슷하게 더운 날이었어. 평일 오후에 세

시간을 운전해서 난생처음 가는 깊은 산골마을까지 들어갔지. 동네 뒷산 바로 밑에 만들어지고 나서 한번도 낚시꾼이 온 적이 없다는 저수지가 있는 거야. 가보니까 떡밥봉지 하나 없는 게 이건 완전히 처녀 같은 저수지더라구. 자리 펴고 자세를 잡았지. 일급수 계곡지에는 그 동네에서 중태미라고 부르는 피라미만한 게 있는데 이놈들이 달려들기 시작하면 정말 귀찮거든. 그런데 이상해. 그 저수지는 물이 맑아서 중태미떼가 다니는 게 보일 정돈데 전혀 미끼를 물지를 않아. 뭔가 아주 큰 놈한테 쫓기고 있어서 먹을 생각을 하지 못하는 게 아닌가 싶더라고. 하여간 저녁이 돼서 날이 어둑어둑해졌지."

문득 그는 맞은편 둑에 흰옷을 입은 여자가 서 있는 것을 보게 됐다. 여자는 흐느끼며 막 신발을 벗는 중이었고 곧 물에 뛰어들 작정인 것 같았다. 그는 얼떨결에 손나팔을 하고 소리를 질렀다.

"이거 봐요. 잠깐만. 좀 기다려. 아, 기다리라니까."

여자는 생각지도 못한 낚시꾼의 외침에 놀랐는지 신발을 도로 꿰어신기 시작했다. 그는 내친김에 무넘기와 버드나무숲을 지나 맞은편 둑까지 쫓아갔다. 여자는 휘청거리는 걸음으로 둑을 따라가고 있었다. 그가 아무 생각 없이 여자의 팔을 붙잡자 여자는 그 자리에서 푹 주저앉고 마는 것이었다. 그는 얼른 그 팔을 놓고 뒤로 물러섰다.

"야, 정말 무지하게 예쁜 아가씨더구만. 거기다 화장 하나 안 한 천연 그대로의 얼굴이야. 내가 무슨 흑심이 있어서 그랬던 건 아냐. 나중에 또 애먼 낚시꾼 혼자 낚시하는 데 와서 아까같이 신발을 벗어제낄까 싶어서 도대체 왜 그러는 거냐고 물어봤지. 대답을 안하더라고. 계속 앉아서 울기만 하는데 사람 미치겠더군. 지나가던 사람이 보면 내가 무슨 나쁜 짓을 한 놈으로 알 거 아냐. 사람이 안 보이기는 했지만. 그렇게 한 이십분 있었나. 날이 어두워지더니 달이 뜨기 시작하는 거야. 그것도 커다란 보름달이. 나 참, 이게 뭐냐, 싶더라고. 내가 가려고 하는데 그 아가씨가 울음을 그치고는 나한테 작은 소리로 고맙다고 그러더구만. 그래서 내가 말했지. 뭐가 고마운지는 모르겠지만 정말 나한테 고마우면, 뭐 때문에 그런 짓을 하려고 했는지 이야기나 해보라고."

　여자는 긴 한숨과 함께 자신의 고민을 털어놓았다. 여자에게는 연인이 있었다. 두 사람은 한동네에서 자랐고 나이가 들면서 서로를 사랑하게 되었다. 한동네 사람끼리 결혼하는 것을 금기시하는 습속 때문에 드러내놓고 사랑을 표현하지 못했던 그들은 인적이 드문 저수지에 와서 사랑을 나누곤 했다. 왜 그 저수지에 인적이 드물었던가. 무엇인가 저수지에 살고 있는데 그게 사람보다 더 큰 괴물이라는 소문이 있었기 때문이다. 한 노인이 소를 끌고 산에서 내려오다가 그 존재를 목격하고 놀라 무넘기 아래로 굴러떨어진 뒤 죽음으로써 소문은 한층 구체성을 가지게 되었다. 젊은 연인들은 그런 소문 따위에 구애받지 않았고 틈이 날 때마다 저수지로 올라와 서로의 사랑을 확인했다. 그러던 어느 날 여자가 아기를 가진 것을 알게 됐다. 남자는 기뻐하면서 그 사실을 부모에게 알리고 결혼식을 올리자고 말했다. 그전에 자신이 동네의 고리타분한 금기를 넘어설 수 있는 당당한 사내임을 입증하기 위해 저수지에 살고 있는 괴물을 잡아내겠다고 했다는 것이다.

"민물에 사는 물고기 중에는 잉어나 가물치가 크다고 하지만 사실 정말 큰 거는 초어라는 거야. 천구백칠십년대에 외국에서 수입한 종인데 최대어 기록이 백오십 쎈티미터던가, 뭐 그래. 스킨 스쿠버 하는 사람들 말로는 물속에서 그런 괴물을 만나면 숨이 콱 막힌다고 하더구만."

그러나 초어가 살기에는 그 저수지는 지나치게 외지고 작았다. 그는 여자에게 그 괴물이 기껏해야 묵은 잉어일 거라고 말했다. 그러나 여자의 말은 달랐다. 남자가 잉어 잡는 그물을 쳤는데 두 번이나 그물이 찢겨져나갔다는 것이다. 잉어보다 큰 무엇인가 있다는 것을 확신한 남자는 대물낚시를 위한 채비를 하고 가프(gaff)라는, 자루 끝에 달린 갈고랑이로 대물을 찍어서 끌어올리기 위한 장비까지 준비했다. 그로부터 일주일 동안 남자가 잡은 건 아무것도 없었다. 여자는 매일 저수지로 올라가 남자를 설득했다. 그런 건 잡지 않아도 상관없으니 내버려두라. 이만한 정성이면 부모도 허락할 것이다. 안되면 우리가 동네를 떠나 멀리 가서 살면 된다. 그러나 남자는 단호하게 고개를 저었다.

싯누런 보름달이 떠오르던 어느 저녁, 마침내 남자의 낚싯대 줄이 핑핑 울리기 시작했다. 마을로 내려가던 여자는 걸음을 멈추고 남자를 돌아보았다. 남자는 긴장한 표정으로 낚싯줄을 감기 시작했다. 삼십초도 되지 않아 무엇인가 거대한 것이 수면에 떠올랐다. 남자는 낚싯대를 걸어놓을 곳이 없자 발로 낚싯대를 밟은 채 가프를 집어들었다. 그리고 다가오는 거대한 물체를 향해 가프를 내리찍었다. 퍽, 하고 가프가 괴물의 등에 박히는 소리가 여자의 귀에까지 들렸다. 여자는 눈을 감고 말았다. 그런데 아악, 하는 비명이 들려오는 바람에 여자는 눈을 뜨지 않을 수 없었다. 여자의 눈에 남자가 낚싯줄에 발목이 감겨 물로 딸려가는 게 보였다. 여자는 비명을 지르며 물가로 달려갔다. 남자는 물에 들어가서도 안간힘을 다해 가프를 휘둘렀다. 그러나 남자는 물을 먹으면서 곧 힘을 잃었다. 여자는 계속 비명을 질렀다. 그것밖에는 아무것도 할 수가 없었다. 다음날 아침 물 위에 떠오른 남자의 시신에는 낚싯줄이 칭칭 감겨 있었다.

마을사람들은 장례를 치르고 나서 저수지의 물을 모두 빼는 방법으로 그 괴물을 처치하기로 했다. 그런데 물을 빼고 나서도 괴물의 흔적은 어디에도 보이지 않았다. 가프 역시 없었다. 마을사람들은 여자를 의심했다. 여자는 울면서 죽을 방법만 생각했다. 그렇게 꼬박 석 달이 흘렀다.

"그런데 말이지, 그 아가씨 이야기를 듣는 중에 정말로 저수지 가운데로 뭔가 천천히 떠오르는 거야. 처음에는 꼭 사람 시체 같더라니까. 소름이 쫙 끼치데. 그런데 그놈 등에 뭐가 꽂혀 있어. 그게 그 아가씨 애인이 꽂았다는 가프 아닐까 싶더라고. 내가 아가씨한테 조용히 저수지 가운데를 가리키니까 보자마자 즉시 기절을 해버리더구만. 그때 내가 달고 있던 낚싯줄이 잉어용 육호선이었는데 그거 가지고도 그놈한테는 택도 없겠더라고. 사실 나한테는 발파용 다이너마이트가 하나 있었어. '꽝'이라고 하는 거 말이야. 그거 하나를 웬만한 크기의 웅덩이에 터뜨리면 물고기 전부가 충격으로 떠오르게 될 정도로 위력이 있지. 예전에 초보시절에 재미로 하나 얻어놨던 거야. 써본 적은 없었지. 그건 낚시가 아니라 학살이니까. 어쨌든 그놈은 사람을 죽인 괴물 아니겠어? 가프를 등짝에 꽂고도 살아 있는 괴물. 시간은 없고 잡기는 해야 하고. 선택의 여지가 없었지. 차로 뛰어가서 다이너마이트를 가지고 돌아왔지. 불을 붙이고 던질 때까지도 그놈은 유유하게 보름달 달빛을 즐기고 있더라고. 다이너마이트가 터지니까 엄청난 소리가 나는데……"

그는 말을 끊고 맞은편에 앉아 있는 친구를 바라다보았다. 기다렸다는 듯 친구가 외쳤다.

"뻥!"

또다른 친구가 영문을 몰라 두 사람을 번갈아보는데 그와 친구가 동시에 말했다.

"뻥, 뻐벙, 뻥이야. 뻥이요!"

정신을 차린 친구는 그제야 상을 엎어버리기라도 할 듯하며 소리를 질렀다.

"에라이, 이 나쁜 놈들아!"

엮이다

　　──낚시하십니까. 무슨 낚시? 아, 메기낚시요. 미끼가 닭간인 걸 보니 메긴 줄 알겠네요. 나도 메기낚시 참 좋아하거든요. 뭐 낚시도 좋아하지만 메기를 특별히 좋아하지요. 참메기야 요새 아예 보기도 힘드니까 그렇다 치고 그 이름이 뭔가, 수입산 메기, 예 찬넬메기요, 그건 입 안으로 사람 주먹이 쑥쑥 들어갔다 나오게 크니까 걸리면 손맛 정도가 아니라 온몸으로 몸맛이 쫙 땡기지요. 고기야 맛이 없다고는 하지만 꾼들이 고기맛을 보려고 잡는 건 아니지요. 예, 던지시는 걸 보니까 낚시를 오래 하신 거 같습니다이. 그런데요. 여기는 뽀인(point)이 아니라서 잘 잡힐지 모르겠네요. 어디요. 요새 충주호에는 배를 못 띄우게 하잖습니까. 예전에는 좋았지요. 뽀다(boat) 쫙 띄워서 친구들하고 후배들하고 뽀인을 골라가면서 낚시를 했는데요, 그런데 언제 유람선에 불이 나가지고 그뒤부터는 민간인들 뽀다를 못 띄우게 하는 거라요. 언놈이 술 처먹고 뽀다를 몰다가 유람선에 박아가지고, 박았는데 불이 나가지고 재수없는 사람이 여럿 죽고 다쳤잖습니까. 그때부터지요. 예, 그런데요, 저기 보이는 병풍바위 밑이 충주호에서는 최고의 찬넬메기 뽀인이거든요. 뽀다가 충주호 들어갈 때는 저 밑에 뽀다들이 바글바글 끓었지요. 각자 메기 잡아올리느라 정신이 하나도 없었어요. 충주호 찬넬메기는 한 일년만 커도 석 자짜리 나옵니다. 정말 대물은 사람만해요. 잘못하면 사람이 메기한테 잡혀갈 수도 있어요. 아, 그러니까 저 병

216

풍바위 밑이 전국 최고의 뽀인이다 해싸도 뽀다를 못 띄우게 하니 천하에 소용이 없지요. 그런데 말입니다이, 내가 한 열흘 전에 참 희한한 걸 봤습니다이. 그러니까설라무네 수요일인가? 목요일인가? 예, 비 오고 나서 하루 뒤요. 내 참말로 대가리 털 나고서 그렇게 희한한 낚시는 처음 봤습니다. 어떤 놈이 로프를 저 소나무에 비끄러매고 한쪽을 제 몸에 걸고는 바위 밑으로 내려가는 겁니다. 저기 함 보십쇼. 높이가 한 오십 메다(meter) 되는데 각도가 한 칠십도는 되니까 도저히 정상적으로는 낚시를 할 수 없는 데지요. 한 삼분의 이쯤 내려가면 약간 튀어나온 데 저기서 그놈이 발을 딱 디디디마는 릴을 던지는 거라요. 예, 그 미끼가 바로 닭간 같았어요. 고등어였는지도 모르지요. 찬넬메기가 좋아하는 게 그런 거니까. 하여간 뽀인이야 끝내주니까 낚시를 던지자마자 입질이 시작되더라고요. 낚시하는 고놈 그거 덩치는 쥐쌀만해도 눈이 빤짝빤짝하는 기 무지하게 약빠르게 생겼더라고요. 뭐가 제대로 걸리니까 신발 끝을 딱 바위틈에 집어넣고 챔질을 하는데 릴이 그게 한 팔십호는 되겠어요. 지금 쓰시는 오십호도 어지간하지만 그 괴물 메기가 걸리면 대번에 끊길 겁니다. 고 미친 자식, 아우, 정말 한 삼십분 싸웠을 거라. 지나가던 사람들이 전부 차 세우고 구경을 하는데 내가 이때까지 경마장도 가보고 국가대표 경기하는 축구장, 프로들 뛰는 야구장 다 가봤어도 그래 손에 땀나게 재미있는 게임은 없었어요. 구경꾼이 전부 다 낚시하는 인간하고 엮여서 일심동체가 돼가지고 이래라저래라 코치하고, 소리지를 때 같이 여잇샤 아싸 소리를 질러대고 힘쓸 때 같이 낑낑 용을 쓰고…… 정말 낚시라는 게 그렇게 재미있는 줄 몰랐어요. 메기가 물 밖으로 고개를 내미니까 그 인간이 뒤를 보고 뭐라뭐라 소리를 지르데요. 거 왜 암벽 로프 옆에 보면 보조자일 같은 거 있잖아요. 뒤에 있던 후배들이 그리로 가프를 매달아서 내려보내데요. 미리 준비를 다 해놓은 거 같애요. 손발이 착착 맞는 게. 그 자슥이 가프를 받자마자 그걸로 메기의 대가리를 꽉 찍는데 그게 어째 좀 짧은 것 같기도 하고 잘 안 맞더라구요. 하기야 메기가 돌대가립니까, 돌았습니까. 가만히 맞고 있게. 이리 피하고 저리 피하는 거 같으니까 이 친구가 또 뒤를 보고 뭐라뭐라 하면서 완전히 수면 쪽으로 내려가요. 낚싯대는 아예 돌 사이에 고정해놨지요. 조금 있으니까 오함마(5 hammer), 예 공사판의 오함마 하나를 줄에 매달아서 따라보내더라구요. 원래 낚시하던 놈, 고놈이 똑 오함마만하나? 하여간 오함마만한 놈이 오함마를 받아가지고 메기를 빡세기 쌔리 공그리는데 한 오십방은 숨도 안 쉬고 팼을 거라. 그 오함마 밑에서는 쎄멘 공구리도 깨져나가고 말지. 결국 잡아가지고 끌어올리는데 그거는 낚시가 아이고 결투예요. 야, 그 미친 새끼 정말…… 난 그런 새끼 처음 봤어요. 나도 낚시를 하기 시작한 게 한 십년은 되는데 그런 놈은 정말, 아 대단해, 음.

—그날 메기 잡은 사람이 납니다.

—참, 그 새끼, 지금 생각해도 돌았어, 제정신이 아니야. 그런

218

데 방금 뭐라 했습니까.

——그 쪼끄맣고 오함마만한 미친 새끼가 바로 나라니까요.

——어, 그래요? 아, 이거 참, 그날 참말 대단했습니다. 그런 낚시는 내 평생에 한번 볼까 말까 한 거였어요. 보면서도 참 많이 배우고 놀랬습니다. 그런데 그 메기 어쨌습니까. 어지간히 어른만하던데.

——그거 말이죠, 찬넬메기는 워낙 커서 포를 떠도 세 번을 뜰 수 있어요. 입 안으로 두 주먹이 들어갔다 나왔다 하거든요. 하루 정도 양념에 재웠다가 숯불에 구워먹으면 맛있어요. 찬넬메기 먹는 방법은 그 하나뿐입니다. 그런데 그쪽은 낚시를 한마디로 정의하면 뭐라고 생각하십니까. 그거만 대답하면 내가 이때까지 이놈 저놈 미친놈이라고 욕먹은 거 까드리지.

——산은 산이요 술은 술이다, 이런 식으로 뽀인을 잡아봐라 이 말입니까. 어떤 스님이 하신 말씀인데 나는 수첩에 늘 적어가지고 다닙니다. 아, 말을 외우긴 외우지만 글자로 적어보면 느낌이 다르거든요. 그런데 낚시? 딱 한마디로 하면 낚시는 낚시죠. 여기서 한 개도 보탤 거도 뺄 거도 없어요. 낚시는 낚시다. 마, 삭죽이네.

——낚시는 침묵을 낚자는 취미생활이오. 제발 좀 가주시오.

내가 그린 히말라야시다 그림

0

그때 말해야 했을까? 아니, 모르겠어. 다시 그때가 된다면 내 입으로 말할 수 있을까. 아니, 그것도 몰라. 내가 아는 건 말할 수 있었지만 말하지 않은 그 일 때문에 내 삶이 달라졌다는 거야. 그래, 달라졌어. 그 일이 아니었다면 나는 다른 직업을 가졌겠지. 속여서 이익을 남기는 교활한 장사꾼? 명령에 충실하게 따르는 군인? 뭘 했을지는 몰라도 지금처럼 그림을 그리고 있지는 않겠지.

그 일이 일어난 건 내 탓이 아냐. 그건 확실히 그렇다고 말할 수 있어. 우연이야. 아니 누군가의 실수지. 절대 내 실수는 아니라구.

222

그림에 관한 한 나는 일반 사람들보다 훨씬 뛰어난 재능이 있어. 내가 그린 그림이 우리나라의 대기업 사옥, 화랑, 미술관의 벽 곳곳에 걸리고 경매에서 값비싸게 팔리고 있는 것만 봐도 그래. 이런 척도를 통속적이라고 해도 할 수 없어. 사실이 그러니까. 내게 천재성이 없다면 내 그림을 산 사람들이 모두 나를 잘못 본 거고 그 사람들은 엄청난 손해를 보게 되겠지. 그러니까 아무도 나를 의심하지 않아.

나 혼자 내 재능을 의심하지. 나를 의심해왔지. 그날 그 일이 있은 뒤부터. 혼자서만, 조용히, 아무도 모르게, 그 누구도, 나를 미술의 길에 들어서게 한 아버지도 모르게, 내가 그림을 그리다 벽에 막혀 서성거리거나 좌절할 때마다 나를 위로해준 내 아내도 모르게. 내게 이런저런 상을 안겨준 평론가들, 원로, 큐레이터들이라고 알 수 있었겠어? 나는 이런 내 마음속을 들키지 않으려고 무진 애를 썼지. 내가 타고난 재능을 한번도 의심해본 적이 없는 것처럼 말하고 다녔지. 고개를 쳐들고 상대의 눈을 쏘아보며.

생각해봐야겠어. 왜 그 일이 생겨났는지. 그 일은, 그 사건의 싹은 초등학교 삼학년 때 자라기 시작했어. 그래, 천수기 선생님. 천선생님이 내 담임선생님이 되면서부터야. 선생님은 아버지의 초등학교 동창이었어. 졸업생이 스무 명도 안되는 학교의 동창. 두 사람은 그 졸업생 중에서도 가장 친한 친구였지. 한 사람은 교사가 되었지만 한 사람은 되고 싶어하던 화가가 되지 못하고 농사를 짓는 사람이 되었어. 졸업한 후 각자 서른살이 되기까지 만나지 못했지만 서로를 잊지는 않고 있었지.

아버지는 염소를 팔러 나갔다가 장터에서 선생님과 마주쳤어. 두 사람은 십수년 만에 만난 어린시절 친구를 금방 알아보지는 못했어. 선생님은 밀짚모자를 쓰고 흙탕물이 튄 옷을 입은 농부에게서 어쩐지 낯익은 느낌을 받으면서 그의 행동을 유심히 바라보고 있었지. 선생님이 지켜보는 동안 아버지의 염소가 팔렸고 아버지는 돈을 손에 든 채 읍내에 하나밖에 없는 화방으로 갔다지. 그걸 보고 선생님은 아버지가 어린시절 친구라는 걸 확신했지. 군 전체 인구가 이십만명, 읍내에 사는 인구가 오만명 정도밖에 안되는 작은 도시에서 화방까지 가서 그림재료를 살 사람은 흔치 않았지. 게다가 아버지는 장화를 신고 염소의 목에 달려 있던 방울을 손에 쥔 농부였어. 선생님은 아버지를 뒤따라 화방으로 들어갔고 두 사람은 거기서 서로에게 남아 있는 어릴 때의 옛모습을 찾아냈지.

"자네는 공부를 잘하더니만 결국 공부를 가르치는 선생님이 되었군. 양복과 자전거가 잘 어울려. 어디 사는가?"

선생님이 자신이 근무하는 초등학교 근처에 산다고 말하고는 아버지에게 아직도 그림을 그리느냐고 물었어.

"어, 내 아들놈이 지금 열살이야. 난 아버님의 유언 때문에 그림을 포기한 대신 장가는 일찍 갔다네. 스물한살에 낳은 아들놈이 그림에 재능이 있는지는 모르겠지만, 내가 그래도 한때 그림을 좀 그렸던 사람으로서 재료는 좋은 걸 써야겠기에 우리 형편에는 좀 과분하지만 이리로 온 걸세."

아버지는 화방에서 권하는 크레파스와 스케치북을 집어들었어. 선생님은 아들이 어느 학교에 다니느냐고 물었어. 아버지는 내가 다니는 학교를 말했고 그 학교는 바로 선생님이 막 전근온 학교였어. 선생님은 마침 삼학년 담임을 맡은 터였지.

"그럼 자네 아들 이름이?"

"선규일세. 백선규."

선생님은 소리내어 웃었다지. 선생님 반에 우연히 내가 있었기 때문에. 이 우연 때문에 내 인생이 달라진 걸까. 아니야. 자신이 담임을 맡은 반에 친구의 아들이 있다는 게 흔한 일은 아니라도 있을 수 있는 일이지. 그날 저녁 집에 온 아버지는 내게 말했어.

"읍에서 네 담임선생님을 만났다. 그 사람이 애비의 친구더구나. 그렇다고 너를 다른 아이들보다 잘 봐줄 거라고 생각하지는 마라. 오히려 이 애비의 얼굴에 먹칠을 하지 않으려면 다른 아이들보다 훨씬 더 노력해야 한다."

다음날 아침, 조회가 끝난 뒤에 선생님이 나를 부르고는 복도에 세워놓은 채 말했어.

"네 아버지가 내 친구라는 걸 들었겠지? 그렇지만 선생님은 친구의 아들이라고 봐주지는 않는다. 뭐든지 더 열심히 해야 해. 알았느냐?"

나는 두 어른 모두에게 고개를 끄덕이며 "예" 하고 대답했지만 두 분의 마음에 들기 위해 뭘 어떻게 열심히 해야 할지는 몰랐어. 내가 그때 열심히 하고 싶은 건 딱 한 가지, 공을 차는 거였어. 나는 축구를 좋아했어. 아이들과 공을 차며 날이 어두워질 때까지 운동장에서 놀다가 집까지 십리나 되는 길을 여우를 만날까 도깨비를 만날까 무서워하며 달려가는 일이 거의 매일 반복되고 있었어.

1

시립미술관에 '미술사의 거장들' 전시회 그림을 보러 나온 길인데 매표소 옆 벽에 다음달부터 열리는 '한국의 대표작가 백선규 특별전' 포스터가 붙어 있네. 그런 큰 전시회가 열리는 미술관은 어쩌다 한번 가지만 일주일에 한두 번은 화랑과 작은 미술관이 즐비한 거리를 돌아다니지. 걷고 또 보며 돌아다니다 눈과 다리가 아프면 작은 까페 '고갱과 고흐'로 가곤 해. 따뜻한 커피를 마시면서 창문 밖으로 걸어가는 사람들의 옷차림과 얼굴빛과 하늘의 색깔을 비교해보지. 사람의 배경이 되는 나무줄기의 빛깔과 나뭇잎을 흔드는 바람에서 무슨 느낌을 얻기도 해.

바람을 그릴 수 있을까? 바람은 보이지 않아서 그릴 수 없어. 하지만 바람 때문에 휘어지는 나뭇가지, 바람에 뒤집히는 우산을 통해 바람을 표현할 수는 있어. 그런 일이 그림이 할 수 있는 영역이라고 나는 생각해. 그림에 대한 정의라고 할 수는 없지만, 나는 학자도 비평가도 화가도 아니니까, 그냥 그림을 좋아하고 좋은 그림을 바라보고 있으면 기분이 좋아지는 애호가로서 내 마음대로 생각할 거야.

물론 진짜 예술가라면 이 세상에 존재하는 모든 것을 표현할 수 있겠지. 바람도 붙들어서 화폭 안에 고정하고 구름도 악보 안에 잡아놓고. 시간도 그렇게 하는 거지. 시간, 시간도 글과 무대와 음악과 화폭 속에 붙들어 영원하도록 보존하겠지. 좋은 그림을 보고 있으면 시간 가는 줄 몰라. 화가는 가는 시간을 화폭에 담아서 잡아놓고 다른 사람의 시간은 마냥 흘러가도 모른 척하는 사람일까? 그럴지도 몰라. 백선규라면, 그렇게 하고도 시치미를 뚝 떼고 "난 잘못한 거 없소" 할 인물이지. 그 사람은 나와 같은 고향 출신이고, 같은 초등학교에 다녔지. 같은 반에 있었던 적은 없고 동네도 달라 얼굴은 잘 몰랐지만.

'고갱과 고흐'에도 백선규의 작품이 걸려 있지. 진품은 아니고 몇년 전 어느 대기업의 달력에 인쇄된 그림을 오려서 액자에 넣은 거지. 그 사람 작품, 저만한 크기에 진품이라면 몇천만원을 할지 몰라. 그런 작품이 이런 가게 벽에 걸려 있다가 누군가 재채기를 하는 바람에 콧물이 튀기라도 한다면 어떻게 해. 누가 코딱지를 문질러 붙이면 어떻게 하겠느냐고. 그 사람 작품은 몽땅, 작업실 바깥으로 나오는 대로 특수하게 설계된 수장고로 모셔져 가고 그 안에서 적당한 온도와 습도가 유지되는 가운데 편안히

잠들어 있게 된다지, 아마.

인쇄된 작품이라도 얼마나 정확하게 그린 선인지 보여. 악마가 그려준 것처럼 동그랗고 선명한 저 원. 원과 원을 연결하는 실낱같은 저 선. 더없이 흰 바탕, 너무나 희어서 마치 없는 듯한 바탕. 흰눈보다 더 희고 흰 구름보다 더 희고 흰 거품보다 더 흰 저 흰색. 영혼을 팔아서 그 댓가로 도깨비가 가져다준 물감을 쓰는 것일까. 그 사람은 어떻게 저 흰색을 만들어내는지 말한 적이 없지. 원과 선을 그리는 저 검정색은 또 얼마나 검은지. 먹물보다 검고 숯보다 더 검고 천진무구한 소녀의 눈동자보다 더 검은 저 검정색. 여우귀신이 그에게 검정색 물감을 가져다주는 것일까. 그는 말한 적이 없어. 그에게는 비밀이 많아 보여.

세상에서 가장 검은 검정색과 세상에서 가장 하얀 흰색이 만나, 그의 그림은 보석처럼 벽을 빛나게 하지. 마법처럼 벽을 예술혼의 무대로 탈바꿈시키지. 저런 게 예술이 아닐까. 인쇄된 작품이라도 그렇게 보이니 진품은 정말 어떨지 상상이 안 가. 진품이 생산되고 있는 작업실은 아마도 무균실 같을 거야.

0

내 어린시절 고향 읍내에서는 오월이면 온 군민이 모두 참여하는 군민체전이 열렸지. 공설운동장 주변에는 임시로 장터가 만들어지고 사방이 잔칫집처럼 수런거렸지. 풍선이 하늘로 날아오르고 솜사탕 만드는 자전거 바퀴가 윙윙 돌고 어디선가 브라스밴드의 연주소리가 쿵쾅쿵쾅 울려나오고 있어. 브라스밴드의 연주는 어쩌면 내 가슴속에서 대회 기간 내내 울려퍼지는지도 몰라.

공설운동장에서는 예선을 거쳐서 올라온 선수와 팀 들이 경기를 벌여서 우승자를 가리지. 그렇게 사흘 동안 경기가 벌어지고 내가 좋아하는 축구 결승전은 체육대회 마지막 날, 토요일 오전에 열렸어. 운동장 곁을 지날 때 사람들의 함성만 들어도 내 가슴이 쿵쾅쿵쾅 뛰었지. 내 발바닥에 스펀지가 달린 듯이 푹신거리고 어서 달려가서 경기하는 걸 보고 싶다는 마음으로 주먹을 꼭 쥔 손바닥이 아팠지.

하지만 초등학교 삼학년이던 해 나는 거기에 갈 수 없었어. 선생님이 가지 못하게 했기 때문이지. 그 축구경기를 못 봐서 얼마나 가슴이 찢어질 것 같았는지, 지금도 그 느낌이 생생해. 내가 그걸 얼마나 기다렸는데. 그때 우리집에는 텔레비전도 없었고 영화를 보러 극장에 가자는 사람도 없었어. 라디오에서 농촌의 어느 군민체전 축구경기를 중계하는 것도 아니었어. 그때 축구 결승전은 한번 보지 않으면 영원히 못 보는, 세상에 단 하나밖에 없는, 일년에 단 한번밖에 상영하지 않는 영화 같은 거였어. 그런데 선생님이 내가 그걸 볼 기회를 빼앗아간 거야.

"넌 이번에 군 학예대회 초등부 사생 대표로 나가야 한다. 사학년 이상 한 반에서 두 명씩 나가서 학교를 대표하는 거다."

군민체육대회가 있는 그 주간에 군 전체의 초중고 학생들이 참가하는 학예대회가 열리고 그 안에 사생 경연대회가 있는 건 맞아. 일년 중 가장 큰 행사여서 교장선생님부터 좋은 성적을 낼 수 있게 조바심을 하며 닦달을 하는 대회야. 선생님들은 말할 것도 없이 각 분야별로 좋은 성적을 내게 하려고 노력했지. 그림 외에도 서예, 합창, 밴드, 글짓기까지 여러 분야가 있는데 그거야 어떻든 간에, 학예대회는 사학년 이상만 나가는 대회였어. 그런데 선생님은 삼학년인 친구의 아들이 친구처럼 그림에 대단한 소질이 있다고 믿었어. 친구는 재능을 살리지 못하고 농사를 짓고 있지만 그의 아들에게 최대한의 기회를 주어야겠다고 생각한 거야. 그런데 그 방법이라는 게 정상적인 게 아니었어. 사학년 담임선생님 중에 자신과 친한 오반 선생님에게 말해서 그 반의 대표로 나를 내보내기로 한 거야. 물론 나는 대회에 나가서 내 이름을 쓸 수가 없지. 하긴 대회장에 가서 보니까 이름을 쓸 필요도 없었지. 혹시 심사과정에 부정이 있을지도 몰라 심사위원이 작품을 누가 그렸는지 알 수 없도록 대회에 참가하는 사람들에게 번호를 미리 정해주고 참가자는 자신의 작품 뒤에 그 번호만 적게 되어 있었던 거지.

그거야 어떻든 상관없었어. 나한테 중요한 건 그 대회가 열리는 날이 축구 결승전을 하는 날이었다는 거야. 내가 좋아하는 경찰 대표가 결승전에 올라왔고 결승 상대는 진짜 축구선수가 여섯 명이나 들어 있는 전문학교 대표였어.

사생대회는 공설운동장에서 그리 멀리 떨어지지 않은 교육청 마당에서 열렸어. 거기에 군의 14개 초등학교에서 대표로 나온 아이들 수백명이 모여서 그림을 그렸어. 플라타너스와 연못 주변의 풍경을 그리라는 게 과제였어.

나는 공설운동장에서 함성이 들려올 때마다 고개를 돌렸어. 함성이 되풀이되다가 누군가 골을 넣었는지 크고 긴 함성이 들려왔을 때 목이 메기까지 했어. 얼른 그림을 그려서 제출하고 공설운동장에 가려는 생각도 했지만 시간이 너무 없었어. 결승전이 사생대회하고 같은 시간에 시작되었으니까 말이야. 최대한 빨리 그려 내고 운동장까지 뛰어간다고 해봐야 결승전이 거의 끝날 시간이었지. 사생대회 심사결과는 그날 오후에 나올 예정이었지. 결국 나는 그해의 축구 결승전을 보지 못했어.

이상한 일은 그날 저녁 무렵에 일어났어. 선생님이 자전거를 타고 읍에서 십리쯤 떨어진 우리집에 찾아온 거야. 가정방문을 온 게 아니야. 선생님은 손에 술병을 들고 왔어. 선생님은 아버지를 만나서는 어깨에 손을 얹더니 이렇게 말했어.

"축하하네. 자네 아들이 사생대회에서 장원을 했어. 열살짜리가. 보라구. 겨우 열살짜리가 저보다 몇살 더 많은 아이들을 다 제치고 군 전체에서 일등을 했다 이 말이야. 그 애들 중에는 따로 그림을 과외로 배우는 애들도 있어. 지난번에 자네가 화방에서 산 크레파스로 그림을 그린 자네 아들 선규, 내 제자 백선규가 장원을 했다니 이 얼마나 장한 일인가?"

아버지는 땀냄새가 푹푹 나는 옷을 약간 젖히면서 친구의 손에서 살그머니 떨어졌어. 그러고는 부끄러운 듯 웃었는데, 그게 내가 그 사생대회에서 장원한 것에 대한 반응의 전부였어.

1

내 아버지는 읍에서 가장 큰 제재소를 운영했지. 그 시절에는 한창 건물을 많이 지을 때여서 제재소에 드나드는 차와 사람들로 매일이 장날 같았지. 나는 고명딸이었어. 아버지는 오빠들이 정구를 친다고 하자 정구장을 집 마당에 만들어줬지. 나는 처음에는 피아노를 배웠고 피아노가 싫어졌다니까 어머니는 바로 다음날 바이올린을 사줬어. 그런데 바이올린 선생님이 무슨 일로 못 오게 된 뒤로 나는 그림을 배우겠다고 했어. 아버지는 언제나 내가 원하는 대로 해주었지.

읍내에서 유일한 사립중학교에서 미술을 가르치는 선생님이 집으로 와서 나에게 그림을 가르쳐주었어. 선생님은 내가 그림에 재능이 뛰어나다고 계속 공부를 시키면 훌륭한 화가가 될 수 있을 거라고 했어. 비싼 과외비를 받으니까 그냥 해본 말인지도 몰라. 그 말을 들은 아버지는 "딸내미가 이쁘게 커서 시집만 잘 가면 됐지, 뭐 그림 그려서 돈 벌 것도 아니고 힘들게 공부할 거

뭐 있나"라고 했대. 그 말을 전해듣고 나는 그렇게 열심히 할 생
각이 없어졌어. 원래 열심히 하려던 것도 아니고 말이야. 그래도
배운 게 있어서 그림을 남들보다 잘 그리게는 됐을 거야.

사학년이 되어서 나는 특별활동반으로 문예반에 들었어. 그런
데 막상 들어가고 보니 글짓기는 아무나 하는 게 아닌 것 같았
어. 내가 하고 싶은 말은 이런 건데 막상 글을 써놓고 보면 저런
게 돼버리고, 그것도 여기저기 틀리기도 하고 그래. 정말 아버지
말대로 내가 남자고 결혼하고 아이 낳아서 글을 써서 벌어먹고
살아야 한다면 엄청나게 힘들 것 같았어. 그래도 문예반이 좋
았어.

문예반의 천수기 선생님은 동시를 쓰는 분인데 유명하기도 했
고 참 잘생겼지. 가까이 가면 담배와 포마드, 비누가 섞인 듯한
기분좋은 냄새가 났어. 그 냄새가 좋았고 그 냄새의 주인인 선생
님은 더 좋았어. 나는 동시를 잘 쓰지 못하지만 선생님이 쓴 동
시를 보면 무슨 뜻인지 잘 알 것 같았어. 그런 게 진짜 문학이 아
닐까. 잘 모르는 사람도 좋아하게 만드는 게 좋은 예술작품이지.

그해 봄에 나는 군 학예대회에서 글짓기 백일장에 나가지 못
했어. 그건 당연하지. 내가 읍에서 몇번째 안에 드는 부잣집 딸
이라고 해서 누가 봐도 재능이 없는데 글짓기 대표로 내보낼 수
는 없지. 그 대신 나는 사생대회 대표로 뽑혔어. 그때 우리 학
교는 한 학년이 다섯 반이고 사학년 이상 한 반에 두 명씩 대회
에 나가니까 우리 학교에서만 서른 명이 참가하는 거였어. 사생

대회 대표로 나가는 애들은 대부분 미술반에 있는 애들이었어. 문예반에 있는 애들은 학교에서 멀리 떨어진 데 사는 농촌마을 애들이 많은데 미술반 애들은 거의 다 읍내 애들이고 좀 잘사는 집 애들이 많았어. 글짓기는 연필하고 지우개, 원고지만 있어도 되지만 미술은 크레용, 화판, 스케치북이 필요하고 그것들을 빨리 써버리게 되니까 돈이 좀 들거든. 나는 그림 그릴 때 쓰는 도구는 어느 누구보다 값비싸고 좋은 걸로 가지고 있었지.

사생대회는 토요일 오전에 우리 학교에서 열렸어. 그전에 사생대회가 열리던 교육청이 글짓기 백일장 장소가 되는 바람에 그렇게 되었다는데 우리 학교 다니는 애들한테 유리한 것 같긴 했지.

우리는 주최측이 확인도장을 찍어서 준 도화지를 한 장씩 받아서 그림을 그리기 위해 여기저기로 흩어졌지. 그런데 내 뒤에서 그림을 그리던 녀석, 옷도 지저분하고 검정 고무신을 신은데다 이상한 냄새가 나던 녀석이 기억에 오래 남았어. 간장 달일 때 나는 냄새와 땀냄새, 두엄 냄새와 풀냄새 등등이 섞여서 내가 태어나 처음 맡는 새로운 냄새가 만들어진 것 같았어. 그 냄새가 싫어서 자리를 옮기려고 했지만 이미 노란색 크레파스로 그 앞의 나무와 갈색 나무 교사의 밑그림을 그린 뒤라서 그럴 수도 없었어. 참 그 냄새, 머리가 아프도록 지독했어. 그건 한마디로 하면 가난과 시골의 냄새였어.

0

사학년이 되고 나서 나는 미술반에 들어갔지. 동시를 쓰던 천수기 선생님은 문예반을 맡았는데 미술반을 맡은 주은희 선생님에게 나를 특별히 부탁했다고 했지. 아버지 이야기를 했는지도 몰라. 천선생님은 자신이 직접 본 사람 중에 가장 그림에 뛰어난 재능을 가진 사람이 아버지라고 했어. 그림과 동시는 분야가 다르지만 천선생님은 그림에 대한 평가기준도 상당히 높았지. 내가 그런 사람 아들이라는 것 정도는 이야기했을 거야.

아버지는 고등학교 다닐 때 그림을 그리겠다고 했다가 할아버지에게 혼이 났어. 입에 풀칠하기도 힘든 가난한 농사꾼의 자식이 도시의 여유있는 사람들이 즐기는 예술인 미술을 평생의 직업으로 삼겠다니 할아버지는 이해를 못했겠지. 그래도 아버지는 고등학교 미술부에서 열심히 활동했고 같은 또래에서는 가장 그림을 잘 그리는 걸로 인정을 받았던가봐. 서울에 있는 국립대 미술대학에 합격까지 했다니 그 당시 고향에서는 일년에 한두 명 나올까 한 일이었다지. 그때 아버지는 집을 나가려고 가방까지 쌌었는데 그만 할아버지가 쓰러지셨어.

할아버지를 달구지에 싣고 병원에 모시고 가니까 곧 돌아가실 것 같다고 준비를 하라고 했다는 거야. 그때 할아버지가 유언으로 "네 어미와 동생들을 단 한끼라도 굶게 해서는 안된다"라고 하셨고 아버지는 그러겠다고 맹세했어. 할아버지는 이웃 동네에 살던 친구의 딸을 데려오게 해서 그 자리에서 아버지와 약혼을 하게 했어. 지금은 이해가 잘 안 가는 일이지만 그땐 스무살에 결혼하는 게 그렇게 이상한 일은 아니었다지. 아버지는 할아버지 간호를 하고 생계를 꾸려가기 위해 대학 진학을 미뤘어. 그런데 할머니가 그해 봄에 쓰러져서 곧 돌아가셨고 그 바람에 어머니는 주부가 된 거야. 할아버지는 병석에서 일어나지 못하고 누워만 계셨지. 그해 겨울에 내가 태어난 거고 말이야. 그래서 아버지는 고향집에 눌러앉아 농사를 짓게 된 거지.

나는 미술반에 들어가서 그림을 많이 그리지는 않았어. 한해 전 삼학년 때 학교 대표로 나간 건 비밀이었지. 그래도 주은희 선생님은 알았어. 그러니까 내가 연습을 별로 안해도 못 본 척해준 거야. 군 학예대회에서 사생 부문 장원을 하면 48색짜리 2단 크레파스 세 통하고 스케치북 열 권을 상품으로 주는데 삼학년 때 나는 그걸 받지 못했어. 나에게 이름을 빌려준 사학년 대표가 받고는 입을 싹 씻어버린 거야. 그게 알려지면 자기도 망신이니까 비밀은 지켰어.

그래서 나는 그림을 그릴 때 몽당연필처럼 짤막한 크레파스하고 여분이 몇장 안 남은 스케치북으로 그림 연습을 할 수밖에 없었어. 우리집 형편에 크레파스와 스케치북을 자꾸 사달라고 하기도 힘든 일이었어. 게다가 내 동생이 넷이나 됐지.

미술이 별게 아니라는 생각도 들었지. 내 아버지는 동시를 쓰는 시인으로 전국적으로 유명한 천수기 선생님도 인정하는 화가의 재능을 타고났어. 내가 그 아버지의 아들이 틀림없는데 다른 평범한 아이들처럼 죽어라 하고 연습할 필요는 없잖아. 나는 미술반 아이들과 함께 주선생님을 따라 산과 들을 다닐 때 열에 여덟, 아홉은 스케치북을 펴지도 않았어. 가끔 주선생님이 "관찰도 공부다"라고 하면서 자연과 주변의 물건들을 세세하게 봐두라고 했지.

아버지, 아버지는 나한테 별 관심이 없는 것 같았어. 염소를 팔아서 크레파스와 스케치북을 사주던 때, 그때는 아버지한테 좀체 잘 없는 특별한 순간이었던 것 같아. 병석에 누워 있는 할아버지와 우리 식구들 굶기지 않으려면 정신없이 일을 해야 했지. 생각하긴 싫지만 내가 태어나는 바람에 아버지가 화가가 되려는 꿈을 버려야 했는지도 몰라.

그러다가 다시 군민체전이 열리는 오월이 돌아왔어. 군 전체 초중고 학생들이 참가하는 학예대회도 당연히 함께 열렸어. 모든 게 작년하고 비슷했어. 내가 떳떳이 반 대표로 사생대회에 참가하게 되었다는 것이나 대회장소가 우리 학교라는 게 달랐지. 이번에 장원상을 받으면 상품으로 그림 연습을 마음껏 할 수 있게 될 거라고 생각했어. 크레파스 세 통과 스케치북 열 권을 다 쓰기도 전에 다음 대회가 열리게 되겠지.

지금 생각하면 참 우스워. 상으로 그림도구를 받아서 그림을 제대로 잘 그릴 생각을 하다니. 그땐 전혀 우습지 않았어. 좀 긴장이 됐지. 2, 3등인 차상, 차하를 해도 돼. 크레파스하고 스케치 북이 상품으로 나오긴 하니까 모자라는 대로 어떻게 되겠지. 그냥 특선이나 입선은 곤란하지. 공책이나 연필밖에 안 주니까.

나는 아버지가 사준 크레파스를 들고 학교로 갔어. 한해 전과는 다르게 크레파스 뚜껑이 달아나버려서 시험지를 덮고 고무줄로 동여맸지. 한해 전처럼 그림을 그려서 제출할 도화지를 받아들고 뒷면에 미리 부여받은 내 번호를 적었지. 나는 124번이었어. 잊어버릴 수가 없는 번호야. 그 몇해 전에 북한의 무장간첩들이 남한으로 내려왔는데 북한에서 무장간첩을 훈련시킨 부대 이름이 124군 부대라서 그런 게 아냐. 하여튼 나는 도화지 뒤 네모난 보랏빛 칸에 검정색으로 번호를 124라고 분명히 적었어.

내 앞에는 언제부터인가 여자아이가 두 명 앉아 있었어. 한 아이는 낯이 익었어. 같은 반을 한 적은 없지만 천수기 선생님하고 같이 가는 걸 몇번 본 적이 있었지. 자주색 원피스에 검은 에나멜구두를 신고 있었고 머리에 푸른 구슬 리본을 매고 있는데 무척 얼굴이 희고 예뻤지. 나하고 한반이었다고 해도 나 같은 촌뜨기에게는 말을 걸지도 않았겠지.

그 여자애와 나는 비슷한 점이 하나도 없었어. 크레파스부터 한번도 쓰지 않은 새것, 한번만 더 쓰면 더 쓸 수 없도록 닳은 것이라는 차이가 있었어. 처음부터 다른 길에서 출발해서 가다가 우연히 몇시간 동안 같은 장소에서 비슷한 그림을 그리게 되겠지만 앞으로 영원히 만날 일이 없을 것 같은 사람이야. 그 여자

아이도 그걸 의식하고 있는 것 같았어. 나를 한번 힐끗 넘겨다보고는 코를 찡그리더니 더이상 눈길을 주지 않았어. 자리를 뜰 것 같았는데 계속 그리기는 하더군.

히말라야시다가 쑥색 가지를 늘어뜨린 화단이 있고 화단 뒤에 나무쪽을 붙인 벽이, 벽 위쪽에 흰 종이가 발린 유리창이 있는 교사가 있었어. 히말라야시다 앞에 서 있는 키작은 영산홍, 화단과 운동장의 경계를 이루며 교사 끝까지 이어지는 씨멘트 길에 햇빛이 부딪쳐 하얗게 부서지고 있었어.

축구 결승전이 열리고 있을 공설운동장은 꽤 멀었지. 멀지 않다고 해도 나에게는 목표가 있었어. 장원, 그리고 다음 군 사생대회까지 그림을 그릴 수 있는 크레파스와 스케치북. 나는 그림에 집중했지. 내가 생각해도 그림은 잘 그려졌어.

마감시간이 다 되어서 나는 그림을 제출했어. 그 여자아이는 진작에 가고 없었어. 그런 아이들이야 재미로 그리는 거니까 쉽고 빠르게 그리고 얼른 제출해버렸을 거라고 생각했지. 할아버지 말이 맞을지도 모르지. 그림 같은 건 돈 많은 사람들이 시간을 주체할 수 없어서 하는 놀이라고. 우리 같은 가난뱅이 농사꾼 무지렁이들이 무슨 예술을 하느니 마느니 개나발을 불다가는 쪽박이나 차기 십상이라는 거지. 있는 쪽박이나 잘 간수하는 게 주제에 맞는다는 거야.

그림을 빨리 제출하면 공설운동장에 갈 수 있고 잘하면 축구 결승전 끄트머리를 볼 수 있을지도 모르지만 나는 그럴 생각이 전혀 없었지. 내가 정작 궁금한 건 심사결과니까 말이야. 축구야 누가 우승하면 어때. 어차피 군민체전이니까 군민들 중 누군가 이기는 거 아니겠어. 그런 생각을 하게 된 게 내가 일년 동안 퍽 성숙했다는 증거였어. 그렇게 되는 데 열살짜리가 열한살 이상이 참가하는 대회에 나가서 장원을 했다는 게 큰 작용을 한 건 당연하지.

오후부터 삼층짜리 신축교사 이층 교실 한 곳에서 심사위원들이 심사를 했어. 나는 예전에 함께 축구를 하던 아이들과 공을 차면서 시간을 보냈어. 이상하게 축구가 재미가 없었어. 자꾸 눈이 심사를 하고 있을 교실로 향하는 거야. 내가 쉽게 골을 집어넣을 수 있는 기회에서 자꾸 헛발질을 하니까 아이들이 정신을 어디다 파느냐고 화를 냈지. 나는 미안하다고 했고. 그러면서도 아, 이제 나한테 축구보다 더 중요한 게 생겼구나 하는 생각이 드는 거야. 사실 그건 크레파스나 스케치북 같은 상품이 아니야. 그건 내가 가지고 있는 재능, 아버지에게서 물려받은 천부적인, 천재적인 재능을 명백히 확인받고 싶다는 충동이었어. 내가 아버지의 아들이라는 확신을 가지고 싶었어. 아무리 시골에서 염소나 키우고 장날에 감자, 고구마를 캐다 파는 사람이라고는 해도 내 아버지니까.

심사하는 데 그렇게 오랜 시간이 걸리는 줄은 몰랐어. 다리가 아프도록 축구를 하고 수도꼭지가 있는 곳으로 가서 손발을 한참 씻고 바람에 물이 마르도록 심사는 끝나지 않았어. 아이들이 풀빵을 사먹으러 간다고 학교 밖으로 갈 때까지도. 나는 평소처럼 아이들을 따라가지 않았어. 고픈 배를 부여잡고 교사 앞에 앉아 있었어. 심사결과를 알 수 있을 거라고 생각한 건 아니야. 그냥 어떤 기미라도, 결과의 부스러기라도 얻고 나서야 갈 수 있을 것 같았어.

아이들이 가버리자 학교는 조용해졌어. 그러고도 한 삼십분은 있다가 심사위원들이 걸어나왔어. 물론 나한테 관심을 가진 사람은 아무도 없었지. 주선생님이 보였어. 심사를 한 건 아니고 우리 학교의 미술 지도교사로 참관을 하고 있던 것 같았어.

교문 조금 못 미친 곳에서 심사위원들과 인사를 나눈 주선생님은 뒤돌아서서 내가 앉아 있는 쪽으로 걸어왔어. 새하얀 씨멘트 길에 떨어지던 새하얀 햇빛, 그 위에 또각또각 찍히던 그 발소리를 나는 아직도 잊지 못해. 선생님은 히말라야시다 앞 씨멘트 의자에 고개를 숙이고 앉아 있던 내게 와서는 불쑥 손을 내밀었지.

"백선규, 축하한다."

나는 못 잊어.

"네가 장원이다."

나는 목이 메어서 아무 말도 할 수 없었어. 그렇게 목이 죄는 듯한 느낌은 평생 다시 없었어. 그뒤에 수십번, 이런저런 상을 받고 수상을 통보받았지만.

나는 선생님 앞에서 눈물을 보이고 말았어. 내가 우는 것을 보고 선생님은 놀라고 당황한 것 같았어. 하지만 곧 내 얼굴을 가슴에 가만히 안아주었어. 그 따뜻하고 기분좋은 냄새, 못 잊어. 영원히, 죽을 때까지.

1

나는 한번도 상 같은 건 받아본 적 없어. 학교 다닐 때 그 흔한 개근상도 못 받았으니까. 상에 욕심을 부려본 적도 없었어. 내게는 모자란 게 없어서 그랬는지도 몰라. 어릴 때는 부유한 집안에서 단 하나밖에 없는 딸로 사랑을 받으며 자랐고 여자대학에서 가정학을 공부하고는 판사인 남편을 중매로 만나서 결혼했지. 내가 권력이나 돈을 손에 쥔 건 아니라도 그런 것 때문에 불편한 적도 없어. 아이들은 예쁘고 별문제 없이 잘 자라주었지. 나는 남이 주는 상은 못 받았지만 내가 타고난 행운, 삶 자체가 상이다 싶어.

그렇지만 단 한번 상을 받을 뻔한 적은 있지. 스스로의 실수 때문에 못 받은 거니까 누구를 원망할 수도 없는 거지만. 그 실수를 인정하고 내가 받을 상이 남에게 간 것을 바로잡을 수 있었을까. 할 수 있었을지도 몰라. 아버지에게 이야기했다면. 아니면 천수기 선생님한테라도.

왜 안했을까. 그때 나를 스쳐가던 그 아이, 그 아이 때문인지도 몰라. 땟국물이 흐르던 목덜미, 전신에서 풍겨나던 뭔가 찌든 듯한 그 냄새, 그 너절한 인상이 실수와 잘못된 과정을 바로잡는 게 너절하고 귀찮은 일이라는 생각을 갖게 했을 거야. 어쩌면 그 결과 한 아이가 가지게 될지도 모르는 씻지 못할 좌절감이 내게 도 약간 느껴졌는지도 모르지. 상관없어. 나는 그런 상하고는 담 을 쌓고 살아도 행복해. 그런 스트레스를 받는 것 자체가 싫어. 왜 내가 그렇게 살아야 하는데?

0

나는 사생대회 이틀 후, 월요일 아침조회에서 전교생이 지켜 보는 가운데 앞으로 나가서 교장선생님이 주는 장원상을 받았 어. 글짓기, 서예, 밴드, 합창, 그림 등 전 분야에서 우리 학교에 서 장원을 한 사람은 오직 나 하나뿐이었어. 게다가 사학년이니 까 앞으로 이년간 더 많은 상을 학교에 안겨주게 되겠지. 교장선 생님은 내가 사학년이라는 것, 장원이라는 것을 스무 번도 더 이 야기했어.

크레파스 세 통, 스케치북 열 권은 혼자 들기에 좀 무거웠어. 글짓기에서 차하상을 받아서 앞으로 나온 육학년이 크레파스를 대신 들어줬지. 나는 박수소리가 끊이지 않는 중에 천천히 걸어 서 내가 서 있던 자리로 돌아왔어. 조회가 끝나고 교실로 들어갈 때 옆에 있던 아이들이 상품을 들어줬고 나는 상장만 들고 갔어.

내가 받은 장원 때문에 그해 학예대회 입상작 전부를 찾아와서 강당에서 전시회를 가지기로 결정됐어. 나는 가보지 않았어. 내 그림을 보는 나를 누가 보면 창피할 것 같았어. 생각은 그렇게 했지만 일주일 동안 진행된 전시 마지막 날 오후, 나는 강당으로 걸음을 옮겼지. 모르겠어. 왜 갔는지.

강당에는 아무도 없었어. 벽에는 전시작품들이 걸려 있었어. 글짓기는 원고지 여러 장에 쓰인 작품을 한꺼번에 벽에 압정으로 박아놓고 넘겨가며 읽도록 해놨어. 차하상을 받은 동시는 아이들이 넘기면서 침을 묻히는 바람에 글씨가 다 지워지고 원고지 앞장 아래쪽은 손때로 까매졌더군.

나는 천천히 그림이 전시된 곳으로 걸어갔지. 내 그림은 맨 안쪽에 걸려 있었어. 사생대회 입선작 열두 점을 지나서 특선작 세 점을 지나고 나서 좀 떨어진 곳에, 검정색 붓글씨로 '壯元'이라고 크게 쓰인 황금색 종이리본을 매달고, 다른 작품보다 세 뼘쯤 더 높이. 초등학교에 다니는 아이들이라면 우러러볼 수밖에 없는 높이에.

그런데. 그런데, 그런데, 그런데 그 그림은 내가 그린 그림이 아니었어. 풍경은 내가 그린 것과 비슷했지만 절대로, 절대로 내가 그린 그림이 아니야. 아버지가 사준 내 오래된 크레파스에는 진작에 떨어지고 없는 회색이 히말라야시다 가지 끝 앞부분에 살짝 칠해진 그림이었어. 나는 가슴이 후들후들 떨려서 두 손으로 가슴을 가렸어. 사방을 둘러봤지만 아무도 없었어. 나는 까치발을 하고 손을 최대한 처들어서 그림 뒷면의 번호를 확인했어. 네모진 칸 안에 쓰인 숫자는 분명히 124였어. 124, 북한에서 무장간첩을 훈련시킨 그 124군 부대의 124. 그렇지만 그건 내 글씨가 아니었어.

누가, 왜 제 번호를 쓰지 않고 내 번호를 썼을까. 실수로? 이런 실수를 하고, 제가 받을 상을 다른 사람이 받았다는 걸 알면 가만히 있을까. 그렇지는 않을 거야. 다른 학교에 다니는 아이라서 제 실수를 모르고 있는 거겠지.

아니야. 그 그림은 구도로 봐서 내가 그렸던 바로 그 장소에서 아주 가까운 데서 그린 그림이었어. 그 그림을 그린 아이는 천수기 선생님과 함께 다니던 그 아이가 틀림없었어. 그러니까 나와 같은 학교에 다니는 아이라는 거지. 그러면 그 아이는 제가 그린 그림을 봤을 거야. 그런데 왜? 왜 아무 말을 하지 않는 거지? 상품이 필요없어서? 실수 때문에 처벌을 받을까봐? 나라면? 나라면 가만히 있었을까?

왜 내가 그린 작품은 입선에도 들지 않았을까? 비슷한 풍경이고 비슷한 구도인데도? 가만히 그 그림을 보고 있자니 정말 잘 그린 그림이라는 느낌이 들기 시작했어. 같은 장소에 있은 나로서는 발견할 수 없었던 부분, 벽과 히말라야시다 사이의 빈 공간의 처리는 완벽했어. 나는 모든 걸 그림 속에 우겨넣으려고만 했지 비울 줄은 몰랐어. 그건 나를 뛰어넘는 재능이 분명했어.

비슷한 그림에 같은 번호가 쓰인 걸 보고 심사위원들은 당황했을 거야. 한 사람이 두 작품을 그릴 수는 없으니 누군가 실수를 했다고 단정짓고는 혼동을 초래할지도 모르니까 둘 중 하나는 아예 시상 대상에서 제외를 하자고 했겠지. 그래서 심사에 시간이 더 걸렸던 것이고.

그러니까 내 그림은 남의 번호를 자신의 번호로 착각한 아이의 그림에 못 미치는 그림으로 버려진 거야. 입선에도 들지 못하게 완벽하게. 누구의 생각일까. 주은희 선생님은 아니었어. 심사위원이 아니니까. 아니, 심사중에 불려들어간 것일지도 몰라. 혼란스러워진 심사위원들이 번호를 확인하고 그게 우리 학교 학생의 번호인 줄 알고 미술부 지도교사를 오라고 했고…… 그래서 그 모든 것이 주선생님의 조정으로 이루어졌고, 그래서 주선생님이 그 결과를 미리 알게 된 것이고…… 그런데 나는 주선생님 품에 안겨서 울었어! 내가 그리지도 않은 그림을 가지고 상을 탔다고 감격해서, 바보같이, 바보!

나는 가슴이 찢어질 것 같은 통증을 느끼면서 강당을 걸어나왔어. 열 걸음쯤 떼었을 때 강당 문으로 어떤 여자아이가 걸어들어왔어. 자주색 원피스를 입고 있었어. 검정색 에나멜구두를 신고 있었지. 나는 그 여자아이를 지나칠 때 눈을 감았어. 눈을 감은 채 열 걸음쯤 걸어가서 곧 넘어질 것 같은 느낌에 다시 눈을 떴어.

내가 주선생님을 찾아가서 말해야 했을까. 이건 내 그림이 아니라고. 다른 사람이 그린 그림이라고. 나는 그 사람만한 재능이 없다고. 실수를 바로잡아달라고. 나는 그렇게 하지 못했어. 주선생님의 품에 안겨 울지만 않았더라도 찾아갔을 수 있어. 가능성이 높지는 않지만. 내 더러운 눈물로 주선생님의 앞가슴에 늘어뜨려진 흰 레이스를 더럽히지만 않았더라도.

그림의 주인이 선생님을 찾아가서 그 그림이 자기 것이라고 주장한다면 부정할 도리는 없었겠지. 하지만 내가 먼저 선생님을, 주선생님이든 천선생님이든, 아버지도 할아버지도, 그 누구도 찾아갈 수 없었어.

그뒤부터 나는 늘 나를 의심하면서 살았어. 누군가 나보다 뛰어난 재능을 가지고 있고 누군가 나와 똑같은 대상을 두고 훨씬 더 뛰어난 작품을 그렸고, 앞으로도 더 뛰어난 작품을 그릴 수 있다는 생각에서 벗어나본 적이 없어. 그러니까 어떤 작품이라도, 내가 가진 능력 전부를, 그 이상을 쏟아부어야 했지. 언제나, 어디서나. 그 결과가 오늘의 나일까. 의심의 결과, 좌절의 결과, 누군가 내 비밀을 알고 있다는 것에 대한 불안감의 결과.

나는 화가가 된 후 풍경화를 그린 적은 없어. 나는 그림의 원형, 본질로 돌아갔어. 선과 원, 점, 그리고 바탕이 되는 사물의 원형, 본질을 최대한 추상화하고 이상화한 상태로 만들어갔어. 내 모든 색깔의 원형은, 이상은 그날 그 하얀 씨멘트 길과 그 위의 흰 햇빛이야.

1

어라, 저기 걸어가는 저 사람, 백선규 같네. 저 사람 도대체 무슨 생각을 저렇게 골똘하게 하고 있을까. 인사를 해볼까? 안녕하세요,라고 해야 하나? 그냥 안녕,이라고? 그리고 나서 고향, 초등학교를 말하면 알아볼까? 아이, 귀찮아. 그런 걸 하면 뭘 해. 우리는 가는 길이 다른데. 나는 그림을 좋아하고 저 사람은 자신의 그림을 열심히 그리면 그만이지.

점점 멀어지네. 사라져버렸네. 나도 곧 가야 하긴 하지만.

깡통

몇년 전에 평생 처음으로 그림을 사러 서울의 삼각지에 간 적이 있었다. 초등학교 동창인 정욱이 회사를 그만두고 음식장사를 해보겠다며 집 근처 한식당을 인수했는데 벽에 걸린 게 식단과 달력뿐이라면서 손님들 보기에, 또 가격이나 보관의 측면에서 부담없는 그림 몇점을 사오자고 해서 간 것이었다. 삼각지에 그런 그림을 파는 곳이 있다는 건 대학에서 그림을 전공한 동창 성준이 말해줬고 핑곗김에 그도 동행하게 되었다.

　막상 가보니 문외한인 내 눈으로 봐도 마땅한 그림이 눈에 띄지 않았다. 초등학교 시절 미술부에서 목에 화판을 걸고 다닌 적이 있는 정욱은 그야말로 '그림 같은' 풍경은 금방 싫증이 날 거라고 했다. 하품이 나오는 입을 막으며 앞서가던 성준이 눈 쌓인 산능선에 검은 염소들이 서 있는 그림 앞에서 발을 멈추었다. 빵

떡모자를 쓰고 파이프를 입에 문, 19세기 희극에 나오면 어울릴
법한 인상의 화랑 주인이 미대 대학원에 다니는 학생이 그린 그
림이라고 설명했다. 누구보다 그 그림을 벽에 걸 당사자가 꽤 마
음에 들어했다.

"이건 가난한 화가가 국숫값이라도 벌기 위해서 아르바이트로
그린 것 같구만. 오죽하면 이런 데까지 그림을 팔러 왔겠느냐고.
잘 가지고 있어봐. 그림 그린 사람이 가난뱅이로 일찍 죽었는데
사후에 유명해진다, 그래서 이 그림이 떼돈을 벌게 해줄지 혹시
알아?"

이야기를 하다보니 점점 자신이 없어져 그래도 그림에 대해서
는 아는 게 많은 두 사람의 표정을 살피게 되었다. 이십대 중반
에 결혼하면서 그림에 대한 열망을 포기하고 삼십대에 디자인회
사의 이사가 된 성준이 거리낌없는 표정으로 내 말을 받았다.

"그러니까 예술은 작가의 피를 먹고 큰다는 거야. 지금 미술경
매에서 최고가 신기록을 갱신하고 있는 박수근도 육이오 때 미
군부대에서 초상화 그렸던 사람이야. 미술재료가 없어서 미군부
대에서 구하기 쉬운 하드보드를 쓴 거고. 그게 지금은 몇십억씩
한다니까."

정욱이 자신도 그 사연을 안다고 했다. 화랑 주인이 포장을 해
본 게 오랜만인지 미적거리는 바람에 성준의 이야기가 좀 길어
졌다.

"그 이야기가 간단한 게 아니라고. 이거 봐, 살았을 때 그림으

로 크게 성공하고 유명해졌다고 쳐. 최소한 대중의 예상을 깨는 작품을 그려야 한다는 건 기본이고 거기서 한걸음 더 나아가서 그전보다 더 화제가 되고 영향력이 큰 작품을 만들어내야 한다는 강박관념 때문에 죽을 때까지 붓을 놓지 못하고 살아야 돼. 그림으로 수십수백억 벌면 뭐 해? 써보지도 못하고 붓 들고 앉아 있다가 옆으로 꼴까닥 넘어가면 이제 죽었나보다 하는 거야. 그러면 또 그림 사놓은 인간들은 그림값이 폭등하니까 좋아라 춤을 추고. 네가 돈을 벌어보겠다고 어떤 사람의 그림을 산다는 건 그 사람이 일찍 죽기를 바라는 것과 같은 거라니까. 내가 계속 그림을 그렸으면 친구 사이에는 그림 거래를 절대로 안했을 거야."

정욱이 고개를 끄덕였다.

"얘가 책 쓰는 것도 비슷한가? 그러니까 친구 책을 돈 주고 사는 것은 도리가 아니다?"

성준이 맞장구를 쳤다.

"얘 책 나올 때 우리한테 보내주는 책 같은 거, 그러니까 작가 싸인이 들어간 초판본은 그런 의미가 좀 있지."

아무리 말 잘하는 인간들 사이에 끼여 있기로서니 앉아서 당할 수는 없었다.

"공동묘지 가봐라. 남 얘기라고 그렇게 함부로 조잘거리다가 벼락 맞아 죽은 놈들이 요절한 예술가보다 훨씬 많을 거다. 볼일 끝났으면 어디 가서 국수나 한 그릇씩 먹고 가자고. 국숫값은 바람벽에 똥으로 그림 그릴 때까지 오래 살 인간들이 내고."

화랑에서 조금 걸어올라가다 보니 큰길 뒤 주택가로 들어가는 좁은 길이 나왔다. 그 길을 통과하자 밤송이처럼 공간이 벌어진 곳에 국숫집이 두 곳 있었다. 잠시 인상을 가늠하다가 가까운 쪽으로 들어갔다. 두 집 중 상대적으로 오래돼 보여서였다.

앉으면서 보니 낡은 집인 건 분명했지만 구석구석 사람 손이 가서 청결해 보였다. 벽에는 달필로 쓴 식단과 달력이 걸려 있을 뿐, 어디 가나 흔히 있게 마련인 무슨 맛자랑이니 하는 텔레비전 프로그램을 촬영해놓은 사진 따위는 없어 좋았다. 다만 깨알 같은 글씨의 신문 칼럼을 오려서 비닐코팅한 것을 못에 걸어놓은 게 특이했다. 국수 세 그릇을 주문하고 나오기를 기다리는 동안 정욱이 제 음식점과 비교하는 듯 이리저리 내부를 살피다가 신문 칼럼을 떼어가지고 왔다. 소리없이 입술을 움직이며 기사를 읽던 그는 안경 위로 눈을 치켜뜨며 나를 향해 한마디 했다.

"야, 이거 진짜 소설이네. 당신 같은 사람이 앞으로 뭐 먹고살지 걱정되는구만."

성준이 냉큼 제 앞으로 가져온 칼럼을 곁눈으로 보니 그 국숫집에 다녀간 노숙자의 사연이 실려 있었다. 아닌게아니라 드라마가 있었다. 동업자의 소설을 읽을 때 느끼게 되는 긴장은 없었지만 감동적인 사연인 건 분명했다.

"훌륭한 이야기라도 전문적인 관점에서 보자면 그 자체로 소설이 된다고 할 수는 없을 것이여. 소설이라는 거는 이렇게 신문의 미담에 나오는 아름다운 내용일 수는 없어. 뭐랄까, 사실적으로 존재하는 감동적 서사는 정서적 노출면이 너무 넓다고나 해야 할지, 또 이미 잘 피어나 있는 유채꽃 나리꽃 호박꽃 같은데 이걸 또 무슨 알락하늘소나 뒝벌로 형질을 바꿔서 뭐……"

내가 말을 미처 마무리하기도 전에 국수가 왔다. 마지못해 듣고 있던 두 사람은 재빨리 젓가락을 집어들고는 국수를 먹기 시작했다.

국수는 특별히 놀라운 맛이 있다기보다는 어릴 때 집에서 먹던 국수처럼 담담했다. 사실 이런 맛을 수십년 동안 여일하게 유지하는 것 자체가 쉬운 일은 아니다. 자극적이고 특출한 맛으로 반짝 흥하여 전국에 체인점을 내고 이런저런 식단을 개발하느니 마느니 하다가 그 특출한 개성, 정체성이 묽어질 대로 묽어져 몇년 안에 망해버리는 세태에서 보기 힘든 미덕이었다.

우리가 국수를 먹기 시작했을 무렵 손님 여남은 명이 한꺼번에 들어오는 바람에 탁자가 네댓 개밖에 안되는 식당은 손님으로 꽉찼다. 오후 서너시라는 어정쩡한 시간에 몰려온 손님 대부분은 제복을 입은 청년들이었다. 근처의 국방 관련 기관에 근무하는 청년들이 간식으로 국수를 먹으러 오는 것 같았다.

국숫집 주인은 할머니라고 하기에는 젊고 아주머니라고 하기에는 나이가 많이 들어 보였다. 주인은 청년들이 국수를 훌훌 마시듯 순식간에 다 먹어치우자 삶은 국수를 한 다발씩 손에 쥐고 가서 그릇에 더 넣어주곤 했다. 그러면 청년들도 별다른 반응 없이 그 국수를 먹었다. 국수 한 그릇 값이 이천오백원인데 원가가 얼마인지 알 수는 없지만 그렇게 국수를 넉넉히 주면 많이 남지 않을 장사임은 분명했다. 국숫집에는 김밥도 비빔국수도 있었으나 대부분은 양 많은 국수 하나로 충분해하는 눈치였다. 한마디로 인심 좋고 편안한 분위기의 국숫집이었다. 음식값을 먼저 내겠다고 다툴 일도 없어 기분좋게 그 국숫집을 나왔다.

삼년쯤 지나서 정욱은 음식점을 폐업하고 음식재료를 납품하는 회사를 차렸다. 성준 역시 승진을 해서 사장이 되었다. 두 사람은 개업과 승진 축하선물로 난초 화분을 주고받았고 나는 새로 나온 책을 보냈다. 그사이 여러차례 만나기도 하고 전화통화를 했지만 삼각지에서 산 그림에 대해서는 아무 말이 없었고 관심도 없었다. 국수에 관해서는 기억조차 아물아물했다.

그러던 어느날 나는 그 국숫집에서 본 사연에서 싹튼 이야기를 글로 옮기기 시작했다. 이야기가 내 의지와는 상관없이 내면에서 자라난 모양이었다. 시작되자마자 진도가 빨랐다. 국수를 좋아하는 사람을 성질이 급하다고 하는데 꼭 그 짝인 듯.

한 남자가 있었다. 그는 대학을 졸업하고 어느 대기업에 입사해서 십수년 동안 성실하게 직장생활을 했다. 그러던 중에 납품을 하던 거래처 사람과 친해지게 되었다. 거래처 사람은 그에게 직장을 그만두고 자신과 동업하자고 제안했다. 자신의 기술에 그의 관리능력을 합치면 분명히 성공하리라는 것이었다. 그는 신중하게 생각하고 계산한 뒤 직장에 사표를 냈다.

회사 동료들이 그가 운영하는 회사에서 납품하는 물건을 계속 받아주었기 때문에 경영은 순탄했다. 그는 동업자와의 약속에 따라 자신의 돈과 부모, 형제에게서 빌린 돈까지 투자해서 시설을 확충했다. 그런데 그로부터 얼마 뒤, 외환위기가 닥쳤고 그가 다녔던 회사는 거래를 당분간 중단할 수밖에 없다고 통고해왔다. 그는 새로운 거래처를 찾기 위해 밤낮을 가리지 않고 뛰었다. 비용을 아끼기 위해 경비원을 내보냈고 잔업이 끝나면 야전 침대를 가져다놓고 새우잠을 잤다.

그런데 막 회사가 정상궤도에 올라설 무렵, 그가 지방에 자재를 구입하기 위해 가 있는 사이에 동업자가 편지 한 장을 남기고 사라져버렸다. 그전에 돈이 될 만한 건 몽땅 빼돌렸고 팔 수 있는 건 다 팔아넘긴 뒤였다. 그에게 남은 건 자신과 아버지, 형의 재산을 담보로 빌린 빚뿐이었다. 회사는 그가 동업자의 편지를 다 읽기도 전에 빚쟁이로 가득 찼다.

그는 아내 명의로 된 집이라도 건지기 위해 이혼을 했다. 그 사실이 알려지면서 빚쟁이에게 살던 집을 빼앗기게 된 부모, 형제와의 사이가 원수지간처럼 변했다. 그렇다고 아내가 고마워 한 것만은 아닌 것이, 처가 쪽도 여러개의 집이 담보로 들어가 있었기 때문이다. 집을 빼앗기게 된 사람들은 물론 그에게 돈을 빌려준 가까운 사람들 모두 그를 욕했지만 그 자신이 스스로에 게 가장 심한 욕을 퍼부었다. '얼어죽고 굶어죽어도 마땅한 놈'이라고. 그는 욕을 하도 먹어서 부른 배를 안고, 손가방 하나만 들고 노숙자들이 있는 기차역으로 갔다.

그는 노숙자들 사이에서 누가 버리고 간 깡통을 하나 발견했다. 깡통은 의자로 깔고 앉아도 될 정도로 커서 구걸용으로는 적합하지 않았다. 하지만 그에게는 자신에게 어울리는 깡통을 찾을 이유도 여유도 없었다. 그는 깡통에 벙거지 모자를 걸쳐놓고 종이상자를 깔고 앉았다.

그는 가족, 친구, 세상과 헤어진 슬픔을 이기기 위해 술을 마시기 시작했다. 칠순이 된 아버지가 병든 어머니와 월셋방을 전전한다는 생각에 가슴을 치면서 술을 마셨다. 자신을 빼닮은 아들이 보고 싶어질 때마다 술을 마셨다. 아내가 다른 남자의 목에 팔을 감는 꿈을 꾼 뒤에도 술을 마셨다. 동업자의 배신에 치를 떨면서 술을 마셨다. 이제는 무엇을 새로 시작하기에는 늦은 나이가 아닌가, 이대로 인생이 끝날 수밖에 없지 않느냐는 회오감에 술을 마셨다. 나중에는 아무런 이유 없이도 술을 마시게 되었고 술이 없으면 잠을 잘 수 없게 되었다.

돈이 떨어지자 그는 바닥에 엎드려 구걸을 하기 시작했다. 누군가 깡통 위의 벙거지 속에 동전을 던지고 가기라도 하면 모두 술, 술, 술로 바꾸어 마셨다. 술을 마시지 않고는 견딜 수 없었다. 그의 몸은 피폐해졌고 영혼 역시 황폐해졌다. 술을 마시는 동안에는 구호단체에서 나눠주는 밥은 쳐다보지도 않았다. 그렇게 하루하루가 흘렀다.

어느날 그는 술을 사오다 계단을 굴렀다. 뼈에 문제는 없었지만 무릎 바로 아래 정강이의 피부가 찢기고 곪기 시작했다. 상처에서 누런 고름을 짜내는 게 처치의 전부였고 약을 사먹을 생각은 하지도 못했다. 구걸한 돈으로는 술을 사마시기에도 빠듯했다.

다음날은 단 한푼의 소득도 없었다. 계단 아래에 엎드려 있던 그는 문득 배가 고파지는 것을 느꼈다. 한번 배가 고프기 시작하자 참을 수 없이 허기가 밀려왔다. 그는 깡통을 받침대 삼아 겨우 몸을 일으켜 벙거지 모자를 눌러썼다. 커다란 깡통을 문패인양 두고 다리를 절룩거리며 지하도에서 빠져나와 밥 주는 곳을 찾았다. 그날따라 무료급식을 하는 구호단체가 보이지 않았다. 그는 발이 닿는 대로 식당에 들어가 밥을 달라고 사정하기 시작했다.

어떤 식당에서는 아예 문전에 발을 들이지 못하게 했다. 그가 억지로 몸을 들이밀자 욕설을 퍼부었다. 어떤 식당에서는 개를 쫓듯 발로 차는 시늉을 했다. 그다음 식당에서는 물벼락을 맞기도 했다. 그때부터 그는 주인의 인상을 살피고 식당문을 열게 되었다. 그러나 인상이 좋아 들어간 식당에서 주인은 그에게 책임 있는 인간이 되라고 길게 충고하고 그냥 내보냈다. 한참을 걸어간 뒤 들어간 식당에서 그는 장갑을 낀 손에 의해 공중으로 들려 길바닥으로 내동댕이쳐졌다. 그의 몸은 어지간한 성인 남자들이 쉽게 들어올릴 수 있을 만큼 가벼워져 있었다. 그는 쓰러져 입술에 묻은 피와 흙먼지를 핥았다. 그러면서 그는 중얼거렸다.

"이제 내가 들어가는 식당이 어떤 데든지 간에, 나한테 밥을 주지 않으면 불을 확 싸질러버리고 나도 죽는다."

그는 간신히 몸을 일으켜 고개를 숙이고 비틀비틀 걸어갔다. 그러다가 큰길가에 즐비한 화랑 가운데 하나에 파이프를 문 주인이 난로 앞에서 손을 비비며 바깥을 내다보는 것을 보게 되었다. 그 화랑을 지나가자 뒤로 통하는 좁은 길이 나왔다. 그는 그곳으로 방향을 틀었다. 창자처럼 좁은 골목을 통과하자 공터 오른편에 어떤 식당이 문을 열어놓고 있었다. 식당 바깥쪽에 걸린 솥에서 김이 피어오르고 있었으며 구수한 국수국물 냄새가 코를 찔렀다. 그는 그 냄새에 이끌려 탁자가 몇개 되지 않는 자그마한 식당 앞에 섰다. 안을 들여다보니 식당 주인은 나이가 든 여자였고 그를 들어서 공중에서 돌리다 멀리 내동댕이칠 것 같은 인상은 아니었다.

그는 다 떨어진 옷이나마 먼지를 털고 벙거지 모자를 더 깊이 눌러쓴 뒤 식당 안에 발을 들여놓았다. 문에서 가장 가까운 식탁 앞에 있는 낡은 간이의자에 걸터앉았다. 너무 오랜만에 음식점 식탁 앞에 앉는 바람에 어떻게 해야 할지를 몰랐다. 한편 누구에겐가 어떻게든 하고 싶은 말은 수천, 수만의 단어와 문장으로 가슴속에 들끓고 있었다.

"국수 한 그릇 주시오."

그는 말했다. 그러고는 고개를 푹 수그린 채 주인의 반응을 기다렸다. 욕설이냐, 물바가지냐, 그저 매몰찬 거절이냐. 그러나 아무런 반응이 없었다. 그는 기다렸다. 기다리고 있을 수밖에 없었다.

이윽고 그의 앞에 국수가 담긴 그릇이 놓였다. 그는 얼굴을 최대한 가까이 국수그릇에 붙이고 국수를 먹기 시작했다. 국수그릇 속에 담긴 국수의 양은 꽤 많았다. 하지만 그는 국수를 훌훌 마시다시피 하며 삽시간에 먹어치웠다. 국물을 마저 마시려고 국수그릇을 손에 쥐는 순간, 물에 불은 붉은 손이 다가왔다. 주인의 손에는 국수다발이 한움큼 들려 있었다. 그가 그때까지 먹은 것만큼이나 많은 국수가 그릇 속으로 들어갔다. 그가 놀라 고개를 들자 주인이 그를 내려다보며 말했다.

"국수를 너무 맛있게 먹어서 보태주고 싶어져서 그러는 게요. 돈은 더 안 받으니 그냥 들어요."

그는 잠자코 국수를 먹기 시작했다. 국수를 다 먹어가면서 걱정이 되기 시작했다. 노숙자가 된 뒤, 처음으로 자신을 사람으로 대접해주는 사람을 만난 것이었다. 그릇이 비어갈수록 그는 점점 괴로워졌다. 먹는 속도도 점점 느려졌다. 마침내 그는 도망을 치기로 마음먹었다.

단골인 듯 제복을 입은 청년들이 들어와 주인에게 인사를 건넸다. 간식으로 국수를 먹으러 온 듯했다. 주인은 다정하게 청년들과 인사를 나누고 주방으로 들어갔다. 주방이라고 해봤자 탁자에서 몇걸음 되지 않았다.

고개를 숙인 채 곁눈을 뜨고 동정을 살피던 그는 주인이 국수를 찬물에 헹구는 틈을 타서 냅다 밖으로 뛰쳐나왔다. 모자를 벗어들고 한손에 쥔 채 그는 빠르게 걷기 시작했다. 무릎이 화끈거리면서 고름이 흘러내렸다. 그는 절름절름하면서도 걸음을 멈추지 않았다.

큰길로 통하는 길을 걸어가는 그의 등뒤에서 무슨 외침인가 들려왔다. 그가 고개를 돌리자 식당 주인이 손을 흔들며 무어라고 소리치고 있었다. 저놈 잡아라, 하는 소리 같았다. 하도 배가 고파 보여서 일부러 국수를 많이 주기까지 했는데, 그 호의를 도망질로 갚느냐, 그러고도 네가 인간이냐. 말은 들리지 않았어도 그런 뜻인 것 같았다. 청년들이 식당 밖에 서서 그를 향해 손가락질을 하고 있었다. 따라오려는 기색은 아니었지만 그는 죽을 힘을 다해 뛰어서 길모퉁이를 돌았다. 큰길가를 계속 뛰어가다 그는 가슴이 터질 듯 숨이 차서 걸음을 멈추었다. 국수 한 그릇 때문에 거기까지 따라올 성싶지는 않았다. 국수 한 그릇을 거저 먹었다고 잡혀간다 한들 큰 죄가 될 성싶지도 않았다. 허리를 굽히고 숨을 고르던 그는 컹컹거리며 기침을 했다. 그러면서 아까 들었던 그 외침이 무슨 뜻인지 이해하기 시작했다. 식당 주인은 이렇게 말한 것이었다.

"뛰지 말아요. 넘어지면 다쳐. 천천히 걸어가요!"

그의 눈에서 눈물이 흐르기 시작했다. 한번 눈물이 나기 시작하자 물길이 생기기라도 한 듯 쏟아졌다. 그는 소리내어 울었다.

눈물방울을 뚝뚝 떨어뜨리면서 걸었다. 노숙하던 지하도로 돌아가 깡통 앞에 허물어지듯 앉으면서 그는 계속 울었다. 천진한 어린아이처럼 우는 그를 한참 동안 지켜보던 행인들이 지갑에서 돈을 꺼내 깡통에 넣었다. 엎드려서 엉엉 소리내어 우는 그의 앞에 놓인 깡통에 동전과 지폐가 계속 들어갔다. 그는 깡통도 돈도 아랑곳하지 않고 울고 또 울었다. 그렇게 하룻밤이 지났다.

다음날 아침 그는 노숙을 시작한 이후 처음으로 술을 마시지 않고 밤을 보낸 것을 깨달았다. 그의 앞에 있는 깡통 속에는 돈이 가득 차 있었다. 그는 팔을 벌려 깡통을 가슴에 안고 천천히 일어섰다.

'일어섰다'라고 쓴 뒤에 나 역시 일어섰다. 쓰다보니 그 국수가 너무 먹고 싶어져서였다. 영하 칠도의 겨울날 오후 세시, 차 안으로 햇빛이 비치고 있었지만 운전대는 차가웠다. 따뜻한 국수를 먹기에는 그만인 날씨였다.

그런데 삼각지로 가서는 그 집을 찾을 수가 없었다. 차로 한참을 돌았지만 그때 갔던 그 화랑이 어디인지 알 수가 없었고 좁은 길은 더구나 찾을 수 없었다. 그림을 사러 왔을 때는 지하철을 타고 걸어왔으니 차로 가는 것은 길이 달랐다. 반대편 차선으로 가야 할 것 같는데 골목이 여러개였고 꽤 길기도 했다. 삼각지를 삼십분쯤, 서너 바퀴 돌았다. 길 가던 사람들에게 몇번 물었지만 모두 고개를 저었다. 오래된 단독주택과 골목이 많은 지역에 국숫집이 한두 개도 아닐 것인데 이름조차 모르고 있으니 찾을 길이 막연했다. 동행했던 친구들에게 전화를 해볼까 하다가 왜 찾느냐고 물을까 싶어 포기해버렸다. 결국 딴 동네로 가서는 칼국수를 먹었다. 원래 배가 고프지 않았는데 식당에서 주는 대로 공깃밥까지 곁들이니 간식이 아니라 한끼 식사를 넘어버렸다. 배를 만지면서 돌아와 다시 책상 앞에 앉았다.

이십여년 뒤 그 깡통은 윤이 나게 손질된 채, 어느 가정집 거실의 장식장 속에 놓이게 되었다. 장식장 안에는 중산층 가정이라면 대체로 있게 마련인 과일로 담근 술이 들어 있지 않았다. 아이들이 학교에서 타온 상장과 지역 배드민턴 대회의 상패, 방범 봉사활동에 대한 감사패 등속이 들어 있는 선반 맨 꼭대기에는 낡고 큰 깡통 하나가 덩그러니 놓여 있었다. 깡통 속에는 헌지폐와 동전이 가득 들어 있었지만 그 돈은 거의 다 통용되지 않는 옛날 화폐였다. 당연히 그 집에 있는 아이들은 그 깡통에 든 돈에 별 관심이 없었다. 여섯이나 되었지만 모두 마찬가지였다.

어느 일요일, 늦겨울 오후 세시의 햇빛이 깡통에까지 뻗칠 때 집주인은 무릎을 담요로 덮고 흔들의자에 앉아서 그 깡통을 바라보고 있었다. 장식장 유리에 반사된 빛이 그의 얼굴을 비추었다. 그는 습관처럼 컹컹하고 마른기침을 했다. 표정없는 그 얼굴에 따뜻하고 붉은 기운이 돌았다.

그로부터 얼마 뒤 우연히 읽은 책에서 그 국숫집에 얽힌 사연을 알게 되었다.* 원래의 사연에는 노숙자가 해외로 나가서 성공한 기업인이 되어 돌아온다고 씌어 있었다. 그 결말대로 따라갈 이유는 없었다. 그건 사실일 것이고 내가 쓴 건 이야기니까.

사실로 존재하는 그 국숫집을 찾을 수 있을까. 언제 어디서건 그 국숫집의 국수와 비슷한 국수를 먹을 때마다 그런 생각이 든다.

굳이 찾아야 할 필요가 있을까. 이미 내 마음속에는 오래된 국숫집 하나가 생겨나 있으니, 그 국숫집은 간간이 고래처럼 김을 뿜어올리며 추운 날 따뜻한 국수나 한 그릇 먹으러 오라고 충동질한다. 특별한 맛이 있는 것도 아니고 이름난 것도 아니며 덤덤하고 담담한, 그 국수에 나는 이미 중독되었다.

* 송기원 「삼각지 로터리 일대」(『송기원의 뒷골목 맛세상』), 117~19면 참조.

'정치적인 것'의 복원

이경재

1. 건조한 산문성

십년이 조금 넘는 기간 동안 네 권의 장편소설과 열 권의 중단편집을 낸 작가가 여기에 있다. 그 양만으로도 입이 벌어지는데 그러한 작품들이 모두 뚜렷한 개성을 확보한 것이어서 각각의 작품이 세상에 나올 때마다 평자와 독자 모두의 시선을 붙잡아온 작가, 더군다나 그러한 작품들이 내면지향과 나르씨시즘의 미학이라는 동시대의 일반적인 경향에서 벗어난 고유한 개성으로 빛나던 작가, 그리하여 지금의 소설 이전 혹은 이후의 것으로 호명되며 위기에 빠진 소설의 좁은 틀을 깨고 서사 장르 자체의 갱신을 대표하는 것으로 평가받아온 작가가 바로 여기에 있다. 그가 오늘도 한 편의 작품을 쓴다면, 그것은 「깡통」에 등장하는 한 인물의 말처럼 "최소한 대중의 예상을 깨는 작품을 그려야 한다는 건 기본이고 거기서 한걸음 더 나아가서 그전보다 더 화제가 되고 영향력이 큰 작품을 만들어내야 한다는 강박관념"(252면)으로부터 자유로울 수는 없지 않을까? 그러한 강박과 수고는 결국 새로움을 위한 승부일 텐데, 이번 작품집에서 확인할 수 있는 것은 성석제가 이번 승부에서도 결코 패배하지 않았다는 사실이다.

이번 소설집의 새로움은 무엇보다도 의미론적인 측면에서 발견된다. '재미'라는 성석제 소설의 미덕에 가려져 어지간한 정성으로는 보이지 않던 모종의 윤리학이 본격적으로 그 모습을 드러내고 있는 것이다. 성석제만의 문체라 할 수 있는 구술적 특성, 요설에 가까운 다변, 연민에 가득 찬 유머와 허풍 등은 그 강도가 약해졌다. 설사 '성석제의 문체'라고 할 수 있는 이러한 특징이 드러나더라도 이번 소설집의 촛점은 분명 그러한 말보다는 그 안에 녹아들어 있는 우리의 삶과 세계에 놓여 있다. 더욱 본질적인 점은 고향이나 전통 대신에 시대가, 인물이나 분위기 대신에 현실이 소설의 중심부를 차지하고 있다는 점이다. 성석제 소설에 자주 보이던 시적인 따스함이 엷어진 자리를 채운 것은 건조한 산문성이다. 이 메마름은 우선 작가의 치열한 자기모색에서 비롯한 것이겠지만, 더욱 중요하게는 십여년이 넘는 기간 동안 벌어진 이 사회의 적지 않은 변화에서도 영향받은 바 크다. 이제 성석제는 이 시대 서사의 전위에 선 이야기꾼이라는 모습

외에도 진중한 현실진단과 그를 바탕으로 한 삶의 윤리를 펼쳐 보이는 지식인의 모습을 본격적으로 드러내고 있다.

그리하여 이번 소설집의 핵심적인 작가의식으로 들 수 있는 것은 '정치적인 것'(the political)의 복원이라 말할 수 있다. '정치적인 것'은 경제 문화 종교 사회 등과 구분되는 제도적 영역으로서의 정치(politics)와는 다르게, 모든 인간사회에 본래부터 있으며 우리의 존재론적 조건을 규정하는 차원이다.* 냉전의 종식과 신자유주의의 세계적 확산은 '탈정치화' 현상을 한껏 부추겼다. 합리주의와 개인주의를 금과옥조로 내세우는 신자유주의는 환원 불가능한 적대적 요소들이 사회관계들 내에 존재함을 부인할 수밖에 없다. 최근에 본격화된 '시장전체주의'는 적대와 갈등을 심화시키는 동시에 끊임없이 그것을 은폐하고자 한다. 그러나 역사의 종언이라는 호언장담과는 다르게 지금의 세계와 한국사회는 이전보다 훨씬 다양한 갈등으로 몸부림치고 있다. 성석제의 이번 작품집에서 '윤리-정치적' 기획이 도드라져 보이는 것은 이러한 시대적 상황과 동떨어진 것이 아니며, 이때의 기획은 앞서 말한 '정치적인 것'의 복원과 관련되어 있다.

---

* 무페가 받아들인 슈미트의 '정치적인 것'은 제거 불가능하며, 항상 갈등 및 적대와 관계할 수밖에 없기 때문에 결코 길들여질 수 없다. 자유주의자들은 '정치적인 것'을 제대로 파악하지 못하기에 자유로운 토론에 기초한 합리적이고 보편적인 합의가 가능하다고 믿는다. (샹탈 무페 『정치적인 것의 귀환』, 이보경 옮김, 후마니타스 2007)

2. 내게는 너무 먼 당신

성석제의 소설만큼 '소설은 새로운 성격창조'라는 소설원론을 증명하는 사례도 드물다. "이 책에 들어 있는 소설들은 모두 '인간'을 염두에 두고 쓴 것이다."(『홀림』, 문학과지성사 1999)라는 '작가의 말'이 아니더라도, 대부분의 그의 소설은 새로운 인간형의 탐구와 제시에 촛점이 맞춰져 있는 것이다. 그가 그려 보인 인간들은 균형과 조화를 보여주는 아폴로적인 인간과는 구분되는, 광기와 자기몰입에 빠진 디오니소스적인 인간들이었다. 몰입의 대상 역시 대부분 사회질서를 위해 그어진 선 밖에 놓여 있는 인물들로서, 당연하게도 그들은 술꾼 노름꾼 깡패 바보 건달 탐서가 노름꾼 같은 방외인들이다. 무명의 지방 유생에서 문경공(文景公)이라는 시호를 받는 존귀한 자가 되는 채동구(『인간의 힘』, 문학과지성사 2003) 역시 예외가 아니다. 그가 존귀해진 것은 오직 하나, 디오니소스적인 방외인이었다는 사실에서 비롯하기 때문이다.

그런데 이번 소설집에서는 이러한 디오니소스적 방외인의 모습은 좀처럼 찾아보기 힘들다. 그 자리를 대신한 것은 반년치 먹을 고추장과 된장을 배낭에 메고 떠나거나 아이스박스에 고기와 병맥주를 가득 넣어 여행을 떠나는, 각기 다른 층위의 인간들이다. 전자는 방외인이 보이는 자기몰입의 열정은 사라지고 그 남

루함만이 남은, 평균치에 가까운 범부들이고, 후자는 성석제 소설에서는 좀처럼 찾아보기 힘든 부유하고 날렵하게 잘 빠진 귀공자들이다. 이번 소설집에 실린 대부분의 소설들은 이러한 두 가지 인간형이 만나서 벌이는 한판 희비극이다. 이번 작품집의 핵심적인 작품들이라 할 수 있는 '여행' 삼부작 「피서지에서 생긴 일」 「여행」 「설악 풍정」이 대표적이다.

이러한 인간형들의 배치를 통해 작가는 이 사회의 근원적인 적대와 분열을 매우 실감나게 드러내고 있다. 여행이라는 크로노토프(chronotope)가 동원된 이유는 여로야말로 타자와의 만남을 가능케 하는 소설적 형식이기 때문이다. 장독대를 짊어지고 여행을 떠난 범부들은 귀공자들을 만나 어울리게 된다. 범부를 표상하는 기호가 '장안농과대학' '소주병' '삼겹살' '고무튜브' '소형텐트' '고추장' '된장' '깨진 안경' '태양 담배' '불은 라면'이라면, 귀공자들을 표상하는 기호는 '국립대학' '기타' '아이스박스' '초대형 천막' '말보로' '일제 카메라' '벨기에산 초콜릿' '군대 면제' '버번위스키'이다. 이처럼 선명하게 구분되는 기호로 형성된 각기 다른 주체들의 만남은 파탄으로 끝날 수밖에 없는데, 그 과정이 매우 설득력 있게 형상화되어 있다.

처음 그들은 젊음의 열기로 서로 어울리지만, 오랜 시간 사회로부터 각인된 각자의 습속이 거짓 없이 표출될수록 결국에는 불화하고 싸우게 된다. 귀공자들이 예의바른 모습을 보이면 보일수록, 신사적이면 신사적일수록 범부들은 자신들의 초라함을 느끼게 되고, 불편해지지 않을 수 없다. 이러한 적대와 분열이 계급적이며 사회적인 것임은 앞서 든 각각의 표상기호만으로도 설명이 충분할 것이다. 특히 「여행」은 '1979년' '멸공' '중앙정보부' 같은 단어들을 통하여 사회적 성격을 한층 강화하고 있다. 이 작품에서 범부들과 귀공자들 사이에는 중앙정보부에서 고문으로 죽은 여대생이 '텅 빈 구멍'으로 놓여 있는데, 심각한 계급적 적대 앞에서 그 죽음은 어떠한 의미의 공유지점도 형성하지 못한 채 묻혀버리고 만다.

만약 갈등과 분열의 절단선이 비루한 범부들과 미끈한 귀공자들 사이에만 그어지고 만다면, 이것은 우리가 적지 않게 보아온 계급적 차이에 바탕한 집단적 주체의 대립을 반복하는 것에 그칠 것이다. 그러나 경제결정론과 단일화된 집단적 주체는 성석제 소설의 기획과는 거리가 멀다. 이들 소설에서 적대와 분열의 절단선은 범부들 사이에서 한번 더 그어지는데, 이를 통해 개인의 인격적 자율성은 중요한 과제로 놓여지게 된다.

「피서지에서 생긴 일」에서 양우가 종술에게 "평생 보지 말자. 너 같은 놈 다시 볼까 무섭다"(161면)고 말하고, 종술이 소주병까지 깨며 이에 대응하는 것은 사회적인 성격에서 비롯한 것이기는 하지만 범부들과 귀공자들 사이에 그어진 적대의 선과는 다른 성격의 것이다. 그러나 「여행」에서 여로가 진행될수록 커져만 가는 봉수와 영덕을 향한 만재의 짜증과 미움은 너무나 선명해 마치 선험적인 느낌을 줄 정도이다. 「설악 풍정」의 '나'와 기정은 아예 처음부터 여행이 끝날 때까지 동상이몽에 빠진 존재들로 그려지고 있다. 특히 「여행」은 이와 관련해 인상적인데, 여행을 시작할 때 셋은 "삼각형을 이룬 채 서 있었"(8면)지만, 그 삼각형은 작품의 마지막에 깨져버리고 만다. 서술자는 못을 박듯이, "그리고 그들이 만들었던 삼각형은 다시는 생겨나지 않았다. 그들이 걸어가는 길 위, 아름다운 둑, 아름다운 언덕 어디에서도"(48면)라는 문장을 덧보태고 있다. 이들이 헤어진 것은 이십개들이 '태양' 담배를 셋이 공평하게 나누지 못한다는 다소 우화적인 사건이 계기가 되어서이다. 이러한 장면은 계급적 연대의 느슨함에 대한 아쉬움의 표출이라기보다는 개인 사이에 존재하는 환원 불가능한 적대의 존재를 드러내는 것이다.

「내가 그린 히말라야시다 그림」은 예술적 재능만을 가진 자와 예술적 재능마저 가진 자를 통해서 추억과 관계마저 장악해버리는 적대와 분열의 위력을 다시 한번 강조하고 있다. 이 작품은 0과 1로 표시된 장이 번갈아 등장한다. 0장은 현재 유명한 화가가 되었지만 가난하게 성장한 '나'(백선규)가 화자로, 1장은 현재 판사의 아내로 행복하며 과거에도 부잣집 고명딸로 행복했던 '나'가 화자로 등장한다. 둘을 엮어주는 사건은 초등학교 시절 사생대회에서의 사건이다. 가난한 '나'가 사생대회에서 장원을 받은 그림은, 본래 부잣집 고명딸인 '나'가 그린 그림이었다. 부잣집 고명딸 '나'는 그 사실을 알면서도 정정하려 하지 않는다. 이유는 가난한 '나'의 "너절한 인상이 실수와 잘못된 과정을 바로잡는 게 너절하고 귀찮은 일이라는 생각을 갖게 했"기 때문이고, "그런 상하고는 담을 쌓고 살아도 행복"(243면)하기 때문이다. 0과 1이라는 숫자는 더하고, 빼고, 곱하고, 나누어도 0과 1로 남듯이, 끝내 그들은 섞이지 않는다. 행복한 '나'는 마지막에 가난했던 '나'를 보면서 "인사를 해볼까?"라고 생각하기도 하지만, 곧 "그런 걸 하면 뭘 해. 우리는 가는 길이 다른데"라고 생각하며 단념한다. 마지막은 "점점 멀어지네. 사라져버렸네. 나도 곧 가야 하긴 하지만"(248면)으로 끝난다. 「여행」에서 처음에는 존재했으나 나중에는 깨어져버린 연대감이, 「내가 그린 히말라야시다 그림」에서는 처음부터 끝까지 단 한 차례도 형성되지 않는 것이다.

「톡」은 작품의 서술적 특징 자체가 적대의 사회적 양상을 그대로 드러낸다. 여러가지 장면들이 꼴라주 기법으로 구성되어 있다. 자동차 사기단, 성추행범, 오토바이 날치기, 주부도박단, 지하철의 개똥녀 등등이 그것이다. 이러한 개별적인 사건들은 그것을 조망하는 파노라마적 시점에 의하여 간신히 하나로 엮어진다. 이 작품의 인물들은 ㄱ ㄴ ㄷ이나 A B C와 같은 이니셜로 지칭되는데, 이러한 호칭은 이 작품에서 펼쳐지는 사건들의 보편성을 강조하게 된다. 흥미로운 것은 진술서나 판결문의 작성 일자(201×년)와 지하철 9호선 등의 배경에서 알 수 있듯이, 이 모든 일들이 미래에 일어난다는 사실이다. 이는 현재의 적대와 불화가 미래에까지 이어질 정도로 매우 강렬한 것임을 보여준다.

이 작품의 전지적 시점 역시 전체를 통괄하는 작가의 확신이 전제되지 않고서는 불가능하다. 「깡통」에서 노숙자를 다시 일어서게 만든 국숫집을 '나'가 현실 속에서는 끝내 다시 찾을 수 없었던 것 역시, 작가의 비관적인 시각과 통하는 설정이다.

이처럼 성석제는 '시장전체주의' 사회에서 사라진 듯 보이는 '정치적인 것'을 원형적이며 본질적인 차원에서 복원해낸다. 이를 통해 적대의 환원 불가능함과 사회적 삶을 구성하는 본래적 역할이 뚜렷하게 나타난다. 적대의 형상화가 중요한 것은 합리와 보편에 바탕한 질서정연한 합의라는 자유주의의 신화야말로 시장전체주의의 가장 강력한 이념적 무기이기 때문이다. 성석제가 그려내고 있는 적대와 폭력과 기득권과 억압을 통해 우리 사회의 지배이데올로기 중 하나인 자유주의의 신화는 그 정체를 드러내게 된다.

3. 중독의 끝이 다다른 자리, 눈물중독자

「기적처럼」은 가족 같은 가까운 사이가 사회적 균열과 적대의 안전지대이기는커녕 가장 위험한 공간일 수 있음을 보여준다. 이 작품의 서사는 "식구처럼 가까운 사이에는 이런 식으로 관계가 한번 설정되면 바꾸는 것은 거의 불가능하다"(111면)는 '나'의 말을 증명하는 것이라 해도 과언이 아니다. 어머니는 이유없이 큰아들인 '나'를 괴롭히지만, 그녀 역시 이유없이 둘째아들과 손자의 학대는 달게 받아들인다. 이러한 불균등한 배치는 작품에 등장하는 초자연적인 것들의 위력처럼 인간능력 밖의 일로 그려진다. 이러한 가족 내 관계, 즉 "더부살이에, 삶 같지도 않은 삶에, 욕설에, 싸움"에 '나'는 "중독"(118면)된다.

이 작품에서는 성석제가 집중적으로 그려냈던 디오니소스적 방외인의 결정적 증표이기도 한 중독이 다시 한번 나타난다. 「기적처럼」의 '나'는 자신이 선택할 수 없는 가족구조 속에서 비인간적 삶에 중독되었던 것이다. 그리고 보면 표제작 「지금 행복해」의 다중중독자 아버지도 조상에게서 전해진 유전자의 결과로 중독된 것임이 수차례 강조된다. 이러한 중독 앞에서 주체로서의 개인은 사라져버릴 수도 있다. 「기적처럼」의 '나'가 죽음 앞에서 기적적으로 살아돌아와서도 그 사실이 "누구에게 중요할지 모른다. 나는 모른다"(127면)라고 말하는 것에서 극적으로 드러나듯이, '유전자'이든 '가족구조'이든 외부의 힘에 자신을 맡겨버렸을 때, 자율적인 행위와 책임, 그로 인해 탄생하는 주체는 존재할 수 없다. 나에게 어머니가 "배고프면 소리지르는 동물. 욕하는 동물. 늙은 동물"이라면, 어머니에게 나 역시 "욕 얻어먹는 동물. 밥하고 빨래하고 청소하는 동물. 돈 벌어오는 동물"(119면)일 뿐이다.

이번 작품집에서 인상적인 것은 이전 작품들과 달리 이러한 중독의 끝이 현실성을 획득하고 타인을 발견한다는 점이다. 이러한 중독의 끝은 성석제가 보여주고자 하는 '윤리-정치적' 기획의 실천적 면모와도 맞닿아 있다. 그 경과는 이번 작품집에 수록된 작품 중에서 가장 최근에 씌어진 「지금 행복해」에 상세하게 드러난다. 「지금 행복해」는 수능시험을 하루 앞둔 아들이 알코올중독으로 요양소에 있는 아버지의 평생을 서술하는 작품이다. 이 작품에서 아버지는 당구 노름 마약 술 등 성석제가 그동안 보여준 모든 중독을 종합해놓은 인물이다. 그러한 중독의 결과 부모의 적지 않은 재산을 모두 날리고 아들로서, 남편으로서, 아버지로서 할 수 있는 거의 모든 패악을 저지르게 된다. 이 소설이 이전까지의 중독을 다룬 소설들과 결정적으로 다른 점은 비로소 중독의 끝에서 현실세계로 귀환한다는 점이다. 그러한 끝은 타인을 발견하는 과정과 맞닿아 있다.

마약범죄로 감옥까지 다녀온 아버지는 극적인 변화를 보인다. 그 변화는 두 가지 과정을 통해 나타난다. 첫번째는 자신의 중독으로 인해 피해를 본 주변사람들을 발견하는 과정이다. 자신의 아버지를 생각하며, "난 개만도 못한 놈"(58면)이라고 말하는 것, 아내가 보낸 이혼서류에 순순히 도장 찍어주기 등이 그것이다. 다음으로는 적극적으로 타인을 발견해나가는 과정이다. 감옥에서 나온 아버지는 대리운전을 해서 탄 월급으로 아들에게 자전거를 사주고, 사장에게 직접 봉사할 수 있는 기회도 만들어주며, 독거노인 목욕을 시켜주기도 한다. 아버지의 표현대로라면 "남도와주는 거"(70면)에 중독된 것인데, 이러한 상태는 결국 그로

하여금 "나, 지금 무지 행복해"(68면)라고 말하게 한다. 이러한 과정을 통해 아버지의 부정적인 대상에 대한 중독은 끝나게 된다. 아버지는 이혼이 법적으로 성립할 때까지의 몇달간 술을 마신다. 그러나 이 과정은 그야말로 스스로 중독에서 벗어났음을 선언하는 과정에 불과하다. 아들에게 알코올중독자를 수용하는 요양시설에 자신을 넣어달라고 말하게 되는데, "제 발로 요양시설로 가는 알코올중독자가 세상에 또 있는지 나는 잘 모른다"(72면)는 아들의 말마따나 아버지는 비로소 고통스러운 중독의 늪에서 빠져나온 것이다.

이와 관련해 이 작품에 등장하는 아버지와 아들의 관계 역시 인상적이다. 서사적 특성상 아버지와 아들의 관계는 이 작품에서 적지 않은 비중을 차지하게 된다. 그들의 관계는 문자 그대로 '친구'이다. 아내가 자신을 떠나간 날부터 아버지는 아들에게 "친구 하자"고 제안한다. 그후 그들은 정말 친구가 된다. 아들은 아버지에게 이혼서류를 갖다주고 도장을 찍으라고 말하는데, 이것 역시 "친구니까 친구로서 권유한 것"(67면)이다. 아버지 역시 알코올중독자 요양시설에 보내달라며 아들을 "친구"라고 부른다. 역설적으로 그러한 우정을 통해 둘의 부자관계는 회복된다. 처음 "내 아들"이라는 아버지의 말을 "내 옷에 붙은 가래침"(59면)처럼 느끼던 아들은, 마지막에는 아버지의 품에서 "내 아들"이라는 말을 감미롭게 받아들인다. 이러한 아버지상과 부자관계는 성석제 소설은 물론이고 한국소설사 전체를 놓고 보아도 희

276

유(稀有)한 것으로, 자기반성과 타인의 발견에 어울리는 가족서
사라 할 수 있다. 사회적 위계의 상징적 기원으로 실제적인 힘을
발휘하는 부자관계를 뒤틀어놓아 진정으로 평등한 개인들의 관
계를 강렬하게 표현하고 있는 것이다.

　이전 소설의 중독이 지닌 정치적 의미 역시 과소평가되어서는
안된다. 디오니소스적 방외인들의 존재는 그 자체만으로도 시장
전체주의가 지배하는 오늘의 사회를 반성케 하는 기능을 수행하
기 때문이다. 「황만근은 이렇게 말했다」나 『인간의 힘』에서는
적대의 환원 불가능한 특성 앞에서 변증법적 대립을 넘어서는
긍정적인 인간상을 감동적으로 형상화한 바 있다. 이들의 긍정
은 황만근이 죽기 전날 민씨와 나누는 대화가 보여주듯이, 니체
가 말한 '아니오'를 모르는 나귀의 긍정이 아니다. 그럼에도 이들
이 처한 시공은 어디까지나 전근대적이거나 허구적인 성격이 강
한 것이었다. 근대적 시공을 배경으로 할 때 이러한 중독은 긍정
적인 성격을 잃고, 허무주의적 색채를 짙게 드러내곤 했다. 당대
와의 긴장을 유지하면서도 중독의 윤리학이 온전한 모습을 갖추
는 것이 성석제 소설의 중요한 과제였다면, 이번 소설집은 그 과
제를 비교적 성공적으로 수행하고 있다. '남 도와주는 거에 중독
되기' '눈물에 중독되기'가 그 구체적인 모습이다.

　또 하나, 그동안의 중독에는 타자가 들어설 자리가 없었다. 자
신이 믿는 혹은 추구하는 대상에 대한 성실함과 그 열정의 강도
만이 문제였던 것이다. 승부에 삶을 건 방랑무사의 옆에는 칼바

람만이 가득하듯이, 너무나도 인간적인 디오니소스들의 곁에는 아이러니하게도 자신과 같은 인간의 모습이 비어 있었던 것이다. 성석제 소설의 모든 중독을 총화한 존재라 할 만한 「지금 행복해」의 아버지는 결국 옆에 있는 비루한 자들을 바라보기 시작한다. 그리하여 끝내는 "눈물중독자"(75면)가 된다. 이때의 눈물이 타자의 삶과 인생에 대한 따뜻한 공감에서 비롯된 것임은 말할 필요도 없다. 통렬한 자기반성, 옆에 있는 자의 숨소리에 귀기울이는 작은 실천을 통해서 이 사회를 촘촘하게 갈라놓고 있는 적대와 균열의 선들 사이에는 따뜻한 눈물이 흐르게 된다. 여기까지 이르는 과정을 지켜본 것이 행복이었다면, 그 눈물이 흘러간 자리의 단단함을 지켜보는 일은 차라리 축복에 가까울 것이다.

李京在 | 문학평론가

　언젠가 '왔다 갔다 하는 게 인생'이라는 어느 현인의 말을 소설로 옮긴 적이 있다. 지금 와서 보니 가기 시작하면서 쓰기 시작하고 가서 쓰고 와서 쓰는 게 소설 같다. 가고 오는 동안은 소설이 육화하는 과정이라는 생각이 든다.

　소설을 쓰면서 참 잘 돌아다녔다. 오고 가고 오가고 가고 가고 가고 가고 오고 가고 또 가고 오고. 내가 갔던 모든 장소가 꽃처럼 피어나 있기를, 내 발자국을 받아준 곳마다 우물처럼 깊어지기를, 내밀한 역사를 내 소설에 내어준 존재들이 내내 안녕하기를.

2008년 가을
성석제

| 수록작품 발표지면 |

여행 …『창작과비평』 2007년 봄호

지금 행복해 …『현대문학』 2008년 2월호

설악 풍정 …『페이퍼』 2007년 11월호

기적처럼 …『세계의 문학』 2007년 여름호

피서지에서 생긴 일 …『문학과사회』 2006년 가을호

톡 …『문학동네』 2006년 겨울호(발표 당시 제목은 '행복의 방편')

낚다 섞다 낚이다 엮이다 …『월간 에세이』 2003년 11월호(발표 당시 제
  목은 '낚시하십니까')

내가 그린 히말라야시다 그림 … 공선옥 외『라일락 피면』, 창비 2007

깡통 …『한국현대문학관』 2007년 겨울호